# Sommaire

# *L'Année de l'éveil*

*Bien des années ont passé. Oui. Bien des années. Mais cet enfant que je fus, il continuait de vivre en moi, ressassant ce dont il n'avait jamais pu se délivrer, et étouffant ma voix. Un jour, le besoin m'est venu de lui retirer son bâillon. Sans plus attendre, il s'est alors emparé de ma plume, de mes mots, et au long des nuits, heureux de pouvoir enfin laisser son cœur se débrider, il m'a fait revivre son histoire…*

Tout a commencé ce matin d'octobre. Eux, les cent vingt élèves de la compagnie[1], ils sont au réfectoire, en train de prendre le petit déjeuner. Moi, je suis seul dans le couloir, appuyé de l'épaule contre un mur, et je pleure. Notre chef de section[2] m'aperçoit, et il veut savoir ce qui s'est passé. Je me refuse à le lui dire, de crainte qu'il ne punisse les coupables. Mais il insiste, et à travers hoquets et sanglots, je dois lui apprendre que chaque matin, c'est la même chose. À la demande de l'aumônier, je vais servir la messe, et quand j'arrive au réfectoire, avec un peu de retard, les autres ne m'ont rien laissé. Mon quart de café, ma mince tranche de pain et ma sardine ont été raflés, et ensuite, il me faut attendre jusqu'à midi avant de pouvoir calmer ma fringale. Mais si je pleure, ce n'est pas parce que j'ai faim et vais trouver la matinée interminable. C'est en raison de leur égoïsme, de leur indifférence à ce que cet acte entraîne

1. Chaque compagnie correspond à une année scolaire et est divisée en quatre sections de 30 élèves. Le personnage est dans la 2e compagnie.

2. Sous-officier responsable d'une section. Il sera aussi appelé « le sergent-chef » et « le chef ». Les principaux grades qui seront évoqués dans le roman sont, par ordre croissant d'avancement, sergent, sergent-chef, adjudant, lieutenant, capitaine et colonel.

pour celui qui en est la victime. Des onze camarades avec lesquels je prends mes repas, il n'y en a pas eu un seul pour me garder ma part, et cela me meurtrit, me blesse, fait de moi un exclu.

Le sergent-chef me console et m'emmène aux cuisines. Là, on m'offre du café sucré, du pain à volonté et une tablette de chocolat. Et tandis que dans la cour centrale se déroule la cérémonie aux couleurs[1], j'engloutis goulûment tout ce que je peux. Quand je quitte les cuisines, je remarque que depuis un mois que nous sommes rentrés, c'est la première fois que j'ai mangé à ma faim.

Deux jours plus tard, alors qu'il passe l'appel avant l'extinction des feux, le chef m'apprend qu'il m'invitera chez lui le dimanche suivant, et le lendemain, il me fait rédiger une demande de permission. Il viendra me chercher à la caserne à dix heures et m'y reconduira à dix-sept heures. Tous les permissionnaires doivent être impérativement de retour à cette heure-là, afin d'assister à la cérémonie aux couleurs et de se rendre ensuite en salle de classe pour l'étude.

Les jours suivants, je suis dans un état de grande excitation. Pour chaque élève, le chef de section a une importance considérable. C'est avec lui que nous avons le plus de rapports, et c'est de lui, d'une certaine manière, dont dépend la vie que nous menons à l'école. S'il est bon, compréhensif, nous considère non comme des militaires d'active mais comme des enfants, notre existence n'a rien d'insupportable. Mais s'il est à cheval sur le règlement, ne cesse de nous harceler, se montre enclin à punir, alors tout change. Chaque rassemblement, chaque exercice, chaque revue de casernement est vécue dans l'angoisse. Un bouton de veste

1. Le drapeau français est rentré tous les soirs et hissé au mât chaque matin ; les soldats le saluent alors.

perdu, un brodequin[1] auquel il manque quelques clous, un lit dont la couverture n'est pas impeccablement tendue peuvent déclencher toute une histoire, avoir des effets imprévisibles.

C'est ma seconde année à l'école, et l'année dernière, notre chef appartenait à une autre compagnie. Je n'avais jamais eu affaire à lui, il n'avait jamais eu l'occasion de me remarquer, mais c'était un homme que j'aimais. Je l'aimais et je l'admirais. Chaque fois que je l'apercevais dans la cour, j'en éprouvais du plaisir, et souvent, je m'arrangeais pour pouvoir le croiser et le saluer. Il me paraissait différent des autres sous-officiers. La preuve, c'est qu'il était le seul à porter des chaussures de l'armée américaine, de belles chaussures souples, au bout rond et dont la tige se prolongeait pour former des guêtres à l'intérieur desquelles était glissé le bas du pantalon. Il avait aussi une démarche particulière, chaloupée, et à plusieurs reprises, je m'étais surpris à marcher en l'imitant. Mais si je l'admirais, c'était surtout à cause de son faciès de boxeur, et parce qu'il avait été champion de France militaire dans la catégorie reine des poids moyens. Je n'ai jamais osé le questionner à ce sujet, mais je compte bien le faire à la prochaine occasion.

Après une nuit coupée d'insomnies, je vois enfin le jour se lever, et je suis debout bien avant que retentisse la sonnerie du clairon. J'ai vite fait de plier mes couvertures, de ranger mon paquetage et de me débarbouiller. Au retour du réfectoire, je donne un dernier coup de chiffon à mes boutons, un ultime coup de brosse à mes brodequins et j'endosse ma tenue 1. La veille, avec beaucoup de soin, j'ai placé mon pantalon sous mon matelas, et je suis content de voir que les plis en sont impeccables. Une dizaine de

1. Chaussure montante.

camarades se pressent autour de moi, et chacun y va de son conseil et de son commentaire. Mais je suis trop absorbé et trop tendu pour pouvoir bavarder avec eux.

Dès neuf heures, en gants blancs, le béret convenablement incliné sur l'oreille, je suis en faction près du poste de garde. Par crainte de casser les plis de mon pantalon, je m'abstiens de faire les cent pas, et je reste là, immobile, les jambes raides, tourné vers le porche où mon chef va bientôt apparaître.

Au début, penchés aux fenêtres, ils sifflent, me hèlent, me lancent des plaisanteries, et leur comportement me plonge dans la plus totale confusion. Puis ils se lassent, et je peux enfin être tout à mon attente.

Elle me paraît interminable. Mon chef n'arrive qu'un peu avant midi. Il est soudain devant moi, le sourire aux lèvres, sa main posée sur mon épaule. Il ne parvient pas à me tirer de ma stupeur. C'est la première fois que je le vois en civil, et j'ai du mal à le reconnaître.

Nous franchissons le poste de garde, et ce qui me frappe, c'est la lumière. Une lumière d'automne d'une extrême douceur, semblable à de la poudre d'or, et qui plaque un air de fête sur l'asphalte, les maisons, les arbres, les visages. Tout paraît soudain rayonner de bonheur et me forcer à reconnaître combien la vie est passionnante et belle.

Je suis surpris par les couleurs des vêtements, leur diversité. Mes yeux sont habitués au bleu marine de nos uniformes, et tous ces rouges, ces verts, ces blancs, ces jaunes qui pavoisent l'avenue, m'étonnent et ajoutent à ma joie. Mais ce qui m'étonne bien davantage, c'est de voir des hommes flâner, ou installés aux terrasses des cafés, ou bavardant par petits groupes, sur les places. À l'école, notre vie est minutée, soumise à de nombreuses contraintes, nous nous déplaçons presque toujours en groupe, au pas cadencé, dans un but précis, et ce spectacle de la rue me fait découvrir un monde totalement autre.

Le chef doit acheter un dessert et j'entre à sa suite dans une grande pâtisserie. C'est la première fois de ma vie que j'ai l'occasion de pénétrer en un tel magasin, et je suis ébahi par tous ces miroirs, ces lumières, ces reflets, par cette incroyable profusion de bonbons, de chocolats et de gâteaux. Je revois la pauvre boulangerie de mon petit village, avec sa vitrine vide, et fixées au mur, les deux larges planches sur lesquelles les pains ont été posés en désordre. Puis je songe à mes vaches, et je me demande dans quel pré on les a menées aujourd'hui. Avec les dernières pluies, l'herbe a dû repousser. Mais songer à des vaches en un tel lieu me paraît déplacé, et je fais un effort pour penser à autre chose.

Nous marchons longtemps, en nous éloignant du centre de la ville. Je ne vois rien des quartiers que nous traversons. Heureux d'être seul aux côtés de mon chef, mon imagination s'est échauffée, et aveugle à ce qui m'entoure, je me trouve au bord du ring lors de cette soirée où il a conquis son titre de champion de France. Bien sûr, je n'ai jamais eu l'occasion d'assister à un combat, mais je peux me représenter ce que cela doit être. Je suis un lecteur passionné de *Miroir-Sprint* que j'obtiens de lire chaque semaine en échange de deux desserts. Dans ce magazine, les reportages sur les grands combats ne manquent pas, et après m'être longuement attardé sur ces pages, je rêve pendant des soirées entières à ces champions, à leur vie, à leurs voyages, au fabuleux destin qui est le leur. Lui, mon chef, s'il avait été civil, serait-il devenu l'un de ces champions ? C'est la question que je brûle de lui poser.

Nous dépassons les dernières maisons. La route est devenue un chemin étroit, caillouteux. Puis nous franchissons une petite rivière. Le chef m'explique qu'il n'aime pas la ville, et qu'il préfère habiter à l'écart. Habituellement, il effectue ce trajet en vélo.

La maison s'élève au pied d'une colline couverte de pins. Devant elle s'étend une terrasse, puis un jardin entouré d'arbres et de buissons. Une petite fille blonde, de trois ou quatre ans, court à la rencontre de son père, mais lorsqu'elle m'aperçoit derrière lui, elle s'enfuit.

Nous mangeons dehors, à l'ombre d'un grand pin parasol. Une fois apprivoisée, la petite fille ne veut plus me quitter, et c'est sur mes genoux qu'elle passe la plus grande partie du repas.

Je n'ose pas porter les yeux sur la femme du chef, mais dès qu'on ne peut le remarquer, je l'observe avec grande attention.

Le repas achevé, le chef va faire la sieste, portant sa fille sur ses épaules. Je suis gêné de rester en tête à tête avec cette femme qui ne me plaît pas trop. Elle parle et rit fort, ne cesse de fumer, crée une atmosphère de surexcitation qui me met mal à l'aise.

Elle me pose des questions sur moi, mon enfance, ma famille, notre vie à l'école. La gorge nouée, je ne peux lui répondre que par monosyllabes, et bientôt, elle renonce à en apprendre davantage. Je pense que je l'ai déçue, qu'elle me trouve sans intérêt, et j'en suis profondément malheureux.

Elle veut savoir si, bravant l'interdiction qui nous en est faite, j'ai commencé à fumer. Je lui dis que non, et comme elle m'assure que je vais inévitablement me laisser entraîner à imiter mes camarades, je lui réponds avec hauteur qu'elle n'a pas à avoir cette crainte. Plus tard, si je parviens à quitter l'armée, je deviendrai un boxeur ou un rugbyman. D'ailleurs, j'observe déjà la discipline de vie que s'imposent les champions. Elle pouffe de rire, se moque ouvertement de moi, et à cet instant, je la déteste. Elle le voit, s'empare d'un petit ballon et me le lance avec violence. Je le lui renvoie. Nous jouons ainsi un long moment, et je suis frappé par sa vivacité et son adresse.

Le chef nous invite à les rejoindre sur une terrasse, au second étage. Quand nous y arrivons, je demeure saisi. Sous cette lumière d'automne qui déjà fléchit, les dômes verts des pins ont des reflets roux. Et là-bas, prise dans un voile de brume d'un gris mauve, la montagne Sainte-Victoire[1] fait l'effet d'une apparition étrange. La petite fille est blottie dans mes bras, et un long moment, nous restons silencieux.

À l'école, les heures s'égrènent avec une insupportable lenteur. Ici, elles ont passé si vite que lorsqu'il me faut partir, j'ai le sentiment que l'après-midi ne fait que commencer.

Le chef me reconduit à la caserne, et je tiens à la main un sac de papier contenant du pain, des biscuits, du chocolat et des pommes.

À l'instant de me quitter, devant le poste de garde, il m'avertit que je ne suis pas son chouchou, que désormais il sera même plus sévère avec moi, que je dois être un enfant de troupe modèle, travaillant bien en classe, donnant le bon exemple à la section. Je lui en fais la promesse, heureux d'être celui dont on exigera plus que des autres.

Dans notre chambrée, nous sommes vingt. Il est convenu que le samedi et le dimanche soir, entre la fin du repas et l'extinction des feux, l'un d'entre nous doit raconter une histoire, un roman, un film, ou bien nous lire une

1. Montagne proche d'Aix-en-Provence, souvent peinte par Paul Cézanne.

lettre qu'il a reçue, ou bien encore nous parler de sa famille. Ce soir-là, alors que je suis non seulement le seul à être sorti en ville, mais celui qui a été invité par le chef, je dois prendre la parole et tenter de satisfaire leur impatiente curiosité. C'est pour moi le meilleur moment de la journée, celui où je peux enfin me détendre et savourer pleinement ce qui m'est arrivé. Ils sont assis au coude-à-coude sur les lits proches du mien, et je leur décris la maison, leur raconte par le menu tout ce qui s'est passé, ce que nous avons mangé, dit, fait, comment se comporte le chef lorsqu'il est chez lui.

En revivant cette journée avec des mots, je remarque que mes émotions sont plus intenses que lorsque je les ai éprouvées pour la première fois. Je goûte maintenant une joie des plus vives, et c'est sans doute pourquoi je leur parle de la femme du chef avec un tel enthousiasme. Je l'ai d'ailleurs observée en prévision de cet instant, et je leur en fais un portrait détaillé. Elle est brune, a un beau visage, le teint mat, des yeux sombres, extrêmement vivants, des lèvres pleines, bien dessinées, des dents éclatantes, des cheveux lisses, épais, séparés par une raie médiane, et qui lui tombent sur les épaules. Elle n'est pas très grande, environ cinq centimètres de plus que moi, elle a l'accent du Midi, est vive, taquine, chaleureuse, elle aime parler, rit beaucoup, et en sa présence, on ne risque pas de s'ennuyer. Au-dessus de l'œil droit, elle a une fine cicatrice qui creuse un mince sillon blanc dans le noir du sourcil.

Les questions fusent et j'ai plaisir à leur donner plus de détails. Mais l'un de nous, qui est un vrai dévergondé, prétend qu'elle m'a ensorcelé. Il veut savoir si elle a de beaux seins, parle d'elle avec des mots crus et des sous-entendus obscènes. Je ne peux le supporter, et sans plus débattre, je lui saute dessus. Je n'ai pas le temps de le frapper comme je le veux, car on nous sépare aussitôt. Après, je n'ai plus le cœur à parler, et l'un après l'autre, ils s'éloignent, me laissant aux prises avec ma mauvaise humeur.

Je travaille avec beaucoup d'application, obtiens des notes supérieures à celles qui me sont habituellement attribuées. Mais l'événement le plus important de la semaine, c'est le match que nous disputons, le premier de la saison dans le cadre du championnat d'Académie. Sous la conduite du chef, tous les élèves de la compagnie sont venus nous soutenir, et galvanisé par leur présence, je me montre le meilleur des deux équipes. Je joue demi de mêlée, et je crois que cette place me convient tout particulièrement, car j'aime organiser et distribuer le jeu. Après le match, aux vestiaires, le moniteur m'a félicité. Il m'a aussi indiqué qu'il me ferait surclasser et que je jouerai dorénavant avec les cadets. Cette perspective m'enthousiasme, mais je sais que les matches seront plus difficiles, et je me demande avec anxiété si je serai à la hauteur de ce qu'il attendra de moi.

Le soir de ce jour, le chef me cause une grande joie en m'apprenant qu'il m'invite à nouveau chez lui le dimanche suivant.

Il fait un temps délicieux et nous mangeons sur la terrasse, mais au soleil. Pendant le repas, je me trouve seul à table en face d'elle. La tête inclinée, les paupières baissées, elle est songeuse et joue distraitement avec son couteau. Je la dévore des yeux.

Soudain, elle lève les paupières. Je sursaute, suis confus, veux détourner les yeux, mais pendant de longues secondes, mon regard reste agrippé au sien. Je n'ai jamais échangé un tel regard avec quiconque, et j'en suis bouleversé. En cet instant, je ne sais plus qui je suis, qui elle est, aucune différence d'âge ne nous sépare plus, et mon regard qui la sonde lui demande avec effroi : qui êtes-vous ? que pensez-vous de moi ? me donnerez-vous un peu d'amitié ? Ma respiration est suspendue, mon cœur cogne, des sentiments qui ne m'avaient jamais visité se bousculent en moi. Le chef revient et tout se brise.

À la fin du repas, comme le premier dimanche, il va faire la sieste.

Le visage renversé, barré de lunettes noires, elle est étendue sur une chaise longue et fume cigarette sur cigarette. Je suis assis sur un banc de pierre, un peu en arrière d'elle, et je ne la quitte pas des yeux. Elle semble ne rien avoir de commun avec cette femme qui m'a accueilli le dimanche d'avant et dont j'ai tracé le portrait devant toute la chambrée. Elle m'intrigue. Depuis ce matin, le visage fermé, elle n'a prononcé que de rares paroles. J'en déduis qu'elle aurait peut-être préféré ne pas me voir, que ma venue la dérange, qu'elle n'a que faire de ce garçon dont il est si difficile de tirer quelques mots.

Quand du haut de la terrasse, le chef nous appelle d'une voix forte, je sursaute et ma tête heurte le mur auquel je suis adossé. Il agite deux paires de gants de boxe qu'il tient par leurs lacets, et il m'invite à venir prendre une leçon.

Je suis seul à monter le rejoindre. J'enfile les gants, beaucoup trop grands pour moi, et il se met en devoir de m'enseigner les premiers rudiments de la boxe : position des pieds, des jambes, du buste, de l'épaule, du bras et du poing gauches, de l'épaule, du bras et du poing droits, de la tête, du menton… Déplacements avant, arrière, latéraux. Attaques, parades, esquives…

À la fin, il propose que nous fassions un petit combat et j'en suis fou de joie. Mais il faut prendre des précautions. Il sait qu'il a de la dynamite dans les poings, qu'en un geste réflexe un coup un peu trop appuyé peut jaillir et m'étendre à ses pieds les bras en croix. Aussi me demande-t-il de lui ceinturer la taille avec une corde, et d'attacher les extrémités de celle-ci à chacun de ses poignets. Ainsi, il ne pourra décocher ses coups. Il crie à sa femme de venir lacer nos gants et tenir le rôle de l'arbitre, mais elle ne répond pas.

Au début, je n'ose frapper, et il doit se fâcher pour que je me décide à lui porter des coups. Je finis par m'y résoudre lorsque je constate que je ne réussis pas à l'atteindre. Chaque fois que je lance mon poing, par un bref retrait, un rapide déplacement latéral, il se met hors de portée, et mon coup ne rencontre que le vide.

Nous boxons pendant deux rounds, et ce qui me fait le plus mal, ce ne sont pas les coups très retenus qu'il me porte, mais les lacets de ses gants qui me cinglent la figure. Au début du troisième round, sans que j'aie rien vu arriver, je me retrouve à genoux, la tête bourdonnante, mes poings écrasant le sol. Le chef me relève en riant, et je mets quelques secondes pour reprendre mes esprits.

Le soir, ils sont plusieurs autour de moi à me demander de leur raconter ma journée. Je n'en ai aucune envie. Je leur parle uniquement de la leçon de boxe que j'ai reçue, du semblant de combat qui a suivi, de la manière dont il s'est achevé, et je ne dis rien d'elle. Ils m'interrogent à son sujet, et je me contente d'indiquer qu'elle était maussade, que nous n'avons rien échangé. Ils insistent, mais je me refuse à en dire davantage. Ce qui s'est passé entre nous deux quand nos regards se sont mêlés, je tiens à le garder pour moi seul.

Je continue à bien travailler, à obtenir de bonnes notes, et je me passionne pour mes études. Un jour, alors que nous avons à faire une rédaction, le professeur nous laisse libres d'en choisir le sujet. Celui que je décide de traiter s'impose de lui-même : *Premier dimanche chez mon chef de section.*

Je me mets au travail avec l'ardent désir de réaliser un bon devoir. Je décris mon attente près du poste de garde, la lumière d'automne sur la ville, la pâtisserie, le petit chemin, la maison, la colline, le silence, parle de mon admiration pour le chef, de sa femme et de leur petite fille, du plaisir que j'ai eu à manger à ma faim. Ensuite, aux heures que je vis à la caserne, parfois si grises, si lourdes, si lentes à s'écouler, j'oppose celles que j'ai connues au cours de cet après-midi, mais qui ont passé si vite que je n'ai pu les savourer. Et je termine en essayant de recréer l'émotion qui m'a étreint à cet instant où nous étions tous quatre sur la terrasse, où je tenais la petite fille dans mes bras, et où nous contemplions en silence la montagne Sainte-Victoire dans le jour déclinant.

Je n'ai jamais réussi à écrire une bonne rédaction. J'ai trop de choses à dire, je ne parviens pas à les démêler, je me décourage et prends un amer plaisir à saboter mon devoir. Voilà pourquoi je n'ai jamais obtenu que des notes inférieures à la moyenne. Aussi suis-je surpris quand le professeur lit ma rédaction à la classe et m'apprend qu'il m'a attribué un 16 sur 20 auquel je ne m'attendais pas. Mais à la fin du cours, ils sont quelques-uns à rire de mon admiration pour le chef, à prétendre que je suis un lèche-bottes, à me prévenir que dorénavant, ils se défieront de moi. J'ai de très bons rapports avec eux tous, certains même m'apprécient, me donnent leur amitié, et ces paroles me blessent profondément. Je voudrais me justifier, leur expliquer ce qu'il en est, mais comment pourrais-je leur faire comprendre que si j'admire le chef, c'est parce que j'aime la boxe et que je rêve d'être un jour un grand boxeur.

Le dimanche suivant, après m'avoir fait franchir le poste de garde, le chef m'apprend qu'il a un imprévu. Il doit rester à la caserne pour remplacer un collègue, et comme il ne veut pas me priver de ma sortie, il accepte d'enfreindre le règlement et me laisse partir seul.

Je cours tout le long du chemin, arrive en nage, ai du mal à retrouver mon souffle. Elle m'accueille avec un franc sourire et ne semble pas contrariée de ce que le chef soit retenu à la caserne.

Le vent souffle, le ciel est chargé de nuages, et en début d'après-midi, une pluie fine se met à tomber. Nous restons dans la salle de séjour à écouter des disques. Je suis dans un curieux état. L'absence du chef me rend différent, me donne la sensation que je suis plus proche d'elle, fait naître en moi l'envie de parler, de lui raconter ma vie à l'école, de lui confier que je ne vis plus que pour mes permissions du dimanche. Mais elle m'intimide, je suis certain de ne pas l'intéresser, et je reste muet. Elle va, vient, lit un moment, s'emporte contre sa petite fille, ne cesse de fumer, de soupirer, et je comprends bientôt qu'elle s'ennuie. Son ennui m'étouffe, m'accable, me rend furieux contre moi, et d'autant plus incapable de lui parler. Je songe à ce regard pour moi inoubliable que nous avons échangé l'autre dimanche, cherche à y puiser le courage de prononcer au moins quelques mots, mais ma bouche demeure scellée. Les heures passent, lourdes de tension, d'attente déçue, d'irritation, de honte, de haine contre moi-même.

L'instant de mon départ approche. Elle vient près de moi qui suis assis sur un tabouret, prend ma tête dans ses bras et m'attire contre elle.

— Pourquoi es-tu toujours si triste ?... Pourquoi faut-il que tu ne puisses parler ?... Moi aussi j'ai besoin de toi...

Je lève la tête pour essayer de lui répondre, mais aucun mot ne peut franchir mes lèvres. Tout est si difficile et il y aurait tant à dire. Elle presse mon visage contre ses seins, et submergé par tout ce qui s'exaspère en moi depuis des heures, je laisse couler mes larmes.

Le temps a passé. Elle me prépare en hâte des sandwichs, et quand elle me les tend, je prends conscience que je ne lui ai jamais rien donné. L'idée me vient alors que je pourrais lui offrir un jour ma rédaction. Puisque je ne peux parler, ces quelques pages lui apprendront ce que le chef, ce que cette maison, ce que ces sorties représentent pour moi.

Je suis en retard et je cours aussi vite que je peux. Quand j'arrive à la caserne, la gorge sèche, la poitrine en feu, l'heure fatidique est passée de quelques minutes. Deux capitaines et des sous-officiers, debout sous le porche, parlent avec animation. Pour qu'ils soient là en ce jour, à cette heure, il faut que quelque chose d'anormal se soit passé. La cérémonie aux couleurs a déjà eu lieu, et je sais que je n'échapperai pas à une punition. Peut-être sont-ils réunis pour constituer d'urgence un Conseil de Discipline devant lequel je vais être traduit sur-le-champ. Ma pensée travaille frénétiquement, et je cherche la raison que je pourrai invoquer pour expliquer mon retard. J'essuie mon visage luisant de sueur et de pluie, rectifie mon nœud de cravate, la position de mon béret, et me dirige vers un sergent. Mais ma respiration haletante et la peur de comparaître devant le Conseil de Discipline m'empêchent de dire quoi que ce soit. Il me regarde sans me voir, et après quelques secondes, excédé d'attendre des mots qui ne viennent pas, il m'indique d'une main impatiente que je dois déguerpir.

En poussant la porte de la classe, j'ai le soulagement de

constater que ce n'est pas notre chef de section qui surveille notre étude. J'apprends que des anciens ont dévalisé le magasin de vivres après en avoir fracturé la porte. Mais ceux qui ont fait le coup refusent de se dénoncer. Il me revient que lorsque j'ai traversé la cour, j'ai aperçu les anciens figés au garde-à-vous près de leur bâtiment.

Des ordres maintenant sont hurlés. Un bruit sourd et rythmé se fait entendre. Un bruit qui se précise, s'amplifie, décroît, se poursuit, puis enfle à nouveau. Le bruit de cent vingt paires de brodequins frappant en cadence le sol caillouteux de la cour. Nul ne se dénonçant, ils ont ainsi tourné dans la nuit et sous la pluie pendant des heures, et nous, les bleus, nous nous réjouissions de ce qui leur arrivait.

Depuis que je me donne entièrement à mon travail, je m'ennuie moins, pense moins souvent à ma chienne, mes vaches, mon village. De plus en plus souvent, je goûte le plaisir d'être cité en exemple, de voir les professeurs porter intérêt à ce que je suis et ce que je fais. Chaque matin, échappant à la séance de décrassage qui prévoit qu'on fasse des mouvements de gymnastique ou qu'on coure pendant une demi-heure autour des bâtiments, je sers la messe de l'aumônier et prie avec ferveur, demandant à Dieu et à la Sainte Vierge qu'ils veillent sur moi, me gardent dans le droit chemin. Je sais pourtant que je ne suis pas toujours un bon chrétien. Je manque de patience, me mets en colère, et parfois même, je me bats contre l'un ou l'autre de mes camarades. Mais je ne suis pas sans excuses. L'autre jour, comme je refusais à un ancien de lui remettre ma tranche de pain, il m'a bousculé, je l'ai bousculé à mon tour, et la bagarre a éclaté. Il était beaucoup plus costaud que moi, et j'ai reçu une raclée que je n'oublierai pas, mais je ne me suis pas laissé impressionner, et je lui ai promis qu'un jour, je lui rendrai la monnaie de sa pièce.

Un soir, c'est moi qui ai eu le dessus. Nous étions dans notre chambre, avant l'extinction des feux. Nous parlions du chef, et l'un de nous, qui est d'ailleurs jaloux de me voir sortir presque chaque dimanche, prétendait que ce n'est pas un bon chef de section, parce qu'il se montre avec nous d'une trop grande brutalité. Il est vrai que parfois le chef a la main lourde. Mais il n'y a rien à redire. En début d'année, il nous a expliqué que lorsqu'un de nous mériterait une punition, il ne lui porterait pas de motif, mais convoquerait l'élève en question au bureau de la compagnie, et lui administrerait une bonne volée. Pour ma part, j'approuve cette manière de faire. Dans le cas d'une faute grave qui entraînerait la privation de deux ou trois jours de permission, il est préférable de recevoir une sérieuse dégelée, plutôt que de passer Noël ici à cafarder dans une caserne vide et lugubre, alors que les autres ont la joie d'être au sein de leur famille.

Je soutenais mon point de vue avec des arguments, mais au lieu de réfléchir à ce que je disais, il me faisait des réflexions désagréables, prenait un malin plaisir à m'exciter. À la fin, je me suis énervé et des coups sont partis. Tout cela n'était pas bien méchant, car les autres se sont aussitôt interposés. Mais il était vexé d'avoir montré qu'il avait eu peur. Revenu à son lit, il s'est saisi d'un brodequin et l'a lancé à toute volée. J'ai été projeté en arrière, me suis écroulé sur un lit, et le sang coulait sur ma bouche, mon menton, mon cou, mes mains. Mais une fois passées la fureur et la première souffrance, je n'ai pas eu le désir de répliquer. En réalité, j'étais heureux. Heureux d'avoir la joue entaillée pour m'être opposé à ce qu'on dise du mal de notre chef.

Le lendemain, quand il me voit — ma joue n'a pas belle apparence, mon œil est à moitié fermé — le chef s'enquiert de ce qui m'est arrivé. J'ai peine à lui cacher le plaisir que j'éprouve à l'idée que je lui dois cette balafre, et je lui explique qu'à quelques-uns, nous jouions au rugby dans la cour, que je courais à toutes jambes, que j'ai été déséquilibré, et qu'en tombant, j'ai rencontré la semelle d'un brodequin. Alors il ajoute mon nom à la liste des malades et m'envoie immédiatement recevoir des soins à l'infirmerie.

Mais celui qui se présente un matin à la visite n'a plus le droit de poser une demande de permission pour le dimanche suivant. Ce jour venu, je dois donc rester à la caserne, et j'ai du mal à endurer cette déception.

Le matin, dès le lever, je suis d'une humeur massacrante, et j'ai envie de me battre. Je souhaite obscurément que celui qui m'a lancé son brodequin à la figure se réjouisse de me voir privé de sortie pour pouvoir régler mes comptes sans plus attendre. Mais il perçoit que je suis prêt à me jeter sur lui, et il se garde bien de faire le moindre commentaire.

L'après-midi, c'est le programme habituel. La compagnie sort en direction de la campagne. Nous marchons pendant trois ou quatre kilomètres au pas cadencé, puis nous passons au pas de route, et enfin, nous faisons halte au flanc d'une colline. Dès que nous rompons les rangs, je m'éloigne en hâte. J'éprouve le besoin d'être seul et me mets à la recherche d'un rocher à l'abri duquel pouvoir me blottir. Le mistral souffle avec violence, fait craquer et gémir les pins, semble vouloir tout briser et déraciner sur son passage.

Je ne trouve pas de rocher et m'accroupis au pied d'un pin, le col de ma capote relevé, mon béret enfoncé jusqu'aux yeux, mes bras enserrant mes genoux. Pendant deux heures, transi, l'estomac creux, aux prises avec une mauvaise humeur qui va croissant, je remâche tous les motifs que j'ai de détester la Provence. Car il est vrai que je la déteste. Pour la bonne raison que tout, ici, est détestable : l'accent des gens, ces collines couvertes de garrigue et qui ne produisent rien, ces pins aux troncs convulsés, ces arbres rabougris, ces épineux qui vous griffent les jambes, et en été, ce ciel monotone, ce soleil de feu, ces chaleurs harassantes.

Au cours du troisième trimestre de l'année dernière, chaque matin, en me levant, j'allais à la fenêtre pour voir le ciel. Et hormis quelques jours, début mai, ce fut pendant plus de trois mois ce ciel immuablement bleu, aride, accablant, qui m'était une véritable souffrance. En de tels instants, j'étais pris d'une nostalgie ardente pour les douces et riches collines de ma région, ses grasses terres labourées, ses bois ombreux, ses chênes aux lourdes frondaisons, le murmure de ses rivières, ses brumes d'automne, ses ciels gris, veloutés, mobiles, d'où filtrent des lumières tamisées et toujours changeantes. Oui, je déteste la Provence. Et ce que je déteste plus que tout, c'est ce vent fou, dont vous ne pouvez vous protéger, qui se déchaîne et hurle pendant des heures, vous cingle le visage, vous emplit la bouche de sable et de poussière, vous empêche de dormir, transperce vos vêtements, menace de vous renverser, vous assourdit, vous lancine, vous met dans un tel état d'irritation et de malaise, qu'à la fin, vous avez la sensation qu'il rugit à l'intérieur de votre tête.

Le soir, à l'étude, ma mauvaise humeur n'est pas retombée, et je suis incapable de m'intéresser à mon travail.

L'état de ma joue me vaut une autre déception. Je dois faire mon premier match avec l'équipe des cadets. C'est pour moi un événement important, que j'ai impatiemment attendu, et auquel je me suis intérieurement préparé. Mais lorsqu'il voit mon visage, le moniteur refuse de me laisser jouer. C'est pour moi une cuisante déconvenue. Elle est toutefois atténuée par le plaisir que j'ai à tenir en main ma nouvelle licence et à m'entendre confirmer que je ferai les prochains matches.

Depuis que le brodequin m'a coupé la joue, je brûle d'être auprès d'elle et de l'entendre me demander d'où me vient cette profonde entaille. Alors je lui dirai la vérité, et elle sera touchée d'apprendre que je me suis battu parce qu'il m'était insupportable d'entendre affirmer que notre chef était un mauvais chef. Elle sera touchée, émue, m'en gardera de la reconnaissance, conviendra que je suis un chic garçon et me témoignera davantage d'intérêt. Peut-être même en viendra-t-elle à un peu m'aimer.

Pendant ces jours, je redoute que l'hématome se résorbe trop rapidement, que le noir mauve qui marque mon cerne disparaisse, et le soir, dans mon lit, j'écarte les lèvres de la coupure pour la faire saigner.

Enfin je suis devant elle. Son regard s'attarde sur ma joue quelques secondes, mais elle ne dit rien et se contente de hocher pensivement la tête. Sa petite fille, qu'elle tient dans ses bras, montre ma joue du doigt, insiste pour la toucher. Leurs visages sont maintenant tout près du mien, et à la seconde où la petite main blanche effleure craintivement ma blessure, je jubile.

Après le repas, comme à son habitude, le chef va faire la sieste. En réalité, m'apprend-elle, il se retire pour être seul et écouter tout à loisir la retransmission des matches à la radio.

Elle se désole de voir ma joue en un tel état et me fait

promettre d'être à l'avenir un peu plus prudent quand je jouerai au rugby. Dans un souffle, débordant de joie, je lui apprends ce qu'il en est. Son regard erre sur moi, surpris, perplexe, et elle garde un long silence. Je pense que je me suis mal exprimé, qu'elle ne m'a pas compris, et j'insiste, lui dis mon admiration pour le chef, lui explique combien je suis heureux d'être dans sa section. Elle me demande ce que nous, ses élèves, pensons de lui. Je n'ose le lui dire et elle perçoit mon embarras.

— Dorénavant, quand tu entendras parler de la brutalité du chef, laisse dire... Parce qu'il se pourrait qu'on dise vrai.

Elle reste silencieuse, plongée en elle-même, ayant oublié ma présence.

— Dimanche dernier... Tu sais qu'il est passionné de foot, ardent supporter de je ne sais trop quelle équipe. Eh bien, dimanche dernier, il n'a pas supporté que cette équipe perde, et il a brisé le poste d'un coup de poing.

Avant qu'il revienne, je tire de ma poche une enveloppe pliée en deux et la lui remets d'une main hésitante, lui demandant de ne l'ouvrir qu'après mon départ.

Chaque dimanche soir, l'habitude en est maintenant prise, je raconte à la chambrée les heures que j'ai passées chez le chef. Mais c'est sa femme qui me vaut le plus grand nombre de questions. J'indique comment elle est coiffée, habillée, fardée, rapporte quelques-uns de ses propos, vante ses talents de cuisinière, mais passe sous silence ce qui pourrait me valoir des remarques déplacées. D'ailleurs, en parlant d'elle devant eux tous, j'ai l'impression de la trahir, de la leur donner en pâture, de profaner ce que j'ai de plus précieux, et je m'arrange pour ne rien leur livrer qui puisse se glisser dans leurs rêves.

Ce soir-là, dans mon lit, je ne cesse de penser à elle, à cet instant où elle a dû lire ma rédaction, découvrir combien j'aime et admire le chef, mesurer l'importance qu'ont pour moi ces sorties. Je suis confus d'avoir osé lui laisser ces feuillets, mais heureux de me dire qu'elle saura désormais ce que j'éprouve au cours de ces trop brèves permissions.

Lors de mon premier match avec les cadets, je veille surtout à ne pas commettre de fautes, à ne rien tenter par moi-même, à me mettre totalement au service de l'équipe. Au vestiaire, le moniteur ne me dit rien, mais il me passe la main sur le crâne en hochant la tête en un mouvement d'approbation. Il nous promet que si nous continuons à aussi bien jouer, nous serons champions d'Académie. Il est vrai que nous prenons les choses très à cœur, que nous ne rechignons pas à nous entraîner, et qu'une fois sur le terrain, nous donnons tout ce que nous pouvons. Pour ma part, je joue avec tant de passion, une telle rage de vaincre, que je ne me ménage guère. Le match achevé, je suis si saoulé de coups, si rompu, si épuisé, que je dois attendre de longues minutes avant d'avoir la force de délacer mes chaussures. Mais quel bonheur c'est d'écraser ces freluquets de civils. Nous sommes si bien entraînés, nous jouons avec une telle cohésion, un tel désir de l'emporter, qu'ils ne peuvent rien contre nous, et que chacune de nos équipes de rugby gagne ses matches avec une marge de vingt ou trente points.

J'ai travaillé avec assiduité durant tout le trimestre, et lors des compositions, j'obtiens de bonnes notes. Au classement trimestriel, je suis troisième de la classe, je reçois le grade tout honorifique de sergent et on m'accorde les félicitations. Quand le professeur principal de la classe, qui est aussi notre professeur de français, nous lit le classement et nos moyennes, il a pour moi des mots d'une grande gentillesse, qui me remuent profondément. Il m'apprend notamment que j'ai une étonnante maturité, très supérieure à celle de mes camarades, et il se réjouit de m'avoir dans sa classe. À la fin du cours, j'emprunte un dictionnaire et cherche hâtivement le mot *maturité*. Je veux en connaître l'exacte signification et savoir en quoi il peut m'être appliqué.

Les quatre dernières années qui ont précédé mon entrée ici, je quittais l'école à Pâques et n'y revenais qu'en novembre, après la Toussaint. Durant ces mois, je partais chaque matin à l'aube avec mes vaches, et ne rentrais qu'en fin d'après-midi, pour la traite. Le pré de plusieurs hectares où je les gardais le plus souvent était traversé par un ruisseau et s'étendait en bordure d'un bois, de sorte que même l'été, elles pouvaient rester là toute la journée. À midi, je mangeais le bout de pain et le morceau de gruyère que j'avais emportés dans ma musette, et je buvais l'eau du ruisseau. Selon la saison, j'allumais un feu et me faisais parfois cuire des pommes de terre ou des châtaignes.

Jour après jour, j'étais donc seul du matin au soir. Pour tuer le temps, je confectionnais des sifflets et des pipeaux dans de petites branches de frêne, pêchais des grenouilles, empilais des pierres pour créer des cascades, me pendais aux plus hautes branches d'un saule, et au risque de me rompre le cou, me lâchais dans le vide, certain d'être un parachutiste. Je jouais au Peau-Rouge, construisais des cabanes dans les arbres, posais des collets, fabriquais des paniers avec des rameaux d'osier, ou bien enseignais des tours à ma chienne, dans l'idée de la vendre à un cirque. Mais les heures étaient longues, la journée n'en finissait pas, et le plus souvent, je ne savais à quoi m'occuper. Pour vaincre mon ennui, je parlais à haute voix à mes vaches. Ou improvisais des chansons. Ou me récitais mes tables de multiplication, des résumés de géographie, des fables de La Fontaine.

J'affectionnais particulièrement deux exercices. Le premier consistait à demeurer immobile et à observer longuement tout ce qui se trouvait dans mon champ de vision. Puis je fermais les yeux et devais me rappeler et me décrire tout ce que j'avais observé. Le second exercice était un peu semblable à celui-ci. Mais au lieu de porter mon regard sur ce qui m'entourait, je gardais les paupières closes et me racontais ce que je ressentais, ou ce qui me passait par la tête. *Aujourd'hui,* commençais-je, par exemple, *le ciel est bas, il va pleuvoir et je suis triste. Je n'aime pas quand le soleil est caché, parce qu'il m'est difficile de deviner l'heure. Je m'ennuie plus qu'hier. Un jour, j'irai voir ce qu'il y a derrière cette colline qui barre l'horizon. Elles ont des taons et sont nerveuses. Ce matin, j'ai vu détaler le lièvre et il faudra que je pose un autre collet. Si un cirque m'achète la chienne, comme je ne pourrai pas me séparer d'elle, ils devront m'emmener avec eux...* Parfois, je cessais de me parler, et une histoire se développait, qui m'entraînait fort loin, en des villes et des pays dont les noms me faisaient rêver.

Revenu à ma place, après avoir fermé le dictionnaire, je songe à toutes ces journées passées auprès de mes vaches, à tout ce qui alors me traversait la tête, à tout ce que j'inventais pour échapper à l'ennui, et il m'apparaît que c'est peut-être à ces centaines d'heures vides et grises que je dois cette maturité dont m'a parlé le professeur.

Le chef m'a pris en amitié et il est heureux des bons résultats que j'ai obtenus. Mais s'il s'intéresse à moi, c'est surtout à cause de ma passion pour la boxe. Le dimanche, quand nous nous rendons chez lui, ou rentrons à la caserne, je le harcèle de questions. Je veux tout savoir de ce qu'il a vécu en tant que boxeur, et il accepte bien volontiers d'égrener ses souvenirs devant moi. Les entraînements, ses premiers matches, les heures qui précédaient le combat, l'instant où il franchissait les cordes et découvrait son adversaire, la violence des coups, la tristesse des soirs de défaite, sa joie le jour où il a remporté le titre..., il revit avec moi tout un passé auquel il reste très attaché. Au début, il ne me répondait qu'avec réticence, et je pensais que tout cela ne l'intéressait plus. Je me trompais. En réalité, il souffre de n'être plus jeune et d'avoir dû mettre fin trop tôt à sa carrière.

Quand je l'interroge, son regard s'allume, et il me répond d'une voix sourde, en parlant par saccades, sur un ton fiévreux. Je bois chacune de ses paroles, et plus je l'écoute, plus mon admiration grandit. D'ailleurs, à nous voir marcher côte à côte, on pourrait croire que je suis son fils. Je me suis si bien appliqué à l'imiter, que ma démarche est rigoureusement semblable à la sienne. Mon visage lui-même peut rappeler le sien, puisque avec ma cicatrice sur la joue, il est possible de penser que je garde les traces d'un âpre combat.

Un jour, il m'apprend que je serai désormais son élève. Il a déjà emprunté à l'officier des sports une des clés de la salle où se trouve le ring. Il va me former et m'entraîner sérieusement. Et dans deux ou trois ans, s'il apparaît que je suis doué, il me présentera au championnat d'Académie. Je lui dis ma joie, lui exprime ma gratitude, lui promets d'être un élève digne de lui.

Durant la semaine qui précède le départ en permission, ils sont dans un tel état d'excitation que nos chefs ont le plus grand mal à les calmer et se faire obéir. Moi, je demeure étranger à cette effervescence. À la vérité, je suis triste. Je préférerais ne pas quitter l'école.

Le dimanche qui succède au retour de vacances, aucune permission de sortie en ville ne peut être délivrée.

Le lundi, le chef m'invite à poser une permission de vingt-quatre heures. Pour la première fois, il me fera sortir le samedi en fin d'après-midi. Dans la soirée, il pourra ainsi se rendre au cinéma avec sa femme, tandis que moi, je garderai leur petite fille.

Telle est mon impatience à voir passer les jours qu'il semble que le temps n'avance plus. Cependant, par deux fois, j'ai la joie de monter sur le ring pour commencer à apprendre l'abc du noble art.

Quand nous nous embrassons pour nous souhaiter la bonne année, je remarque que je suis maintenant aussi grand qu'elle. Mais d'avoir grandi de quelques centimètres ne m'a pas pour autant libéré de ma timidité. Je réponds à ses questions d'une voix brève et étouffée, en lui dérobant mon regard. Je ne suis d'ailleurs pas sans me rendre compte du léger malaise que je crée, mais la conscience que j'en prends m'empêtre davantage.

Lorsqu'elle paraît en manteau, maquillée, un foulard sur la tête, j'ai l'impression de me trouver face à une inconnue, et j'ose enfin la regarder. Avec ses lèvres peintes, ses yeux pétillants, cette étoffe bleu ciel qui enserre ses lourds cheveux noirs, elle est d'une éclatante beauté, et je suis heureux et fier que mon chef ait une si belle femme pour épouse.

Ils partent. La porte fermée, je demeure un long moment au centre de la pièce, figé, étourdi. Absents, ils sont encore présents, et j'ai le sentiment d'être un intrus, de violer leur intimité. J'en ressens de la honte.

En veillant à ne faire aucun bruit, je m'installe à la table, ouvre un livre, me mets en devoir d'apprendre une récitation. Mais je ne peux fixer ma pensée, et après un moment, je renonce.

Les escaliers de bois craquent, le mistral fait gémir les pins, de temps à autre, une branche frappe le toit et semble ébranler toute la maison. Je suis envahi par l'angoisse.

L'habitation la plus proche est à quelque cinq cents mètres, et je me sens prisonnier d'une nuit pleine de menaces. Je veux vérifier que les portes et les fenêtres sont bien fermées, mais je n'ai pas le courage de me lever.

Je me précipite vers le divan, m'agenouille, enfouis mon visage dans la couverture et me mets à prier avec ferveur. J'implore la Sainte Vierge, car j'ai remarqué que lorsque j'ai besoin d'une aide, elle est plus prompte à me l'accorder que le Bon Dieu. Je prie pour la petite fille qui dort à l'étage au-dessus. Pour que le chef soit moins malheureux de ne plus pouvoir boxer. Pour toutes les âmes délaissées. Pour qu'il me soit donné d'effectuer un bon trimestre et d'augmenter ma moyenne. Pour que ma chienne et mes vaches soient bien soignées. Pour que la femme du chef soit heureuse de me voir. Pour que je devienne un jour un grand boxeur.

Je rêve et ce rêve répand en moi une profonde douceur. Une main de femme pacifie mon visage, une voix répète mon nom, l'aube d'une journée de printemps commence à poindre. Puis la lumière devenue trop vive m'éblouit, et j'ouvre les yeux. Il fait nuit. Tout est silencieux. Je sens une présence et je sursaute. Je reconnais sa voix qui n'est que murmure.

— Tu m'entends... Comme tu étais loin... Tu as passé une bonne soirée ? Une bonne nuit ?... Tu as pu faire tes devoirs ? Quand nous sommes rentrés, tu dormais déjà.

Ses mains déchiffrent mon front, mes joues, mes lèvres.

— Ne crains rien, chuchote-t-elle à mon oreille. Ne crains rien. Je veux juste te demander... J'aimerais... J'aimerais qu'on s'offre un cadeau... Personne ne m'a rien offert pour Noël.

De l'argent, je n'en ai pas, n'en ai jamais eu, et je me demande anxieusement à qui je pourrai emprunter quelques billets. Quel cadeau me faudra-t-il choisir ? Et par qui le faire acheter ? Quel crève-cœur ce serait si j'allais lui offrir quelque chose qui ne lui plaise pas.

— J'ai froid tu sais... Je déteste ces matins d'hiver.

Je pense qu'elle m'adresse un reproche voilé, qu'elle désire que j'allume le feu de la cheminée, et je cherche à m'extraire du lit. Ses mains s'appesantissent sur mes épaules.

— Mais non, reste... reste... J'ai froid... J'ai tellement froid... Froid à mon corps... à mon âme... Je désire... j'aimerais... j'aimerais simplement me réchauffer contre toi.

Je veux proposer d'aller lui chercher un chandail, ou son manteau, mais je ne peux émettre aucun son. Le sang frappe à mes tempes, mes oreilles bourdonnent, et je ne comprends pas ce qu'elle me chuchote.

Elle s'est glissée près de moi. Ses cheveux effleurent ma joue, et son parfum mêlé à l'odeur de son corps m'amollit, me désempare, me paralyse.

Soudain, au comble de la frayeur, je pense au chef. S'il descend, ne trouvera-t-il pas bizarre que pour se réchauffer, sa femme soit venue s'étendre à mes côtés ? Elle devrait se douter que s'il la découvrait, il en aurait de la peine, et je veux dire que je préfère me lever pour aller allumer le feu. Ensuite, je pourrai même préparer le petit déjeuner. Mais mes lèvres restent closes, et cette impossibilité de parler ne fait qu'accroître mon désarroi.

J'ai les bras le long du corps, et d'une main je cherche à repousser les couvertures, mais elles sont si bien prises sous le matelas, que je ne réussis pas à les dégager.

Sa main caresse ma poitrine, son genou s'applique sur mes jambes et son corps se presse contre mon flanc.

— Mais non. Il est déjà parti. Cette semaine, il est de service. Réchauffe-moi, murmure-t-elle d'une voix rauque et suppliante. Réchauffe-moi.

Je crains qu'elle n'ait pas assez d'espace, et par d'infimes mouvements, je m'efforce de lui faire de la place. Ses mains agrippent mes épaules et me maintiennent immobile.

Elle est maintenant étendue sur moi. Mon corps violemment rétracté n'est plus qu'un bloc de pierre. Elle me retire de la bouche le drap que je mordais, et sa langue s'immisce entre mes lèvres, les ouvre, s'enfonce, fouille, me fracture. Je veux résister, m'échapper, faire avorter ce qui va se produire, mais je n'en ai pas la force. Alors je cède à sa bouche, son souffle, ses ongles, ses mains, à ce feu qui se lève déjà dans les profondeurs de mon sang. Et c'est ce fracas, ce séisme par tout le corps, cette sensation que la terre bascule, se déchire, engloutit le ciel.

Durant la semaine, je ne parle à personne, n'ouvre ni livres ni cahiers. Par chance, je vois peu le chef qui passe son temps au poste de garde.

Où que je sois, en cours, sur les rangs, au réfectoire, je prie. Je prie pour demander pardon d'avoir fait le Mal, pour que jamais le chef ne puisse soupçonner cette chose horrible, pour que la main de Dieu m'empêche de tomber une nouvelle fois dans le péché.

Une question me hante. Quand une femme s'est étendue sur un garçon et l'a aimé, est-ce qu'ensuite elle donne obligatoirement naissance à un enfant ? L'idée que cette catastrophe pourrait se produire me plonge dans un abîme de détresse. Je voudrais apprendre ce qu'il en est, m'ouvrir de mon tourment à quelqu'un, mais je n'ai jamais parlé des choses sales avec qui que ce soit, et je ne me sens pas capable d'aborder ce problème avec l'un ou l'autre de mes camarades.

Le mercredi, au cours du match, je marque un essai, mais je fais une partie médiocre, et le moniteur ne me cache pas que je l'ai déçu.

Les instants les plus pénibles, je les connais quand je suis sur le ring, face au chef. Il apporte une telle passion aux leçons qu'il me donne, il a un tel désir de me transmettre son savoir, il me témoigne une telle amitié, qu'il exaspère ma honte jusqu'à l'insupportable. Ma haine de moi-même est alors si violente, que je voudrais me lacérer, déchirer mon corps, massacrer le sale individu que je suis.

Le dimanche suivant, après le repas, le chef gagne sa chambre. Durant la semaine, sur le lit dur et étroit de la salle de garde, il a mal dormi, et il désire se reposer.

Plus tard, la petite fille s'est assoupie parmi ses jouets. Sa mère la dépose avec grande précaution sur le divan, la couvre, et d'un signe de tête, m'invite à sortir.

Elle referme silencieusement la porte et me demande de l'accompagner sur la colline. Elle veut que je l'aide à retrouver une petite balle qu'elle a perdue en jouant avec sa fille.

Nous grimpons en sinuant entre les arbres. Le soleil d'hiver chauffe assez pour que s'exhale des pins une légère odeur de résine. Elle marche devant moi et chantonne. Elle est en espadrilles, jambes nues. Je suis anxieux, mais je savoure chacune de ses formes, chacun de ses mouvements. Lorsque la maison n'est plus en vue, elle m'arrête, m'écroule derrière un buisson et assouvit hâtivement son désir sur moi.

Je me figurais que pour s'aimer, un homme et une femme devaient se cacher dans le noir, être étendus sur un lit, et mon étonnement est sans bornes d'avoir découvert qu'ils peuvent s'étreindre de jour et dans la campagne. Que cet acte ait pu être commis en pleine lumière et en dehors d'une pièce close augmente encore mon tourment. Tant d'yeux auraient pu nous surprendre. Et n'est-ce pas défier le ciel que d'effectuer au grand jour ce qui doit s'accomplir en de profondes ténèbres ? À coup sûr Dieu nous aura vus. Terrible sera le châtiment.

Dans mon village, depuis ma plus tendre enfance, j'ai vu des bêtes s'accoupler, et à plusieurs reprises, avec mon patron, j'ai conduit des vaches au taureau. Ce qui se passait alors ne m'étonnait pas, ne provoquait en moi aucun trouble, n'entraînait aucune interrogation. C'était là la vie des animaux, et je l'acceptais comme telle. Le chien montait sur la chienne, le bélier sur la brebis, le taureau sur la vache, et quelque temps après naissaient un ou des petits. J'aimais follement ces animaux miniatures. Je pouvais les prendre dans mes bras ou longuement les caresser. Et l'affection que je leur portais se glissait dans le regard que je posais sur ce mâle et cette femelle s'associant pour engendrer un petit dont j'aurais plaisir à m'occuper.

Les souvenirs de ces instants entrent maintenant en relation avec ce que je viens de vivre, et ma stupeur est immense à songer que l'homme et la femme ont cela en commun avec les bêtes. Un voile se déchire, un vaste domaine se découvre à moi. Un domaine dont je ne sais rien et dont je pressens confusément qu'il doit jouer un rôle important dans l'existence de l'être humain. Je me reproche de ne m'être jamais soucié de ces questions, et j'ai honte de ma totale ignorance.

Un soir, à la sortie du réfectoire, j'accoste un de mes camarades. Il est de la 4e section, et le dernier de sa classe. Il est entré à l'âge de huit ans dans une école militaire, et il y a donc cinq ans qu'il porte l'uniforme. Dans la compagnie, ils sont une douzaine comme lui à être venus de cette autre école. Ceux-là, je peux dire que je ne les aime guère. Ils parlent mal, ne soignent pas leur tenue, lisent de vilains magazines, tiennent tête à nos chefs, et j'ai toujours pris garde à ne pas les fréquenter.

Ce soir, si je passe outre à l'aversion que j'ai pour lui, c'est dans le désir qu'il m'éclaire, qu'il réponde à des questions qui ne me laissent aucun répit. Il a une tête de plus que moi, et on raconte qu'il a déjà rendu visite aux femmes de mauvaise vie. À la douche, j'ai aussi pu voir qu'il a toute une broussaille au bas du ventre, et pour cette raison, je pense qu'il doit connaître bien des choses que j'ignore. Je voudrais qu'il m'apprenne certains mots, m'initie à certaines réalités, m'enseigne ce qu'il sait, me donne des conseils, m'indique comment on doit se comporter à l'instant crucial.

Après que je m'étais lancé en un interminable préambule, il finit par comprendre ce que je lui veux. Mais pour me dire ce qu'il sait, il exige au préalable que je lui donne mes desserts pendant une semaine. Chaque soir, pendant sept jours, je lui remets donc ponctuellement mes quatre figues. Un soir, je peux enfin lui soumettre ma première question. D'emblée, il m'irrite profondément. Il n'emploie que des mots d'argot, obscènes, orduriers, qui souillent tout. De surcroît, je me rends vite compte qu'il n'a pas grand-chose à m'apprendre. Il m'entretient de sa cousine qui, une fois, s'est mise nue devant lui dans la pénombre d'une tente. Dès que je lui pose une question précise, il l'esquive en me racontant une histoire dénuée d'intérêt. Alors je comprends qu'il m'a roulé. Je lui balance aussitôt mon poing dans la figure et nous nous bagarrons. Il est nettement plus fort que moi, mais je suis dans une telle rage que je le fais reculer et qu'il doit demander grâce. Après coup, j'ai pensé que si nous avions été engagés dans un vrai combat, l'arbitre serait venu à moi et m'aurait levé le bras en signe de victoire.

Un instant plus tard, je me rends dans sa chambre pour faire la paix et lui serrer la main. Quand je le vois étendu sur son matelas, avec ce mouchoir plein de sang qu'il tient sous son nez, je suis affreusement malheureux. Je lui demande de me pardonner et je promets de lui donner mes figues jusqu'à la fin du mois.

Quand je suis seul avec le chef, sur le ring ou le dimanche, alors que nous marchons côte à côte en nous rendant chez lui, pas une seconde ne me quitte l'idée de la chose horrible, et c'est insupportable. Je ne sais ce que je dois penser de cette femme, mais ce qui est certain, c'est qu'elle a pris possession de moi. À chaque instant, elle est là qui me parle, m'appelle, m'enjôle, me soumet brutalement à son désir, et je ne cesse de revenir à ces minutes où son corps écrasait le mien. Je me plais notamment à revivre ce réveil d'un certain dimanche. Ma surprise. Mon trouble. Ma peur grandissante. La confuse prescience que quelque chose de grave et d'irrémédiable se préparait. Mon désarroi. Mon corps qui se rétractait. Ce refus affolé qu'étouffait déjà le désir. Puis l'engloutissement. Une dissolvante douceur. Cette sensation d'être soulevé, roulé, emporté par une vague furieuse, par des forces auxquelles je ne pouvais résister. Puis l'éclatement. Une jouissance inconnue, violente, vertigineuse. Et sans transition, la retombée. Le retour de la peur. Le noir et le froid du gouffre où je reviens à moi, incrédule et désemparé.

Ce qui est survenu est tellement inconcevable, se situe tellement loin de l'univers qui est le mien, que je doute de l'avoir réellement vécu. Et dans le même temps, ce qui me tourmente est si violent, que je crains de le voir faire irruption dans mes yeux, sur mon visage, se glisser à mon insu dans les mots que je prononce. En anticipant, je vis déjà cet instant où mon chef, en me fixant, découvrira l'inavouable. Le seul élève de la section auquel il a donné son amitié, cet élève l'a trahi. Je vois alors son visage se décomposer, et la honte me submerge, me suffoque, gonfle ma gorge d'un perpétuel sanglot.

Je cherche sans fin ce dont je pourrais prendre prétexte pour lui dire que je souhaite désormais rester à la caserne le dimanche. Mais rien ne tient de ce que j'invente. Et comment oser prétendre, comment oser lui expliquer que je ne désire plus me rendre chez lui, alors qu'il ne s'est jamais tant occupé de moi, et qu'il sait combien je lui suis attaché ?

Chaque jour, après l'extinction des feux, quand le silence se fait, je l'entends pleurer. Alors, je me lève, enfile ma capote, m'assois sur le bord de son lit, et lui parle à voix basse. Mais ce que je lui chuchote semble n'avoir aucun effet. Le visage enfoui dans son polochon, la couverture tirée sur la tête, il sanglote comme s'il devait ne jamais s'arrêter. Je me refuse pourtant à m'avouer que je ne peux rien pour lui, et soir après soir, je suis là, à presser de la main son épaule, à lui faire entendre une voix compatissante, à chercher des mots pour l'apaiser. Ils n'ont pas le pouvoir de l'empêcher de pleurer, mais je veux espérer qu'ils l'aident à se sentir moins seul et moins malheureux. D'ailleurs, je ne peux pas avoir un autre comportement. Si je restais dans mon lit, je me laisserais gagner par sa détresse, et ce serait bien pire. En essayant de le consoler, en le poussant à surmonter son chagrin, je me force à réagir et parviens à desserrer ce qui m'oppresse.

Tout cela, c'est la faute des anciens. Un soir, on l'a vu arriver complètement nu, les genoux en sang, tenant dans ses bras ses vêtements roulés en désordre. Il claquait des dents, était hagard, et tout son corps tremblait. En le voyant, j'ai immédiatement compris qu'il sortait de chez ces salauds, et quelques jours plus tard, il m'a raconté ce qui s'était passé. Ils l'avaient obligé à se dévêtir, puis contraint à monter et descendre à genoux les escaliers des trois étages. Pour qu'il aille plus vite, ils lui frappaient le dos et les fesses à coups de ceinturon.

Les escaliers sont en bois. Sur la partie antérieure de chaque marche est vissée une étroite bande de métal. Ces bandes, à certains endroits, sont usées sur toute leur épaisseur. Au bord de ces trous fort irréguliers, le fer, au lieu d'être lisse et aplati, est parfois relevé, et se présente comme une lame d'un ou deux millimètres de hauteur, coupante et dentelée. Pour ses genoux, ces lames ont été autant de petites scies, qui ont entaillé et haché les chairs. Pendant plusieurs jours, il ne put marcher qu'avec difficulté, et il me fallait l'aider à se mettre au lit. Mais un matin, il dut se rendre à l'infirmerie, car dès qu'il pliait un tant soit peu les genoux, les plaies purulentes se rouvraient et il semblait alors qu'elles ne pourraient cicatriser avant longtemps. Au médecin, il raconta qu'arrivé en retard à un rassemblement, il avait couru aussi vite qu'il pouvait, et que, glissant sur des cailloux, il était lourdement tombé.

Les anciens, nous les détestons. Nous avons peur d'eux, et chaque soir, nous poussons les armoires contre la porte de notre chambre, mais cela ne sert à rien. Ils arrivent à plusieurs et parviennent toujours à la forcer. Alors la razzia commence. Ils fouillent dans nos affaires, font main basse sur notre argent, et si l'un de nous a reçu un colis, ils se jettent sur ce qu'il en reste. Après quoi, nous devons les suivre pour faire leurs lits, cirer leurs chaussures, briquer leurs chambres. Mais si tout s'arrête là, nous nous en tirons à bon compte. Le plus souvent, il faut subir bien d'autres avanies. Par exemple, livrer à poings nus un combat contre un camarade. Ou s'étendre sur une couverture à l'aide de laquelle ils nous projettent une dizaine de fois jusqu'au plafond, pour nous laisser retomber ensuite non sur le sol, mais sur des pieds de châlits qu'ils nous ont fait au préalable entasser au centre de la pièce.

Bien sûr, nous pourrions alerter nos chefs, mais nous savons bien que les représailles qui s'ensuivraient seraient pires que ce que nous endurons.

Ce dimanche, elle oublie de me donner le petit sac de victuailles qu'elle a désormais l'habitude de me remettre avant que je ne parte. En revanche, alors que le chef joue encore un moment avec la petite, elle glisse d'une main prompte une lettre dans la poche de ma veste.

Pendant le retour vers la caserne, je suis dans un tel état de trouble et d'inquiétude que les mots que prononce le chef ne sont pour moi qu'un marmonnement confus, lointain, et l'incapacité où je suis de comprendre ce qu'il me dit ajoute encore à mon anxiété. Par chance, une fois de plus, il me parle de la boxe, et il est à ce point pris par ce qu'il raconte, qu'il ne remarque rien. Moi, mon flanc me brûle. J'ai l'impression d'avoir des tisons dans la poche.

C'est lui qui surveille notre étude. Pendant ces deux heures, j'épie chacun de ses regards, ses gestes, ses pas, craignant à tout instant qu'il ne vienne me fouiller et découvre ce que pour rien au monde je voudrais qu'il ne sache.

En fin d'étude, je les laisse tous descendre, et lorsque je me retrouve seul, je parcours en toute hâte ces lignes qui tremblent sous mes yeux. Mais je suis comme ivre, et je ne comprends rien à ce que je lis. Cependant, des mots retentissent en moi, et je réalise soudain que je tiens une lettre d'amour dans mes mains. Et cette lettre, on me l'a donnée. C'est pour moi que ces mots ont été écrits. J'exulte et je suis effrayé.

Mais que faire de ces feuillets ? Maintenant que je les ai retirés de leur enveloppe, c'est comme si je les avais dépouillés de ce qui les gardait secrets, comme si je les exhibais au grand jour, comme si rien ne les tenait plus à l'abri des yeux fureteurs qui pourraient en prendre connaissance.

Je sais qu'ici n'existe aucun lieu sûr où pouvoir les cacher. Quant à les déchirer et m'en défaire, tout mon être s'insurge à cette idée. Je descends dans la cour. Elle est vide, noire, silencieuse. Je contemple longuement les étoiles. Elles me font oublier le chef, la caserne, ces instants d'angoisse que je viens de connaître. Une paix monte en moi, des choses vitales me sont confusément dévoilées, et je comprends que je commence à quitter mon enfance. Les feuillets que je tiens enfouis dans ma poche, je les porte à ma bouche. Me mets à les mâcher et les avaler. Pour n'avoir pas à me séparer de ce qui m'est venu d'elle. Pour la sentir vivre en moi. Pour faire passer ses mots dans mon sang.

Chaque soir, il pleure, mais je ne me lève plus. J'ai été obligé de reconnaître qu'il est inconsolable, et j'ai renoncé à l'accompagner de mes mots. Pour ne pas l'entendre sangloter, je me bouche les oreilles. Cet instant est pour moi le plus pénible de la journée. Et il me semble ne jamais prendre fin, car nous avons si froid que nous mettons un long moment avant de nous endormir.

Tout comme moi, il est peu bavard, et nous n'avons

jamais bien parlé, encore moins fait allusion à ces moments, après l'extinction des feux, où je me portais près de lui pour lui chuchoter quelques mots de réconfort. Mais sans doute n'a-t-il pas été insensible au souci que j'avais de le secourir. Car un matin, comme nous arrivions en classe, il m'a demandé de placer son bureau contre le mien. J'ai évidemment accepté, et à partir de ce jour, il n'a pas cessé de se tenir à mes côtés, de capter tout ce que je disais, de me suivre partout comme un chien fidèle. Moi j'étais étonné qu'il recherche ma compagnie. Étonné et fier de pouvoir l'entraîner dans mon sillage, de pouvoir lui rendre plus supportable sa vie à la caserne.

Un jour, il apprend que je cherche à acquérir les lettres que reçoivent certains de nos camarades. Une part de pain contre une lettre. Deux parts s'il s'agit d'une lettre qu'une mère a écrite. Spontanément, il me propose de me donner celles qui lui seront adressées, et c'est à cette minute qu'une profonde amitié a pris naissance entre nous. Ce soir-là, je lui pose des dizaines et des dizaines de questions sur sa mère et ses deux sœurs, et je perçois qu'il est quelque peu intrigué par ce besoin que j'ai de l'interroger avec insistance, de tout savoir d'elles, de les rejoindre à travers lui.

Mais cette amitié qui a surgi entre nous n'empêche pas que chaque soir, lorsqu'il se met au lit, le retour de la solitude et des ténèbres le laisse sans défense contre sa détresse. Et depuis que je le connais un peu mieux, depuis que je me sens responsable de lui, depuis que d'une certaine manière il m'a admis dans sa famille, je ne peux plus supporter de l'entendre sangloter. Aussi, un matin, je le convaincs de se rendre à l'infirmerie. Là, on lui donnera des remontants, et il retrouvera un meilleur moral.

Il n'est pas revenu de l'infirmerie, et quelques jours plus

tard, j'ai appris qu'il avait été hospitalisé. Il ne m'a pas écrit, et je n'ai plus jamais entendu parler de lui.

Le chef de la 4e section ne m'aime guère, parce qu'il déteste mon chef et que je suis le protégé de celui-ci. Quand il est de service, il m'a à l'œil et ne manque jamais de m'adresser des remarques blessantes. Parfois, il m'injurie et menace de me faire renvoyer de l'école. Moi, je le défie du regard, et en sa présence, ne peux m'empêcher de pincer les lèvres en une moue d'ironie. Mais il n'ose me punir, car il lui faudrait s'expliquer avec mon chef, et c'est ce qu'il préfère éviter.

L'autre soir, mon chef et moi, nous revenons de la salle des sports, et nous trouvons dans le couloir de la compagnie. Quelques minutes plus tôt, nous combattions sur le ring. Suspendus à leurs lacets noués derrière ma nuque, mes gants pendent sur ma poitrine, et je suis particulièrement fier d'arborer la serviette-éponge du chef autour de mon cou. Nous marchons en silence, encore essoufflés, et tout en me réjouissant à l'idée qu'en cet instant on pourrait me prendre pour un vrai boxeur, je rêve au palmarès prestigieux qui sera le mien. Je regrette d'avoir des cheveux trop courts. S'ils étaient plus longs, des mèches luisantes de sueur seraient plaquées sur mon front, et je ressemblerais ainsi à ce populaire champion français qui vient de conquérir avec quel brio la couronne des poids moyens au Madison Square Garden, à New York. Ce champion est mon idole, et quand il m'arrive de trouver un article qui lui est consacré, je le recopie avec grand soin dans un cahier secret.

Le chef de la 4e section sort d'un bureau. En nous voyant, il s'arrête, nous inspecte de haut en bas, de bas en haut, en hochant la tête.

— Ah ! Voilà les champions… Bravo… Bravo les champions…

Il nous applaudit avec vigueur. Il sent l'alcool, et à ses yeux, à ses paupières gonflées et rougies, je peux voir qu'il est éméché. Puis son regard et son visage changent d'expression, et il nous lance avec hargne :

— Moi, les champions, je les… Et il nous fait un geste obscène.

Mon chef le saisit des deux mains par le col de son blouson et le plaque violemment contre le mur. Je me détourne. Seulement deux coups. Puis le bruit d'un corps qui s'effondre, heurte le sol, et sitôt après, un gémissement plaintif, coupé par les inspirations brèves et saccadées de quelqu'un qui a du mal à retrouver son souffle.

Une huitaine de jours plus tard, je reviens d'un entraînement de rugby. Dernier du groupe, je franchis la courte et large passerelle qui relie le bâtiment central à la cour. Le chef de la 4e section est là, accoudé à la balustrade. Il mâche du chewing-gum, et d'un geste habituel à tous les chefs de section, ne cesse d'enrouler et de dérouler autour de son index le lacet à l'extrémité duquel est fixé le sifflet dont il fait d'ailleurs un fréquent usage.

Depuis ce qui lui est arrivé avec mon chef, le sergent m'ignore, et je m'en porte fort bien. Mais en passant devant lui, je ne sais quelle stupide impulsion me saisit que je regrette tout aussitôt. Tandis que mes camarades reforment les rangs, je me place en face de lui. Imitant son attitude, je pose mon coude sur la balustrade, étends mes jambes sur le côté, prends un air abruti, et ouvrant la bouche à m'en décrocher les mâchoires, fais semblant de mâchouiller du chewing-gum. Le sergent ne pipe mot, mais il bondit et me décoche un violent coup de pied. Mon esquive n'est pas assez prompte, et il m'atteint à l'arrière de la cuisse.

Le moniteur n'a rien remarqué et je m'empresse de me joindre à notre groupe qui part déjà au pas cadencé.

Je boite bas, le sang coule le long de ma jambe. Je suis en short, et je me rends compte que les clous de son brodequin ont labouré ma cuisse sur toute sa longueur.

Le soir, au moment de me mettre au lit, je ne parviens pas à retirer mon pantalon. Le tissu adhère à la plaie qui continue de saigner, et je m'étends sur mon lit sans me déshabiller.

Chaque élève est immobile au pied de son lit, en tenue 1. Le chef nous passe en revue, examine la propreté de nos gants blancs, vérifie si nos boutons de veste ont été astiqués, si nos brodequins ont été cirés, si le béret de chacun est convenablement incliné.

Ensuite, les six compagnies sont rassemblées dans la cour à leurs places respectives, et chaque chef de section, en faisant déplacer tel ou tel de quelques centimètres, s'assure que nous sommes impeccablement alignés.

Les professeurs sont là, en rangs, immobiles, graves et silencieux, et auprès d'eux se tient une section de soldats en tenue kaki. Ces soldats accomplissent leur service militaire à notre école. Ils sont affectés à différentes tâches, dont la surveillance des études.

La sonnerie d'un clairon nous avertit que la prise d'armes va commencer, que nous avons à nous tenir prêts, qu'un ordre va nous être donné.

— Compagnies, hurle le sous-officier de semaine, garde-à-vous.

Des centaines de talons claquent, faisant un bruit sourd.

Sous le porche du bâtiment central apparaît le drapeau porté par le major de l'école accompagné des cinq élèves

— un de chaque côté et trois derrière lui — qui constituent sa garde. Avec leur fusil sur l'épaule, leurs guêtres blanches, leurs gants blancs, leurs crispins blancs se détachant nettement sur le drap bleu marine de leur tenue, ils ont belle allure. Chaque fois que je les vois et entends le bruit sec de leurs pas cadencés, une émotion me saisit, un élan, le vibrant désir de faire honneur à l'armée, de me mettre au service de la France, d'être de ceux qui pour la défendre sont capables de donner leur vie. Ils prennent place au pied du mât et l'attente commence.

Après plus d'une heure, le sous-officier de semaine commande *Repos*, puis *Garde-à-vous*, et présente le bataillon à l'officier de semaine, lequel commande *Repos*, puis *Garde-à-vous*, et présente le bataillon au commandant en second, lequel commande *Repos*, puis *Garde-à-vous*, et présente le bataillon au colonel.

Escorté d'officiers étrangers à l'école qui se tiennent en retrait, le colonel nous passe en revue, tandis que la fanfare de l'école joue *Sambre et Meuse*[1]. Puis l'attente reprend.

Aussitôt, mes camarades se mettent à chuchoter. Ils sont joyeux et excités, car cette prise d'armes nous fait sauter les deux derniers cours de la matinée. Ils se moquent de trois d'entre nous qui, lors de la dernière distribution de linge, ont touché une chemise sans col, et portent leur cravate à même la peau du cou. À plusieurs reprises, je leur demande avec bonne humeur de se taire et de ne pas rompre l'alignement. Je ne voudrais pas qu'à cause d'eux mon chef se fasse réprimander par notre capitaine.

Sous le porche, un sous-officier lève le bras. Le colonel commande *Repos*, puis *Garde-à-vous*, et un profond silence

1. *Régiment de Sambre et Meuse* est une célèbre marche militaire.

s'abat sur la caserne. Je dois regarder droit devant moi et ne puis les voir arriver. J'entends d'abord le bruit des pas cadencés franchissant la passerelle, puis celui plus sourd qu'ils font dès qu'ils frappent le sol caillouteux de la cour. Soudain naît une émotion intense qui grandit, court, déferle de section en section. Je tourne légèrement la tête et vois le cercueil sur les épaules des huit parachutistes. Ils le déposent près du mât sur deux tréteaux et déploient sur lui le drapeau tricolore. La sonnerie aux morts retentit. Des rafales de vent poussent et déchirent de lourds nuages noirs. Je songe à celui qui repose sous ce drapeau, et qui, il y a moins d'un an, était encore parmi nous. Je prie pour lui, ai de la peine à retenir mes larmes.

Le colonel commence son allocution.

— Y en a marre de leurs salades, ronchonne celui qui est derrière moi. J'ai une de ces fringales.

Je lui décoche un coup de talon dans les tibias, et reçois tout aussitôt un coup de poing qui me déséquilibre et fait tomber mon béret. Je connais quelques secondes d'affolement, ne sais si je dois le ramasser ou rester tête nue. J'ai peur que le vent le fasse rouler hors de ma portée. Quand je veux le prendre, mon voisin met le pied dessus. Enfin je réussis à m'en saisir et à promptement me l'enfoncer sur le crâne.

Un roulement de tambour ouvre le ban. Le colonel lit la citation, mais sa voix n'est pas assez puissante, et nous n'entendons rien de ce qu'il dit. Il épingle la médaille sur le drapeau. Puis la fanfare joue la *Marseillaise*.

Pendant le défilé, et même à l'instant du *Tête gauche*, lorsque nos têtes pivotent et que nous passons devant le cercueil, le colonel, les officiers et les professeurs, mes voisins parlent du repas qui nous attend, et j'en ai honte.

Le soir, je me rends à la chapelle pour la veillée funèbre. En arrivant, je suis surpris de voir une assistance aussi nombreuse. Habituellement, nous ne sommes que quelques-uns à assister à la prière. Le cercueil est posé sur des chaises et je ne puis en détourner les yeux.

Après un long moment de recueillement et de prière silencieuse, l'aumônier s'adresse à nous comme s'il méditait à haute voix. Il nous parle de notre camarade mort, du fait qu'on n'a pas toujours la vie qu'on mérite, de la conscience qu'il faut avoir de notre précarité, du sens que nous devons attribuer à la mort, laquelle ne doit pas nous effrayer, car elle nous permet de rejoindre le Père et de connaître une joie éternelle.

Il s'exprime avec des mots simples, et tout ce qu'il dit, je le comprends. Il commente notamment la parole d'un prophète, un ami du Christ, je crois qu'il s'appelait Jérémie, et il y a plusieurs siècles, cet homme a expliqué à des pauvres bergers qui se plaignaient de leur existence, que *la voie des humains n'est pas en leur pouvoir, et qu'il n'est pas donné à l'homme qui marche de diriger ses pas*. Pour une raison que j'ignore, ces mots s'impriment en moi. Après les avoir entendus, je ne cesse de réfléchir à ce qu'ils signifient, et je n'écoute plus ce que dit l'aumônier.

Je ne me suis pas déshabillé pour être prêt dès qu'on viendrait me chercher. Mais on n'a pas eu à me secouer, car je ne me suis pas endormi.

Quand je la traverse, à deux heures du matin, la cour vide, obscure et silencieuse, réactive en moi cette peur du noir que j'ai toujours connue. Je veux courir, mais mes jambes s'y refusent. Alors je prends le plus grand soin à ne pas faire de bruit, soucieux de ne pas révéler ma présence à ceux qui pourraient vouloir s'emparer de moi.

Lorsque je pousse la porte, elle grince. Assis près du cercueil, un sous-officier et un ancien lèvent brusquement la tête, et je reste là, confus, hésitant, empêtré, n'osant plus repousser le battant. Enfin je m'y décide, et je m'empresse de me mettre à genoux, de m'absorber dans ma prière.

Je me rends compte que je suis seul à être de ce côté-ci du cercueil, et j'en éprouve un vague malaise. Le silence est tel qu'il m'écrase, semble devoir étouffer en moi la moindre pensée, le moindre mouvement de vie. Je me tasse sur ma chaise et me prépare à vivre une heure dont je sais qu'elle sera longue.

La luminescence rougeâtre qui émane du Saint Sacré-Cœur[1] ombre de rouge le blanc du drapeau qui couvre la partie supérieure du cercueil. Je scrute la médaille, mais la lumière trop rare ne me permet pas d'en distinguer les détails, ni d'identifier la couleur du ruban.

Quand est-il mort ? En quelles circonstances ? A-t-il souffert ? A-t-il été long à mourir ? Un ami lui a-t-il tenu la main à l'ultime instant ? Et avait-il encore des parents ? Je le connaissais un peu. Il était grand, avait un visage taillé à coups de serpe, et un regard doux, bon, empreint de gêne et de timidité. Je l'admirais, car il était un de nos meilleurs joueurs de rugby. Une fois, après un match, je lui avais porté son sac, et rentré à la caserne, nettoyé ses chaussures. En outre, j'avais relevé avec amusement que mon numéro matricule était le double du sien.

Depuis mon entrée à l'école, combien d'anciens élèves

---

1. Dévotion au cœur de Jésus-Christ. Mais le texte semble plutôt référer ici au Saint-Sacrement, ou Eucharistie, qui est la croyance en la présence réelle de Jésus-Christ dans l'hostie, présence manifestée par un lumignon rouge dans les lieux de culte.

sont-ils tombés, là-bas[1] ? Une quinzaine ? Deux de nos sous-officiers ont été tués récemment, un est porté disparu, et le capitaine qui, l'année dernière, commandait la 6e compagnie a perdu les deux jambes en sautant sur une mine. Mais pourquoi les hommes ont-ils un tel besoin de se battre et se détruire ? Depuis le début de l'année, je pense souvent à la mort. Ce n'est pas elle qui me fait peur. Ce qui m'effraie, c'est cette idée que je m'éteindrai à des milliers de kilomètres de chez moi, de mon village, de mon pays, et que je disparaîtrai sans que quelqu'un se penche sur moi, me prenne dans ses bras, m'aide à entrer dans la nuit, quelqu'un qui m'aurait aimé, apprécié, reconnu. On enfouit le cadavre en terre, il se décompose, pourrit, et que reste-t-il de celui qui a été ? Ne subsistent de lui que de vagues traces en quelques mémoires, des images insaisissables, des souvenirs brumeux qui vont s'effaçant. Et si nul ne s'est attaché à lui ? S'il n'a manqué à personne ?

En entrant dans cette caserne, en voyant ces murs, ces bâtiments, en découvrant ces centaines de visages inconnus, ces manières de parler tellement différentes de la mienne, dès la première minute, j'ai compris que j'étais seul, irrémédiablement seul, que je serais à jamais seul, que chaque être humain est misérablement seul, et depuis, je ne suis plus comme avant. Si je ne travaille pas en classe aussi bien que je le devrais, c'est parce que je souffre de ma

1. En Indochine française, colonie regroupant les actuels Vietnam, Laos et Cambodge où l'armée se bat de 1946 à 1954 contre les nationalistes communistes du Viêt-minh de Hô Chi Minh. Les Français se retirent et l'indépendance est reconnue en 1954. La guerre d'Indochine se prolongera de 1964 à 1975 avec la guerre du Viêtnam (mais sans intervention française). Lointaine, meurtrière (75 000 morts français), éprouvante pour les soldats devant affronter une guérilla dans la jungle, coûteuse et peu soutenue par la population au sortir de la guerre de 1939-1945, elle inquiète les soldats.

solitude et que je pense à la mort. J'arrive en étude, m'assois à ma table, et je n'ai pas le goût d'ouvrir un livre. Je reste ainsi pendant deux heures, le regard dans le vide à ressasser de pauvres pensées qui n'entament en rien cet écrasant mystère. Alors je m'accuse avec hargne d'être un paresseux, m'adresse mille cinglants reproches, m'ingénie à susciter en moi une réaction d'orgueil, mais en vain. La pensée de la mort est là qui me taraude, et il arrive que toute envie de vivre me déserte. Pendant des jours, je demeure privé de volonté, suis incapable de me ressaisir, et le désarroi qui me gagne à la pensée que je m'enlise, que je vais à l'échec, que je ne serai qu'un raté, ajoute encore à ce qui m'enlève tout courage.

Le sous-officier soupire, allonge et replie les jambes, change de position à tout instant. Si le cercueil n'était pas caché sous le drapeau, je n'aurais pas le cœur de laisser mon regard fixé sur lui.

Soudain, à ma propre surprise, je me vois me lever et aller m'asseoir derrière eux. Je suis ainsi moins proche du cercueil, et à l'abri de ce rempart, me sens quelque peu protégé.

Dans mon village, j'étais enfant de chœur, et chaque décès me réjouissait. Un enterrement, c'était pour moi la joie d'être dispensé d'école un matin ou un après-midi, ainsi que l'espoir de gagner quelque pièce de monnaie. Mais lorsque nous nous rendions dans un hameau sous la pluie ou dans la neige, l'enterrement n'était plus une partie de plaisir. Au fil des kilomètres, les doigts rougis s'engourdissaient, et la haute lourde croix de métal se faisait pesante. Toutefois, si nul n'était en vue, notre bon curé permettait que je la porte sur l'épaule, telle une fourche. La côte était rude sous les châtaigniers. Le cheval s'emballait, prenait plusieurs dizaines de mètres d'avance. Alors nous pressions le pas, et nous le retrouvions en haut de la montée, sur un replat, où il savait qu'il devait nous attendre. Car son maître, le croque-mort, lui non plus ne pouvait suivre. Il se hâtait péniblement, ronchonnant après sa bête. Il était le charron du village, un homme de haute taille, corpulent, rubicond, qui se déplaçait avec difficulté et en soufflant. Même s'il faisait frais, il était en sueur, et à tout moment, sortait de sa poche un vaste mouchoir, aux rayures violettes, avec lequel il s'épongeait le front d'un geste las. Cet homme, je l'aimais. Lorsqu'il passait dans la rue du village avec son cheval tirant un tombereau ou un char, et qu'il m'apercevait, il m'invitait à monter près de lui et me laissait m'emparer des rênes. Mais il est mort deux mois avant que je quitte le village, et le jour de son enterrement, j'ai entendu des plaisanteries qui m'ont peiné.

Moi aussi, j'étais berger, et si j'avais vécu dans les temps anciens, Jérémie, cet ami du Christ, aurait pu s'adresser à moi. Cette parole qu'il a dite à ces bergers nomades qui avaient toujours à chercher leur chemin, je n'ai aucune difficulté à la comprendre. Je peux même me considérer comme le vivant exemple de ce qu'elle exprime. Assurément je suis un enfant de troupe, mais je n'ai jamais eu le désir d'en devenir un. Ne sachant pas que ces écoles existaient, comment aurais-je souhaité revêtir cet uniforme ? Seul un concours de circonstances a décidé de ma venue ici. Le maire de notre village était un adjudant en retraite. De temps à autre, je faisais ses commissions, et il m'avait pris en amitié. Or un jour, il a parlé de moi à mon instituteur, lui a dit qu'ils devaient se préoccuper de mon avenir, trouver un moyen de me faire entreprendre des études. Un matin de mai, sur une antique moto poussive, tressautante et pétaradante, on m'avait donc conduit dans une caserne du chef-lieu. Le froid était d'ailleurs intense ce matin-là, et je me souviens qu'en posant les pieds sur le sol, mes jambes engourdies, aux genoux bleuis, s'étaient dérobées, et je m'étais retrouvé à terre. J'ai passé tant bien que mal les épreuves du concours, et trois mois plus tard, en revenant d'un pèlerinage, j'ai trouvé cette enveloppe. C'était la première fois qu'une lettre m'était adressée. J'étais suprêmement excité et la tenais dans mes mains tremblantes sans oser l'ouvrir. Elle m'apprenait que j'avais réussi au concours, et qu'à la prochaine rentrée scolaire, j'aurais à me présenter à cette école militaire. Faute de pouvoir imaginer ce qui m'attendait, je ne pouvais m'arrêter à ces mots qui ne signifiaient que très peu de chose pour moi. Mais dès que j'en eus pris connaissance, je courus chez le maire et chez l'instituteur pour leur annoncer la nouvelle et les remercier.

Si ce n'est pas moi qui choisis, décide, par quoi mes pas sont-ils dirigés ? Et où vont-ils me mener ? Si je suis poussé sur un chemin de perdition qui n'entraînera pour moi qu'échec, difficultés, malheur, comment vais-je le supporter ? Et si par exemple un jour je fais des bêtises, écope d'une sale histoire avec l'un de mes chefs, si devenu grand et fort, je casse la gueule à un sous-officier, qu'adviendra-t-il de moi ? Ceux qui ont en eux des forces mauvaises, qui les contraignent à mal agir, ont-ils le pouvoir de lutter contre elles et de les transformer en leur contraire ? Quand je ne parviens pas à travailler, la faute en est-elle à moi, ou à un certain quelque chose, en moi, qui me domine, et contre quoi je ne peux rien ? Je prends conscience qu'on ne choisit ni ses parents, ni son enfance, ni ce qui en découle, ni ce qu'on est. Mais ce que le hasard et les circonstances m'ont attribué, et qui n'est pas forcément pour me convenir, dois-je le combattre, ou m'y soumettre ? Ces questions qui viennent de surgir en moi, je devine qu'elles ne me lâcheront plus. Ainsi non seulement suis-je seul, dramatiquement seul, mais encore, il ne m'est pas accordé de choisir la vie qui pourrait répondre à mes désirs. Mes pas, ces pas que je ne peux diriger, où vont-ils me conduire ? Vers quels pays ? Quelles rencontres ? Quels abîmes ? Et devrai-je continuer d'avancer si je comprends un jour que ce que je suis me vaudra d'être rejeté par mes semblables ? Je tombe à genoux, et je prie. Avec une ferveur rageuse, désespérée. Je prie pour que celui qui dort dans ce cercueil entre au Paradis. Pour que ceux qui combattent là-bas nous reviennent sains et saufs. Pour que je ne sois pas renvoyé de l'école et que je n'aie pas à m'engager. Je prie surtout pour mon chef et demande instamment qu'il ne soit pas muté au cours des années à venir. Je prie aussi pour que la guerre s'achève au plus tôt et que mon pays remporte la victoire. Je prie également pour elle. Longuement. Pour elle qui me fait connaître l'émerveillement de l'amour, me soutient de sa tendresse, m'aide à devenir un homme. Pour elle que je désire éperdument, qui hante chacune de mes pensées, qui me permet de croire en la vie, mais que je dois m'interdire d'aimer.

Je traverse la cour. Le mistral qui souffle en rafales a chassé les nuages, et les étoiles dures et aiguës brillent d'un vif éclat. Je les contemple un long moment, oublie ce monde et ses laideurs, ses brutalités, ses énigmes, me demande quelles lumières plus tard me guideront dans ma nuit.

À jamais seul et ne pouvoir diriger ses pas. Endurer une existence qu'on n'a pas choisie. Mes craintes et mes peurs ne tardent pas à réapparaître. De tous ceux qui en cet instant dorment à l'intérieur de ces murs, si la guerre se poursuit, combien seront-ils à aller mourir là-bas ? Une nuit, un garçon qui me ressemblera comme un frère reviendra peut-être comme moi d'une semblable veillée funèbre. Et le cadavre troué qui aura commencé à pourrir dans le cercueil près duquel il aura prié, ce sera le mien.

Je souffre de ne pouvoir lui exprimer ce que je ressens.

Quand je suis à l'école, en proie au continuel désir de la voir, d'écouter sa voix, de humer son odeur, de recevoir ses caresses, de me laisser aimer, les mots se pressent sur mes lèvres, et j'en profite pour préparer les phrases que je me promets de lui dire. Mais une fois près d'elle, je suis frappé de mutisme. Elle, dès qu'elle est assurée que nous sommes seuls pour quelques instants, elle me raconte hâtivement ce qui a marqué sa semaine, me rapporte les étonnantes réflexions de sa petite fille, me confie dans un murmure haché et précipité ce besoin profond qu'elle a de me voir chaque dimanche. Elle me parle aussi de son ennui, de la lenteur des heures et des jours, de cette lassitude qui s'abat sur elle quand elle confronte la triste existence qu'elle mène à ce qu'elle attendait de la vie.

Parfois, avec une audace folle, elle se saisit de ma main et la presse contre son sein pour que je sente battre son cœur. Ou elle enfonce mon pouce entre ses lèvres, et paupières mi-closes, narines frémissantes, fait aller et venir précipitamment sa langue contre lui. Ou bien encore elle m'embrasse avec une fougueuse avidité, tandis que ses ongles me griffent jusqu'au sang les mains ou le dos. Je sors de ses bras étourdi, honteux, effrayé, possédé du désir qu'un tel instant se renouvelle au plus tôt. Mais les émotions qu'elle déchaîne en moi ont une telle violence qu'elles me scellent la bouche. Et la conviction que j'ai de la décevoir fait que je me déteste, me hais, souhaite qu'elle se lasse, me rejette, que tout finisse.

Si je ne peux m'épancher, en revanche, je n'oublie rien de ce qui d'elle s'inscrit en moi. Sa voix, ses regards, les différentes expressions de son visage, les vêtements qu'elle portait tel ou tel dimanche, les tendres paroles qu'elle sait me glisser à l'oreille, ces instants où elle m'a aimé, tout se grave dans ma mémoire. Et c'est en celle-ci que je puise au cours de l'interminable semaine, quand pour les savourer, je reviens à ces moments que j'ai si mal vécus.

En sa présence, je suis toujours à l'affût, et pas une seule seconde mon attention ne se relâche. Mon regard la nimbe de ma tendresse, cherche à lui transmettre ce que j'éprouve, lui clame silencieusement ma ferveur, ma souffrance, mon désir.

L'autre dimanche, à plusieurs reprises, je l'ai fortement étonnée. À la cuisine, puis à table, j'ai prévu qu'elle allait avoir besoin d'une fourchette ou de la salière, et avant même qu'elle eût machinalement amorcé un geste pour s'en saisir, ma main la lui tendait. Son regard se posait alors sur moi, surpris, grave, incrédule, et je la sentais profondément remuée.

Quand le chef est là, à nos côtés, je dois évidemment veiller à ce qu'il ne remarque rien. Je suis donc d'une prudence extrême, et je ne pense pas que ce visage tendu, ce total mutisme, ce regard simplement attentif qui sont les miens en sa présence lui aient jamais donné lieu de s'inquiéter.

J'aime particulièrement les samedis. Parce que le lendemain, je sortirai et la reverrai. Parce que l'après-midi, nous avons instruction militaire et que nous passons trois heures avec mon chef. Parce que le soir, en cette période de l'année, est donnée la retransmission d'un match de boxe que je peux écouter sur un petit poste de notre fabrication.

Je suis le premier de la section en instruction militaire, mais mes camarades sous-entendent que je dois mes bonnes notes à l'amitié que me porte mon chef. Rien n'est plus faux. Et s'ils étaient de bonne foi, ils pourraient en convenir.

J'ai une passion pour la topographie et les armes. Quand le chef nous interroge, je suis le premier à répondre. Ou s'il démonte un fusil et nous demande de le remonter en indiquant par écrit le nom des différentes pièces ainsi que les dates des modifications apportées à cette arme au cours des dernières décennies, je suis celui qui achève cet exercice dans le plus court délai. De même, au stand, je réalise de très bons tirs groupés.

Il me plaît de me dire que nous tirons à balles réelles, comme de vrais soldats. Au début, le vacarme qui se faisait à l'intérieur du stand à la seconde où nous appuyions sur les gâchettes me terrorisait. Et l'excitation d'avoir un fusil dans les mains excluait que je puisse le tenir à l'horizontale sans trembler. Mais à force de volonté, je suis parvenu à me dominer, et maintenant, je suis parmi les dix meilleurs tireurs de la compagnie. J'ai aussi la satisfaction d'être de ceux qui tirent avec un genou en terre. Les autres, qui manquent de force, tirent en position couchée, leur fusil posé en travers d'une vieille poutre.

Puis le soir arrive. Après l'extinction des feux, j'étends une couverture sous mon lit et il me rejoint.

Je dois remarquer que ce copain me pose des problèmes, que je ne réussis pas à le comprendre. Il ment sans vergogne, vole tout ce qu'il lui est possible de voler, écrit des lettres d'insulte à son père dès que celui-ci tarde à lui envoyer un colis, il critique insolemment nos chefs, médit de l'armée, se moque de tout, et bien souvent, il me paraît être un vrai petit voyou, que je me reproche de fréquenter. Mais il me faut aussi reconnaître qu'il est le plus intelligent, le plus ingénieux et le plus généreux de nous tous, que ses idées, à chaque fois, me surprennent, que rien ne semble pouvoir altérer sa bonne humeur, et qu'il est toujours prêt à rendre spontanément service. J'ajouterai même que je l'admire secrètement. En rédaction, il a infailliblement la meilleure note, et il a lu tous les livres qu'un jeune doit avoir lus. Quand nous parlons, il est effaré de voir à quel point je suis ignorant et se moque de moi en riant. Une réelle amitié existe entre nous, mais je n'ai jamais osé lui dire que je n'ai eu accès à aucun des livres que dévorent les enfants. Moi, les seuls que j'aie tenus dans mes mains, à l'exception des manuels scolaires, ce sont mon missel et mon catéchisme.

Il sait imiter la signature de nos chefs, s'aventure à falsifier des papiers. Plutôt d'ailleurs par jeu que par nécessité. Avec des clés qu'il a subtilisées, il s'introduit la nuit dans la salle des professeurs ou dans le laboratoire de physique-chimie. Je suis ahuri par ce qu'il est capable de commettre. J'ai essayé à plusieurs reprises de lui faire la morale, de lui montrer que sa conduite est indigne d'un enfant de troupe, qu'il court le risque, si un jour il est pris, d'être muté dans une autre école, et plus tard, contraint de s'engager dans une section disciplinaire. Qu'il aura alors toute chance d'être expédié là-bas, à des milliers de kilomètres, dans ces rizières où plusieurs d'entre nous sont déjà tombés. Mais quand je lui tiens de tels propos, il rit. Son rire est à ce point communicatif qu'il m'est impossible de garder mon sérieux, et je sens que rien de ce que je dis ne pourrait le conduire à se réformer.

Avec des pièces et des éléments qu'il a dérobés de droite et de gauche, il s'est construit un poste à galène, et je me demande où il a pu puiser les connaissances qui lui ont permis de réaliser ce qui me paraît être une véritable prouesse. Lorsqu'il m'a proposé d'écouter ce poste, j'ai refusé. Je ne voulais pas profiter de ce qui était le produit de plusieurs vols. Mais ma passion de la boxe, et surtout, le désir de pouvoir parler de ces matches avec mon chef ont vaincu mes scrupules, et j'ai fini par lui dire que j'acceptais avec grande joie sa proposition.

Étendus à plat ventre sur la couverture, enveloppés de notre capote, nous écoutons à tour de rôle la voix excitée, crachotante et souvent inaudible du journaliste qui nous fait vivre le combat auquel il assiste. Je garde les yeux fermés, entends la foule rugir, me représente les deux boxeurs, leurs visages, le ring, les coups, les esquives… Ma folle imagination s'enfièvre, mon cœur bat à se rompre, mon sang frappe à mes tempes, et je me vois entre les cordes, harcelant mon adversaire, lui martelant la face de violents crochets des deux mains. J'ai remarqué l'autre jour que lorsqu'on va porter un coup puissant, le regard laisse deviner qu'on s'apprête à attaquer. Quand je combattrai, je veillerai à ce que mon regard demeure impassible, ne révèle pas que je me prépare à décocher un coup.

Le dimanche, lorsque le chef et moi nous nous rendons chez lui, tout au long du chemin, je lui raconte avec force détails les péripéties du match. Si lui-même n'a pu écouter la retransmission, ce que j'espère, je goûte une joie sans mesure à lui narrer ce qui s'est passé. Sans que j'en aie eu le désir, ma mémoire a tout enregistré, et je lui cite l'âge des boxeurs, le nombre de leurs victoires et défaites respectives, énumère leurs différentes mensurations : longueur de l'allonge, tours de poitrine et de taille, tours de biceps, de cuisse et de mollet. Dans son regard, je crois lire parfois de l'étonnement, une sorte de brève admiration, et peut-être pense-t-il alors, du moins je m'en persuade, que si ma passion ne fléchit pas, il fera nécessairement quelque chose de moi.

Je suis un élève modèle. Je veille à ce que ma tenue soit impeccable, suis toujours un des premiers aux rassemblements, et le sous-officier de semaine n'a jamais à me faire la moindre observation. En classe, à l'exception des périodes où je ne peux ouvrir ni cahier ni livre, je travaille avec une application soutenue. Ce qui me pousse à étudier, c'est la peur d'échouer plus tard à mes examens, puis d'aller mourir là-bas, dans les rizières, alors que je n'aurai pas dix-neuf ans. C'est aussi cette idée que je dois acquérir du vocabulaire, afin que, si le malheur voulait que je sois menacé de renvoi et obligé de plaider ma cause face au Conseil de Discipline, je dispose des mots dont j'aurai besoin et sache m'exprimer correctement. C'est enfin la volonté ardente de me donner au plus tôt les moyens qui me permettront d'écrire de belles lettres. Des lettres qui pourront l'émouvoir, et où je lui dirai mon désir d'elle, mes tourments, cet amour que je m'acharne à étouffer, mais que je ne peux empêcher de grandir.

J'ai remarqué avec consternation que le français me vaut parfois les notes les plus faibles. Aussi je m'emploie à y remédier. Chaque soir, lorsque j'arrive en étude, j'emprunte le dictionnaire de mon voisin, l'ouvre au hasard, et apprends par cœur les deux pages que j'ai sous les yeux. Je soigne particulièrement mes explications de textes et mes rédactions. Mais les efforts que je déploie ne sont que rarement récompensés.

Quand je réfléchis au sujet qui m'est proposé, trop d'idées me viennent. Je ne sais les démêler, les articuler, et je constate avec désolation que les pauvres mots que je trace sur ma feuille ne restituent rien de ce qui se bouscule en moi. Je parle d'idées, mais il s'agirait plutôt d'émotions, d'une sorte de mêlée confuse, de choses obscures qui remuent en moi et que je ne parviens pas à tirer de la nuit où elles baignent. Et ce magma sans contour qui d'une seconde à l'autre n'est jamais le même, je voudrais qu'il se mette à vivre dans les mots d'un seul bloc, qu'il se loge en une seule phrase, une phrase pleine et élégante, où viendrait se concentrer tout ce que j'aurais à dire. Je me bats avec cette malheureuse phrase jusqu'à me donner mal à la tête, mais je ne réussis pas à l'organiser, à l'équilibrer, à en éliminer les fractures, et après plusieurs heures de stérile acharnement, la mort dans l'âme, il me faut l'abandonner. Pour ne pas rendre feuille blanche, je griffonne alors en toute hâte quelques sèches notations qui ne laissent rien soupçonner de l'âpre combat ni de l'amère défaite dont elles sont le piètre aboutissement.

Lorsqu'il rend nos copies, le professeur est désolé d'avoir à m'apprendre que j'ai obtenu une note médiocre. Il apprécie mon sérieux, continue de bien m'aimer, et il n'arrive pas à comprendre qu'un de ceux qui comptent parmi ses bons élèves lui remette une rédaction à ce point bâclée. Je ne sais que trop que je ne mérite pas une meilleure note, mais je ne peux cacher mon dépit, ma déception, mon amertume. Touché par ce qu'il lit sur mon visage, le professeur, comme en s'excusant, explique qu'il aurait préféré m'attribuer une note plus en rapport avec ce que je vaux, souligne que mes idées étaient bonnes mais insuffisamment développées, dit sa conviction que mon prochain devoir fera oublier cet accident. Sa gentillesse me touche, me met les larmes aux yeux, mais j'ai le sentiment que j'en suis indigne, et au bout du compte, elle n'a pour effet que d'exaspérer la haine que je me porte.

Dans mon bureau, j'ai maintenant une bonne pile de ces lettres acquises contre des desserts. Je les ai si souvent lues que je pourrais les réciter. Parfois, je me plais à écrire les réponses, et il arrive que des camarades n'hésitent pas à les recopier et à les envoyer à leur famille, ce qui me réjouit fort. Le courrier que nous recevons et que nous expédions est contrôlé par nos chefs de section. Aussi, pour éviter que mon chef ne lise coup sur coup des lettres par trop semblables, je m'ingénie à rédiger des réponses qui ne laissent rien soupçonner de leur commune origine. Autant je suis empêtré lorsque je dois faire une rédaction, autant la plume m'est facile dès que je m'adresse à quelqu'un dont j'espère recevoir un peu d'amitié ou d'affection. Les idées affluent, et je n'ai aucune difficulté à les mettre en mots.

La lettre qu'elle m'a écrite durant la semaine, je la trouve dans la poche de ma veste, en arrivant à la caserne. Si nous n'avons pas mon chef pour surveillant, ce que je souhaite, je la lis dès que j'arrive en étude. Joues en feu, mains tremblantes, cœur battant, je déchiffre avec peine ces mots sur lesquels je dois revenir à trois ou quatre reprises pour en saisir le sens. La joie qui exulte en moi se mêle à la terreur où je suis que quelqu'un s'empare soudain de ces feuilles par surprise, découvre mon secret, nous plonge elle et moi dans le malheur. Ma dernière lecture achevée, je glisse ces feuilles subrepticement dans ma chaussette et les enfonce dans mon brodequin. Je laisse un moment s'écouler, le temps de retrouver mes esprits, puis j'entreprends de lui répondre.

Ce dernier dimanche, elle m'a confié avec un pauvre sourire que je suis le seul à voir qu'elle existe, le seul à lui prêter attention, le seul à avoir souci d'elle. Elle a encore ajouté que c'est mon regard qui la fait vivre, qu'elle a de plus en plus besoin de moi, et elle m'a fait promettre de toujours bien travailler, afin que j'obtienne chaque dimanche de venir jusqu'à elle. Je n'aime pas lire ces lignes où elle laisse entendre qu'elle n'est pas heureuse et que le chef pourrait mieux l'entourer. Je suis convaincu que mon chef est un bon mari. Mais elle doit se rendre compte que lorsqu'il rentre de la caserne, il est fatigué, énervé, et qu'il n'est pas sans excuses s'il manque quelquefois de patience, s'il les rudoie quelque peu, elle et sa petite fille.

Dans cette maison isolée, elle s'ennuie, et je ne comprends pas qu'elle ne se rende pas parfois en ville pour simplement se promener, ou aller au cinéma. Il lui arrive fréquemment de garder les enfants de sa plus proche voisine. Nul doute que cette dame accepterait de prendre parfois chez elle sa petite fille. Mais il est exclu que j'ose aborder avec elle ces problèmes, et que je lui suggère ce qu'elle devrait envisager de faire pour échapper à son ennui.

Je lui écris et des mots qui me font peur apparaissent sous ma plume. Je lui dis pêle-mêle ma joie folle de la revoir chaque dimanche, la honte que j'éprouve à savoir que nous trompons mon chef, ce besoin qu'elle me prenne encore et encore, ma résolution de ne plus commettre le Mal, mon espoir, quand je serai grand, de vivre avec elle, l'obligation où nous sommes de mettre fin à cette folie, les prières instantes que j'adresse à la Sainte Vierge pour qu'elle veille sur nous, que le malheur nous épargne, qu'au cours des années à venir, nous soyons toujours plus proches et n'ayons jamais à nous quitter, elle, sa petite fille, mon chef et moi.

Le fait que ma lettre soit incohérente ne me gêne pas. Dès que le clairon sonne la fin de l'étude, je la déchire en menus morceaux et cours les jeter dans un trou de latrine.

J'ai obtenu du moniteur de rugby de ne plus faire partie de l'équipe. Je lui ai expliqué que la boxe m'attirait de plus en plus et que j'entendais désormais me consacrer à ce sport. Je lui ai parlé avec tant de conviction qu'il a compris combien j'étais décidé et il a accepté sans difficulté de me rendre ma liberté.

Chaque fois que nous le pouvons, le chef et moi nous nous retrouvons à la salle des sports, montons sur le ring, et il me donne une leçon. J'ai un tel désir de ne pas le décevoir que j'apprends vite, accomplis de rapides progrès. Ainsi est-il indéniable que j'ai déjà acquis des automatismes, que je possède de bons réflexes, réussis de belles esquives. J'ai surtout assimilé deux principes de ce sport, absolument fondamentaux : premièrement, ne pas avoir peur des coups, à chaque instant garder l'œil ouvert sur l'adversaire. Deuxièmement, ne jamais céder à la colère, fût-ce lorsqu'un coup fait mal et qu'une brutale impulsion m'impose de me ruer à l'attaque. Car céder à la colère, c'est perdre le contrôle des opérations, et avoir toutes chances de se faire cueillir par un adversaire qui, lui, a su conserver son sang-froid.

La leçon achevée, de plus en plus souvent, le chef et moi nous croisons les gants. Avant de commencer, je n'oublie pas de lui enrouler la corde autour de la taille et d'en nouer les extrémités à ses poignets. Entravé de la sorte, il est beaucoup moins dangereux et je peux l'affronter sans courir de trop grands risques. Il n'empêche que parfois, au sortir d'un corps-à-corps, durement secoué par un court crochet qui a jailli de sa garde, il arrive que je sois ébloui par un fourmillement d'étoiles et me retrouve au tapis. Alors le chef s'esclaffe et je sens qu'il est content de moi. Car quels que soient les coups qu'il me porte, il ne m'a jamais fait reculer.

Maintenant, je ne retiens plus mes coups, ne crains plus de le frapper. Et je le crains d'autant moins qu'il répond par des sourires amusés à la hargne avec laquelle je lui martèle les flancs.

J'ai encore beaucoup à apprendre, car je ne sais pas

répartir mon effort. Dès qu'un moniteur qui traîne toujours là fait retentir le gong, je me précipite au-devant du chef, engage aussitôt le combat et jette avec générosité toutes mes forces dans la bataille. Chaque fois, je vais jusqu'aux limites de l'épuisement, et j'ai bien du mal à atteindre la fin du troisième round. Au terme de chaque séance, je suis même si défait que je dois attendre d'avoir récupéré pour pouvoir retirer mes gants, mon casque d'entraînement, enjamber les cordes et descendre du ring.

Lorsque je quitte le réfectoire, après le repas de midi, j'ai ma tranche de pain dans la poche. Bien que je ne sois nullement rassasié, je me force à la garder. À cinq heures, elle me permet de tromper ma fringale après l'intense et éprouvante séance d'entraînement à laquelle le chef me soumet.

La sortie du réfectoire est épineuse, car les anciens nous attendent. En principe, ils n'ont pas le droit de se trouver là. Mais soit le sous-officier de service est absent, soit il est présent mais affecte de ne rien voir. Ou bien encore, et c'est le cas du sergent qui commande la 2e section, il n'est pas capable de se faire respecter, et les anciens ne manquent pas d'en profiter. Après avoir échangé quelques plaisanteries avec eux, il est le premier à se faufiler dans l'étroit couloir que ménage leur double haie. Puis sans se retourner, en sifflotant, il s'éloigne d'un pas hâtif mais qu'il s'efforce de faire paraître nonchalant.

Aujourd'hui, après le repas de midi, ils ne sont pas là. Mon chef est parmi nous, et il n'en est pas un qui souhaite avoir maille à partir avec celui qui a remporté le titre de champion de France militaire dans la catégorie reine des poids moyens par K.-O. au cinquième round. Il n'a aucune patience et laisse très vite parler ses poings.

Ce jour-là, je quitte donc le réfectoire sans la moindre appréhension, assuré que ma tranche de pain aura la vie sauve. Pourtant, à peine suis-je arrivé dans le couloir qu'un ancien surgit, m'empoigne la nuque d'une main, et de l'autre, commence à fouiller mes poches.

Ma réaction est d'incrédulité et je suis indigné qu'il ait le front de venir braver mon chef. Mais peut-être ignore-t-il qu'il se trouve encore à l'intérieur du réfectoire. Je l'informe calmement, le préviens que si mon chef le surprend, il aura à regretter d'avoir voulu me racketter. Tout en s'emparant de mon pain, il me répond d'une voix sourde que notre chef est un peigne-cul, un tocard, et qu'un soir, après l'extinction des feux, quand il quittera le bureau de la compagnie pour rentrer chez lui, ils seront une dizaine à l'attendre, et qu'ils veilleront à particulièrement le soigner. Je ne peux tolérer de telles paroles, et des deux mains agrippe le col de sa veste. Je ne sais que faire. Il serait souhaitable que le chef apprenne ce que mijotent ces salopards, et j'aimerais que séance tenante, il administre une magistrale raclée au voyou qui vient de tenir de tels propos. Mais d'autre part, il est une règle que j'ai toujours spontanément respectée et qu'un enfant de troupe digne de ce nom ne saurait enfreindre : les problèmes qui se posent, on s'en occupe soi-même, et face aux gradés, bouche cousue. Celui qui dénoncerait un camarade ou, de quelque manière, attirerait une sanction sur lui serait aussitôt mis en quarantaine, et après, traité en brebis galeuse.

Autour de nous un cercle s'est déjà formé.

Incontestablement, il est plus grand et plus fort que moi, mais j'ai sur lui l'avantage de savoir me battre. Je suis bien entraîné, j'ai des réflexes, ne crains pas les coups, et si nous nous affrontons à la loyale, sans nous donner des coups de pied, j'ai peut-être des chances de le dominer. Il suffit que je cogne le premier, que je le prenne par surprise, que je me batte avec la hargne qu'on me connaît, et j'aurai cette occasion inespérée de prouver à mon chef que je ne redoute pas de me frotter à un ancien. Près de nous, les autres sont en attente, et je ne tiens pas à perdre la face devant eux. Je n'ignore pas qu'ils seraient heureux de me voir mater un ancien, je perçois leur excitation, l'envie qu'ils ont d'assister à une bagarre, et soudain, propulsé par ce qui me vient d'eux, j'y vais à fond.

Mon allonge est inférieure à la sienne et je ne cherche pas à l'atteindre au visage. Je le frappe au corps, lui décoche de rapides séries de crochets des deux mains. Avec l'espoir, si je le touchais, de le faire se courber en avant, et à cet instant, de le relever sèchement d'un puissant uppercut en plein visage. Le chef rejoint le cercle qui nous entoure, et un sourire goguenard aux lèvres, semble être curieux de voir comment je vais m'en tirer. Sa présence et l'intérêt qu'il nous montre galvanisent ma résolution de l'emporter et de montrer ce que je vaux.

Ce qu'il m'enseigne sur le ring, j'éprouve un intime plaisir à le mettre en application sous ses yeux. Je monte ma garde, maintiens mon menton au creux de mon épaule gauche, ne cesse de me déplacer latéralement pour n'être jamais dans l'axe de mon adversaire. Soudain, je lis dans son regard qu'il va passer à l'attaque, le vois armer son bras droit, et quand celui-ci se détend, par une esquive arrière, j'évite son poing, et lui, qui a mis tout le poids de son corps dans ce coup, emporté par son élan, tombe lourdement sur le ciment. Je regarde mon chef qui lève le pouce et acquiesce de la tête, admiratif.

Le visage écarlate, un genou au sol, il grimace, cherche à reprendre son souffle. Puis il se relève, et je me mets aussitôt en garde, prêt à continuer. D'un signe de la main, il m'indique qu'il abandonne, et il part en claudiquant. Alors ils applaudissent, poussent des hourras, me donnent des claques dans le dos, me lèvent les bras en signe de victoire. Le chef me prend par les épaules et me serre contre lui. Je passe ma main sur le visage. J'ai une bosse sur le front, ma joue est fendue, et ma lèvre supérieure, boursouflée, saigne. Mais je n'ai pas encore mal.

Dans la cour, ils m'entourent bruyamment, continuent de me féliciter, me disent leur fierté de ce que l'un de nous ait eu le courage au moins une fois de se mesurer à un ancien.

Lui, il est seul là-bas, au milieu de la cour, près du mât. Il marche d'un pas lent, en boitant, et de temps à autre porte une main à son front. Je pense soudain à la détresse d'un boxeur un soir de défaite. Abandonné de tous, meurtri, le visage tuméfié, il a perdu ses rêves, se sent nu et misérable, envisage peut-être de mettre fin à sa carrière, de ne plus jamais remonter sur un ring. Soudain la honte me submerge, une profonde tristesse, un violent dégoût de moi-même. Je cours vers lui, m'empare de sa main, lui dis combien je regrette de m'être conduit aussi stupidement. Il retire vivement son bras et me traite de petit con.

C'est un soir comme les autres. Je suis étendu sur mon lit, et je pense à elle. Dans une heure, le sous-officier de service passera l'appel et le clairon sonnera l'extinction des feux.

Un violent coup de pied est donné dans la porte qui s'ouvre avec fracas et claque à toute volée contre le mur. Des anciens font irruption en beuglant. L'un d'eux se dirige vers moi et je reconnais celui avec lequel je me suis battu. Nous sommes cinq à devoir les suivre. Au lieu de prendre la direction de leur bâtiment, nous nous dirigeons vers les cuisines, et je me demande anxieusement ce qu'ils nous réservent. Il y a là de lourdes poubelles en fonte. Ils nous les font vider, et chaque bleu doit en charger une sur son dos. En allongeant le pas à côté de lui, je m'interroge. Je ne sais s'il serait opportun de revenir sur ce qui s'est passé, ou s'il est préférable que je garde le silence. De toute manière, je n'ai pas à choisir. J'ai la gorge nouée et ne pourrais prononcer un mot.

Nous pénétrons dans leur chambre, et je suis surpris de voir qu'elle est en tout point semblable à la nôtre. Dans un angle, ils sont plusieurs à être vautrés sur des lits placés côte à côte. L'un d'eux joue de la trompette et un autre l'accompagne en frappant du plat de la main sur le flanc de l'armoire. Ils ne nous prêtent aucune attention. Nous posons les poubelles, et chacun de nous doit se mettre debout à l'intérieur de l'une d'elles. Je prends garde à ne pas salir mon pantalon. Trois anciens se portent vers moi. Ils me font asseoir sur le rebord tout gluant d'épluchures à moitié pourries, puis une main vigoureuse me saisit la nuque et m'oblige à me pencher en avant. Deux d'entre eux me maintiennent les bras croisés derrière les cuisses, tandis qu'à cet instant, le troisième prend appui sur mes épaules, et pesant de tout son poids, m'enfonce brutalement dans la poubelle. Les fesses sur les talons, le menton entre les genoux, les bras coincés entre mes cuisses et mes jambes, je ne puis esquisser le moindre mouvement.

Tout comme moi, l'un après l'autre, les quatre bleus disparaissent au fond de leur poubelle. La mienne pue le poisson pourri et l'idée que je vais sortir de là avec une tenue maculée me met en rage. Je cherche à me dégager, à jouer des coudes, à pousser sur mes jambes, mais rien à faire. L'espace est trop exigu et je suis bloqué.

Ils rient, nous pincent le nez, nous tirent les oreilles, exigent que nous chantions en chœur *La Madelon*. Celui qui a de bonnes raisons de m'en vouloir me donne en s'esclaffant des séries de gifles d'une main molle et comme méprisante, qui chasse mon visage d'un côté puis de l'autre.

— Venez voir, venez voir, glousse-t-il… Vous avez là le roi du K.-O., et il est fait comme un rat… Ah ! mon petit con… Je te tiens maintenant… Et je crois qu'on a un petit compte à régler.

Ils couchent les poubelles sur le côté et les font rouler en les poussant du pied. J'ai le tournis et lutte contre une envie de vomir. Ma tête renversée est proche du sol, et l'un d'eux s'amuse à frotter la tige de ses brodequins contre mon crâne.

Mises à nouveau en position verticale, les poubelles sont disposées en cercle. Nous devons maintenant réciter *Le Corbeau et le Renard*, chacun de nous ayant à déclamer un vers.

Le premier commence :

— Maître Corbeau, sur un arbre perché…

Sa voix est chevrotante et inaudible.

— Plus fort, plus fort nom de Dieu, gueule un ancien qui lui tape du poing sur le crâne.

Il reprend, mais sa voix se brise et on l'entend pleurer.

Quand vient mon tour, je lâche d'une voix ferme :

— *Pauvres cons*, et je reste stupéfait des mots qui viennent de m'échapper.

Soudain, j'ai la sensation d'un surprenant silence. Un silence qui de seconde en seconde se fait plus dense, plus lourd, plus écrasant. Je m'attends à recevoir une gifle, mais rien ne se passe. Mon coup d'audace les a pris de court, et les yeux tout ronds d'étonnement, ils restent à se regarder, ne sachant quelle réaction avoir.

— Et alors ? La suite nom de Dieu !

Une voix étouffée, qui bute sur chaque mot, ânonne :

— … tenait en son bec un fromage.

C'est à nouveau mon tour. Je suis dans un tel tumulte que je ne peux retrouver le vers qu'ils attendent. J'hésite, reprends mentalement les mots qui viennent d'être prononcés, mais je ne parviens pas à enchaîner avec ceux qui devraient suivre, et craignant qu'ils ne remarquent la panique dans laquelle je me trouve, je clame avec hargne :

— *Pauvres cons !*

Une fois encore, le silence s'abat sur nous, et j'attends dans l'affolement ce qui va suivre. Mais nul ne bronche.

Tant bien que mal, hachée par leurs railleries et leurs rires, la récitation se poursuit, et chaque fois que c'est mon tour, je les gratifie d'un *Pauvres cons* sonore.

Le dernier vers récité, l'ancien contre lequel je me suis battu pose ses mains sur le rebord de ma poubelle et se penche sur moi. Je lis une telle rage dans le regard qui me surplombe que je me mets à trembler.

— Toi, mon petit merdeux, je vais te fermer ta gueule.

Il ouvre sa braguette, et le jet d'urine m'atteint en plein visage.

Le chef n'a pu me rejoindre à la salle des sports. Je fais trois rounds seul, en décochant mes coups dans le vide, pour travailler ma vitesse, puis trois autres rounds en cognant tant que je peux sur le sac de sable, pour travailler ma puissance.

Tandis que je suis assis sur le banc, en train de récupérer, à côté de deux anciens qui m'ignorent totalement, le plus âgé raconte à l'autre cette histoire qui m'a beaucoup amusé, et dont le soir même j'ai tenu à faire profiter tous ceux qui ont bien voulu se réunir dans ma chambre.

L'élève qui est le meilleur sportif de l'école, l'ancien que j'admire le plus, celui qui a raflé onze médailles de champion d'Académie depuis qu'il est enfant de troupe, a le bras dans le plâtre. L'autre jour, alors qu'il venait d'exécuter un soleil à la barre fixe, il a voulu tenter une sortie en faisant un saut périlleux arrière, mais il a raté son coup et s'est cassé le poignet.

Bien qu'il n'ait qu'un bras valide, avant-hier, il a décidé de faire le mur. Il a une petite amie en ville, et il voulait aller passer la soirée chez elle. Cette jeune femme travaille comme lingère à l'école, et je me demande d'ailleurs comment il s'est permis d'entrer en contact avec elle, car il nous est interdit de parler aux civils — cordonniers, réfectoristes, lingères, vitrier… — que l'école emploie.

Faire le mur, explique l'ancien, n'est pas facile, et pour y parvenir, il faut vraiment disposer de tous ses moyens. Mais lui, il est si souple, si hardi, si habitué à tenter des choses impossibles, qu'à l'aide de son seul bras, il en a été capable. Lorsque j'ai appris cela, l'admiration que je lui porte a encore monté de quelques degrés.

Il était environ minuit et il rentrait. Au pied du mur d'enceinte, là où règne une totale obscurité, il s'est juché sur la borne-fontaine, et alors qu'il avait un pied en appui sur le mur, un homme a jailli, s'est précipité sur lui, a empoigné l'une de ses jambes, et s'est mis à gueuler : je te tiens, je te tiens… descends… Lui, il a reconnu la voix de son capitaine, et instantanément, de sa jambe libre, lui a décoché un magistral coup de pied dans la figure. En retenant un cri, le capitaine a lâché prise et a roulé sur le sol.

Le lendemain matin, tous les élèves de la 6$^{e}$ compagnie étaient au courant de ce qui s'était passé, et les plaisanteries et les commentaires allaient bon train.

Mais à midi, lors du rapport, quand le capitaine s'est fait présenter la compagnie, l'atmosphère, qui était à la bonne humeur, vira subitement. Le capitaine était furieux. Les clous du brodequin lui avaient arraché la peau sur toute la longueur du nez, et sa joue présentait une profonde entaille.

L'ancien qui raconte tout cela explique qu'en le voyant, ils avaient eu à réprimer une grimace, partagés qu'ils étaient entre l'irrépressible envie de laisser éclater leur joie et la lourde appréhension de ce qui déjà se préparait.

Ce capitaine ne manque jamais de rappeler qu'il est un guerrier, et qu'avant d'entrer à l'école, en octobre dernier, il était à la Légion[1]. Sa volonté proclamée est d'ailleurs d'imposer aux élèves de sa compagnie le régime auquel sont soumis les légionnaires. Ainsi aime-t-il tendre des pièges, surgir là où on ne l'attend pas, donner l'impression que rien ne peut lui échapper. Il a pour surnom *le Frénétique*, et il semble qu'il éprouve un plaisir particulier à menacer, suspecter, injurier, à faire vivre chacun dans la crainte, à le maintenir dans le sentiment qu'il n'a pas la conscience nette, qu'il est un mauvais élément, qu'il y aurait beaucoup à lui reprocher. Durant l'étude du soir, quand la nuit est tombée, il va même jusqu'à se planquer dans les latrines afin de surprendre les anciens qui s'y réunissent pour fumer. En quelques mois, il a réussi à se faire détester non seulement par les élèves, mais aussi par les sous-officiers et ses collègues officiers. On dit que le colonel le redoute, qu'il subit son ascendant, qu'il n'a pas le cran de s'opposer à lui ni de l'inviter à modérer un zèle que tous les gradés jugent excessif.

---

1. Corps de l'armée de terre recrutant des étrangers et leur permettant d'obtenir la nationalité française. Il fascine et effraie, parce qu'il a longtemps recruté des hommes au passé louche (il y avait peu de contrôles et le légionnaire avait la possibilité de prendre une nouvelle identité) pour accomplir des missions dangereuses. C'est pourquoi les officiers de la Légion ont la réputation d'être très durs.

Les quatre sections sont disposées en carré. Visage tendu, lèvres méprisantes, le capitaine va lentement de l'un à l'autre, plante en chacun ses yeux d'acier. Mais les regards se dérobent. Il revient au centre et il attend. De longues minutes. Le silence règne. Le sergent contemple l'extrémité de ses chaussures. Puis au lieu de se mettre à gueuler ainsi qu'il en a l'habitude, le capitaine articule avec lenteur et d'une voix blanche :

— Un voyou est parmi vous… Il a dix secondes pour se faire connaître.

Dix, vingt, trente secondes s'écoulent. Aucun élève ne sort des rangs. Le capitaine est dans un tel état de fureur qu'il ne peut même pas crier. Il reprend d'une voix neutre, au débit haché :

— Les quatre… Les quatre majors… vous montez… vous montez dans vos chambres… Vous faites vos valises… Vous faites vos valises et dans dix minutes… dans dix minutes vous aurez quitté l'école… C'est toute votre vie qui bascule… Vous êtes… vous êtes renvoyés… Quant aux autres, pas de bouffe… Et vous allez vous payer une petite séance de pas cadencé autour de la cour… Jusqu'à ce que ce petit salopard se dénonce.

À la sortie du réfectoire, avec d'autres élèves de ma section, je me trouvais dans un angle de la caserne, et de loin, nous les regardions tourner, savourant notre plaisir de les voir punis. Mais après, quand j'ai entendu cette histoire, j'ai été pris de remords. Et j'étais d'autant plus confus que c'était l'ancien que j'admire tant qui se trouvait à l'origine de cette punition collective.

Quand l'heure fut venue de reprendre les cours, le coupable ne s'était toujours pas dénoncé. Deux heures plus tard, la marche reprit. Pendant quatre-vingt-dix minutes. Mais lorsque les compagnies se rassemblèrent pour la cérémonie aux couleurs, le capitaine n'en savait pas davantage.

Quand ils s'étaient présentés au poste de garde avec leurs valises, les quatre élèves avaient eu la demi-surprise de trouver là le sergent qui, un instant auparavant, assistait au rapport. Envoyé par le capitaine, il avait reçu ordre de les empêcher de sortir. En fait, seul le colonel, après consultation du Conseil de Discipline, peut décider du renvoi d'un élève, et en leur enjoignant de quitter la caserne sur-le-champ, le capitaine n'avait cherché qu'à exercer un chantage sur le coupable. Mais celui-ci n'avait pas bronché. Tous, ils se doutaient que la décision de renvoi prise au pied levé par le capitaine ne pouvait être effective.

Les cinq compagnies montèrent en étude, et eux, ils restèrent dans la cour. Les six sous-officiers de la compagnie se tenaient maintenant aux côtés du capitaine. Eux aussi étaient furieux, car lorsqu'un coup de tabac se produit dans leur compagnie, ils sont les premiers à essuyer les explosives colères du capitaine. Ils insultaient donc les élèves, les menaçaient des pires punitions, mais en vain, et ils rageaient de voir qu'on leur tenait tête, que pas un seul n'acceptait de livrer le nom du coupable.

La nuit était venue. Il avait commencé de pleuvoir. Une maigre lumière tombant d'un lampadaire fixé à l'angle du bâtiment faisait luire faiblement les visages de ceux qui occupaient les premiers rangs.

Le capitaine leur dit son indignation, son mépris, sa conviction qu'ils ne sont pas dignes d'être des militaires. Quand on n'a pas le courage de ses actes, affirme-t-il, on est une lopette, un pauvre type. Il promet qu'il les dressera, qu'il va leur faire payer cher cet affront. Puis, sur un ton solennel, il les informe de ce qu'il vient de décider.

Le sous-officier revient, non avec le pavillon qu'on hisse chaque matin au mât, mais avec le drapeau de l'école. Deux élèves s'en saisissent et le maintiennent tendu.

À l'appel de son nom, chaque élève quitte les rangs et

vient se figer en un impeccable garde-à-vous devant le drapeau, face au capitaine et aux sous-officiers, eux aussi figés au garde-à-vous.

L'élève tend la main droite au-dessus du drapeau et dit à haute voix :

— Je jure sur l'honneur que ce n'est pas moi.

Quand se présente l'élève dont un bras est plâtré, le capitaine accepte qu'il prête serment de la main gauche.

Les uns après les autres, section après section, main levée sur le drapeau, ils ont ainsi tous défilé, et lorsque le dernier à avoir été appelé reprend place au sein de sa section, il faut admettre cette évidence : à l'instant de jurer, il n'en est pas un seul qui soit resté muet.

Le capitaine observe un long silence. Et d'une voix dramatiquement lasse, accablée :

— Quand on est capable de piétiner son honneur, on n'a plus le droit de porter cet uniforme, on n'est même plus un homme. Et ce qui me consterne, c'est que je n'ai pas affaire à un seul voyou, mais à cent vingt. Car bien sûr vous connaissez le peigne-cul qui a fait le coup. En ne le dénonçant pas, vous partagez sa faute. Vous êtes aussi coupables que lui.

Après un silence :

— Non, ce n'est pas cent vingt voyous que j'ai devant moi, mais cent dix-neuf. Car ici, un seul n'a pu souiller son honneur, et c'est lui.

Désignant celui dont le bras est dans le plâtre :

— Toi, sors des rangs. Fous le camp en étude. Quant à vous, vous allez en baver. Je ne vous lâcherai pas tant que je ne pourrai passer à tabac le fumier qui m'a bourré son pied dans la gueule.

Quand nous sommes en classe et que je vois arriver mon chef qui vient surveiller notre étude, je suis heureux. À plusieurs reprises, pendant ces deux heures, il me lancera des coups d'œil, m'adressera quelque signe de complicité, ou en souriant, agitera son poing devant mon visage.

Lorsqu'il est présent, tout ce dont j'ai peur n'existe plus, et je travaille avec plaisir et efficacité. En réalité, c'est pour lui et pour elle que je tiens à obtenir de bonnes notes. Je veux qu'ils soient fiers de moi, qu'ils sachent combien je les aime, qu'ils se sentent récompensés pour toute l'affection qu'ils me donnent.

Mais il est des études durant lesquelles le chef semble ne pas remarquer que je suis là. Le visage sombre, renfrogné, il reste de très longs moments sur l'estrade, assis au bureau, le visage inerte, le regard absent. Ou bien, il ne cesse d'arpenter la classe de long en large. Certains de mes camarades se plaignent alors à moi de ce qu'il les dérange, les empêche de travailler. Pour ma part, je n'en crois rien. Moi, j'aime le voir aller et venir, observer du coin de l'œil son visage de boxeur, sa démarche, ses belles chaussures de l'armée américaine. Toutefois, si je veux être franc, je dois avouer que de nombreuses questions m'assaillent lorsque je le vois ainsi préoccupé et qu'il ne me connaît plus. Je m'imagine qu'il est mécontent de moi, et je suis dans un tel état d'angoisse que je n'arrive pas à apprendre mes leçons.

Puis le froid est venu. Non pas cette neige qui tombe dans ma région, cette neige qui transfigure les paysages, enveloppe toute chose de silence et de secret, me faisait croire que la Sainte Vierge avait étendu son immense manteau de lin blanc sur la terre. Non la neige, mais ce vent hurleur, acharné, infernal, qui ne vous laisse aucun répit, vous abrutit de son vacarme, vous donne l'impression que la nature est devenue folle, qu'elle veut vous communiquer sa démence.

Le soir, je ne retire que mes brodequins et me couche tout habillé. Mais j'ai si froid que je ne peux trouver le sommeil. La tête de mon lit est placée sous une fenêtre à laquelle manquent deux carreaux. Lors de nos chahuts et fréquentes bagarres à coups de polochon, il arrive qu'une vitre vole en éclats, et ces temps, la chose s'est produite si souvent que le capitaine, pour nous punir, a décidé de ne plus faire appel au vitrier tant que le froid durerait.

Le plus pénible, c'est le matin, quand le clairon nous tire du lit, que je dois m'arracher à la tiédeur des draps, alors qu'une fois debout, je n'ai pas de vêtement à enfiler. Très vite le froid me saisit et je me mets à grelotter.

Pendant la demi-heure d'étude que nous avons avant la cérémonie aux couleurs, la classe n'est pas chauffée. Il faut bien reconnaître que les légionnaires qui s'occupent du chauffage ne font pas d'excès de zèle. De surcroît, pour alimenter les poêles, ils n'ont que du bois vert et du charbon de mauvaise qualité.

Je passe l'étude recroquevillé sur mon tabouret, à moitié endormi, la tête enfouie dans le col de ma capote, à me souffler sur les doigts.

À la fin de cette étude, nous devons ôter notre capote et notre veste, puis descendre dans la cour, et c'est un instant que je redoute particulièrement. Lorsque je sors du bâtiment, et que la première rafale me gifle de toute sa violence, j'ai l'impression d'entrer nu dans une eau glacée. Cette année, la chance n'était pas avec moi lorsque j'ai touché mon paquetage. Je n'y ai trouvé qu'un chandail en fil, et dont les manches, usées, avaient été coupées au-dessus du coude.

Longues sont les minutes à attendre que les sections, puis

les compagnies se rassemblent, et que se déroule la cérémonie aux couleurs. Ensuite, nous quittons la caserne au pas cadencé, nous nous rendons près du cimetière, et là, courons sur la route, sans rompre les rangs, pendant une vingtaine de minutes. Et c'est à cela que se réduit notre séance quotidienne de décrassage[1]. Après quoi, nous rentrons, toujours au pas cadencé, et montons en classe pour assister aux cours.

Dès qu'arrivés, et même si le poêle fume encore, nous nous empressons de fermer les fenêtres, puis d'enfiler notre veste et notre capote. Ce n'est qu'en fin de matinée que je me sens à peu près réchauffé.

À midi, le rapport a lieu dans la cour. Pendant un quart d'heure ou plus, le sous-officier de semaine nous lit les notes de service, signifie à tel ou tel la punition qui le frappe, nous communique des notes et classements, nous fait part de certaines observations du capitaine, et enfin, nous distribue le courrier. Lorsque l'élève appelé ne court pas assez vite pour se saisir de sa lettre, celle-ci est parfois jetée à terre, et il arrive qu'une rafale l'emporte et la chasse de-ci de-là, telle une feuille morte.

Nous gagnons le réfectoire au pas cadencé. Celui-ci n'est pas chauffé, et les plats qui ont quitté les cuisines vingt minutes plus tôt se sont refroidis. Ces plats, apportés au réfectoire sur de larges brancards par des employés civils, n'ont pas de couvercles. Aussi, les jours de mistral, une fine couche de grains de sable recouvre la purée de petits pois, ou les centaines de charançons flottant au-dessus des inévitables fayots souvent rongés de l'intérieur, et dont il ne reste que l'enveloppe. Mais fayots froids et charançons sont engloutis avec avidité, et les

1. Exercice physique matinal.

grains de sable crissent sous les dents. Quand les plats repartent, ils sont si nets qu'on pourrait croire qu'ils ont été lavés.

Le repas est expédié en moins de cinq minutes, et ensuite, pendant une heure, comme il nous est interdit de monter dans nos classes et dans nos chambres, il nous faut chercher un endroit à l'abri du vent et des tourbillons de poussière. Ces coins ne sont pas si nombreux, et ceux où l'on est le mieux protégé sont occupés par les anciens.

Assis sur un escalier de pierre et tassé contre un mur, le haut de ma capote serré dans mes poings qui le pressent contre mon visage, paupières et lèvres closes, je suis tout à l'aversion que m'inspire la Provence. Je viens de manger et j'ai encore faim. Je grelotte et ne sais comment lutter contre le froid. Mes mains et mes pieds me font mal et je n'ai rien pour soigner mes engelures. Au fil des minutes, mon irritation s'exaspère et je me prends à rigoureusement tout détester. Mais je ne suis pas le seul à être de mauvaise humeur, à vivre dans la hargne. Tous se plaignent, ronchonnent, cafardent, n'obéissent qu'à contrecœur, maudissent cette école et ce vent fou.

Je m'ennuie. À quelques différences près, chaque jour est semblable à celui qui l'a précédé, à celui qui lui succédera, et j'ai le sentiment que le temps ne s'écoule plus, qu'il est définitivement en arrêt, que nous subissons une fatalité morne qui nous condamne à répéter sans fin une journée toujours identique à elle-même. Prisonnier de ce temps qui stagne, j'ai renoncé à attendre que viennent les vacances.

Pendant les cours, je suis moins attentif, ne cesse de rêver, de regarder la cour ou le ciel. Mes mains et mes pieds sont dans un tel état que je ne peux plus recevoir les leçons de boxe que me donnait le chef presque chaque jour. Je le vois donc moins souvent, et j'en souffre.

Mon village me manque, et surtout mes vaches, leurs belles robes, leurs grands yeux tranquilles, la bonne odeur du foin et du fumier. La Charmante devrait bientôt vêler, et je ne serai pas là-bas pour sécher le veau en le frottant avec une poignée de paille. Chaque fois que j'ai vu naître un veau, j'ai été bouleversé. Et lors de ses premières tentatives pour se lever, quand il retombe lourdement, que son museau ou sa tête heurte le sol ou la mangeoire, je dois me retenir de crier tant j'ai mal. Combien il est beau et attendrissant avec ses boucles sur le front, son pelage qui luit, ses yeux noirs et effarés. C'était moi qui choisissais son nom, et qui, après quelques jours, lorsqu'il était plus vaillant, le détachais et le menais à sa mère, pour qu'il tète.

Ce temps d'avant ma venue ici, qui me paraît déjà si loin, je le regrette. Je sais maintenant que j'aurais aimé rester dans ce village et devenir un jour un paysan.

Le vent est tombé, mais la température est toujours aussi basse. On dit qu'en Provence et en Italie, des milliers d'oliviers et d'amandiers vont crever. Le soir, dans mon lit, j'ai si froid que je n'arrive pas à dire ma prière.

Je m'ennuie. J'ai faim. Et le froid me maintient en un état de continuelle exaspération. Au seuil de chaque journée, j'appréhende ce qu'elle sera. Tout geste, toute parole exige un effort, et toute chose paraît grise, lointaine, confuse. J'ai prétendu que j'avais renoncé à attendre la venue des vacances. C'est le contraire que j'aurais dû dire. Cette fin de trimestre qui semble ne jamais arriver exacerbe mon désir de revoir mon village, de m'habiller en civil, de caresser et d'embrasser ma chienne et mes vaches. L'autre soir, j'étais pris d'une telle nostalgie que je leur ai écrit une lettre.

Mes doigts sont gonflés par les engelures et entaillés de profondes crevasses. Au moindre mouvement, ils saignent. Des actes aussi simples qu'écrire, tenir une fourchette, enfiler mes brodequins, ou engager la couverture sous le matelas, me posent de réels problèmes, s'accompagnent d'une véritable souffrance. De surcroît, j'ai un gros rhume et je tousse. Mais je ne vais pas à l'infirmerie, car je tiens à pouvoir demander une permission de sortie si mon chef m'invite.

Chaque mercredi, en échange de ceux que je rends, je touche une chemise, un caleçon, une paire de chaussettes et un mouchoir. Mais l'autre semaine, deux heures seulement après la distribution du linge, mon mouchoir était déjà inutilisable. Je me suis donc trouvé contraint, en toute urgence, d'user de feuilles de papier. Mais les deux cahiers vierges que je possédais ont vite été épuisés. Alors, avec la plus extrême répugnance, humilié d'avoir à faire ce qui me dégoûtait au plus haut point, il m'a fallu pendant plusieurs jours me moucher dans mes doigts, puis avec honte, en me cachant, les essuyer furtivement contre mes brodequins, un mur, le pan de ma capote, ou contre les barreaux des escaliers.

Ces jours-là, une canalisation ayant gelé, il se trouvait encore que nous étions privés d'eau et que nous ne pouvions nous laver. Crasseuses, enflées et crevassées, maculées de traces de sang et de morve séchée, mes mains avaient un aspect répugnant. Au cours des semaines suivantes, alors qu'elles étaient irréprochablement nettes, quand je posais sur elles un regard conscient, mon cœur à chaque fois se soulevait de dégoût.

L'ennui. Des journées mornes, lentes, qui n'en finissent pas et dont je sais qu'elles seront suivies par d'autres journées mornes, lentes, interminables. Parfois, en de brefs instants, il me vient une irritation sourde, promptement combattue, et qui me dresse contre cette maudite Provence, contre ces murs, ces sonneries du clairon, ces revues de casernement, ces cérémonies aux couleurs, ces visages des sous-officiers, ces routinières allées et venues d'un bâtiment à l'autre, cette obligation de ne me déplacer qu'avec la section, au pas cadencé, menton levé, balançant les bras, chantant *La marche des enfants de troupe*.

Mais il y a eu ce dimanche.

À dix heures le chef est là. Il sait qu'avec mes engelures, j'ai de la difficulté à marcher, et il est venu en vélo. Il m'attend devant le poste de garde, juché sur la selle, un pied sur le trottoir. Il me fait asseoir de biais sur le cadre, et nous partons. Je m'appuie des poignets sur le guidon, et me penche en avant, pour ne pas risquer de le gêner. Le froid a vidé les rues et la ville paraît morte. J'en suis déçu, car je voudrais qu'ils soient nombreux à me voir entre les bras du chef, ma tête toute proche de la sienne, sa bouche soufflant une haleine tiède sur ma nuque. Le chef plaisante, me traite de pacha, me dit que nous allons renverser les rôles et que ce sera à moi de pédaler. Nous rions, et j'ai l'impression, un moment, qu'il a mon âge, qu'il est un vrai copain, que nous fuyons la caserne et n'y reviendrons plus.

Si vive est ma joie que j'aurais voulu pouvoir allonger notre itinéraire. Emprunter par exemple les boulevards extérieurs et faire triomphalement le tour de la ville. Lorsque nous arrivons chez eux, et bien que je sois impatient de la retrouver, je regrette que ces instants aient été si courts.

Elle remarque que je garde mes gants blancs et ne m'invite pas à les enlever. Mais avant de passer à table, alors que le chef descend à la cave chercher du vin et s'occuper du chauffage, elle me les retire avec précaution, puis me lave les mains.

Pendant le repas, je n'entends rien de ce qu'ils disent, absorbé que je suis par le souci de ne pas mettre du sang sur la nappe.

En début d'après-midi, comme à l'accoutumée, le chef va écouter la retransmission d'un match dans sa chambre, et nous restons seuls avec la petite qui joue en silence avec sa poupée.

Le ciel est d'un bleu intense, et c'est un vrai bonheur que de voir une si claire lumière inonder la pièce. Nous nous installons près de la baie, offrant nos visages au soleil. Mes mains sont posées devant moi, cachées sous un journal. Elle le fait glisser et elle les prend dans les siennes. Mon pauvre petit, mon pauvre petit... murmure-t-elle, appuyant sur moi un regard navré.

Elle apporte de l'alcool, de la pommade, des pansements. Elle doit presque se fâcher pour obtenir que je retire mes mains de mes poches. Puis elle me les fait poser à plat sur la table et entreprend de les soigner. Ses mains à elle, comme elles sont douces, et avec quelle tendre, quelle infinie délicatesse elles s'emparent des miennes, s'emploient à les panser tout en les caressant.

Quand elle s'agenouille et s'avise de dénouer les lacets de mes brodequins, je me lève brusquement et veux m'échapper. Elle est plus prompte que moi, et plaquant ses mains sur mes épaules, m'oblige à me rasseoir. Elle ne prononce pas un mot, mais plonge en moi un regard qui me fait baisser les yeux. Elle s'agenouille à nouveau, et je suis fou d'angoisse à l'idée que le chef pourrait nous surprendre. Je cherche à retirer mes jambes, mais elle les emprisonne dans ses bras et les serre contre sa poitrine. À voix basse :

— Décrispe-toi mon petit, décrispe-toi… Ici, tu n'as pas à avoir peur… Décrispe-toi… Apprends à t'abandonner… Tu le sais, je ne te veux que du bien… Abandonne-toi… Sois moins sauvage…

D'un bref coup d'œil, elle s'assure que sa petite fille est totalement absorbée par son jeu, et elle poursuit d'une voix sourde :

— Aujourd'hui… Aujourd'hui, nous ne pouvons pas nous aimer. Alors laisse-moi te soigner… Panser tes plaies, ce sera ma manière de… Laisse-toi faire mon beau petit… N'aie plus peur… Décrispe-toi… Laisse-moi t'aimer…

Elle me retire mes brodequins et je dissimule mon visage dans le creux de mon bras. Il m'est insupportable de la voir s'occuper de moi, de moi qui ne suis rien, qui ne mérite pas qu'on lui prodigue des soins, et la gêne mêlée de honte que je ressens est si forte que je voudrais disparaître, ne plus exister, être instantanément banni du nombre des vivants. Je réussis à refouler mes larmes, mais ne pouvant dominer tant d'émotions contradictoires, je me mets à trembler. Ses mains remontent le long de mes cuisses en accentuant progressivement leur pression. Elle attend de m'avoir apaisé, me contraint, du regard, à accepter, puis reprend sa tâche d'infirmière.

Dans ses yeux brûle une ardeur sombre, et quand elle les lève pour s'emparer des miens, son visage barré d'une mèche de cheveux est aussi beau et aussi tragique que lorsque nous nous aimons.

Le temps a passé. Elle est assise sur un tabouret, un coude posé sur ma cuisse, et nous gardons le silence. De son corps me parviennent des ondes qui maintiennent entre nous un profond accord, un bien-être confiant, une intimité sans faille, où je me recrée.

En fin d'après-midi, quand le chef paraît, j'éprouve un choc. Lui, la Provence, le froid, la caserne, j'avais tout oublié. Je reste quelques secondes étourdi. Mais je crains qu'il ne remarque quelque chose, et je m'oblige à surmonter ma détresse. Au prix d'un suprême effort, redécouvrant ce que m'impose mon destin, je redeviens un enfant de troupe, reprends pied en ce monde, fais bravement face à tout ce qui reflue.

Alors qu'avec le chef nous sommes sur le chemin du retour, avant d'entrer en ville, je veux enfiler mes gants. Mais mes pansements m'en empêchent. Si je franchis le poste mains nues, je serai puni, donc privé de sortie le dimanche suivant. J'hésite. Puis avec la déchirante impression de la trahir, la renier, et en veillant à ce que le chef ne voie rien, j'arrache mes pansements.

À l'instant de me présenter au poste, je vérifie ma tenue, mon nœud de cravate, la position de mon béret, essuie tout en marchant mes brodequins contre mon pantalon, donne un coup d'œil machinal à mes gants. La partie supérieure est nette, mais les doigts, à la hauteur des jointures, présentent des taches d'un rouge vif. Si je dois saluer le sous-officier et l'officier de service, ils le remarqueront et je saurai immédiatement à quoi m'en tenir. Je commence à être gagné par la peur, et je m'efforce de me raisonner. Je plaque mes mains contre mes hanches, replie mes doigts sous le pan de ma veste, me dissimule derrière mon chef. Profitant de ce qu'il échange quelques mots avec le planton, sans le remercier ni lui dire au revoir, j'accélère brusquement et détale, bras collés au corps.

Le soir, dans mes draps glacés, transi, claquant des dents, je reviens à ce que j'ai connu auprès d'elle, à cet état indéfinissable de totale confiance dont je ne savais pas qu'il pût exister. Dans le désir de le revivre le dimanche suivant, je prie avec ferveur. Et je demande instamment à Dieu de faire durer le froid. De le rendre plus rigoureux. De permettre que j'aie des mains encore plus abîmées.

Nos professeurs sont des civils. Ils viennent donner leurs cours, repartent, ignorent tout, ou presque, de la vie que nous menons à l'intérieur de ces murs.

Trois de ces professeurs ont déjà leur légende et il circule sur eux d'innombrables anecdotes.

L'un est professeur de physique-chimie. Il est petit, malingre, voûté, fort myope, et perclus de rhumatismes. Il marche avec difficulté, en avançant de biais, par petits pas irréguliers et trébuchants. Dès qu'on le voit apparaître, ceux qui possèdent une montre ne manquent jamais de chronométrer le temps qu'il met pour traverser la cour. Il a des classes de première, et il est la risée de ses élèves, car il leur pose des problèmes dont il ne sait trouver la solution. Il a aussi la manie de voler des stylos, des montres, ou tout objet qui excite sa convoitise. Un jour, alors qu'il se livrait à une expérience de chimie, il provoqua une forte explosion, qui brisa vitres et bocaux et mit l'école en émoi. Les élèves, qui avaient plongé sous leurs pupitres, en reprenant leurs places, le virent hébété, du sang sur le visage, ses mains ouvertes cherchant en aveugle le bocal qui avait volé en éclats. Un élève venu du fond de la salle lui rapporta ses lunettes, dont il ne restait que la monture, et lui demanda d'une voix candide s'il pensait que l'expérience avait réussi.

Un autre de ces professeurs enseigne l'allemand. Sec, le visage raviné, avec une petite moustache carrée dont les poils pointent vers l'avant, il est habillé de noir du premier au dernier jour de l'année. Au cours du troisième trimestre, quand il fait des chaleurs étouffantes, il continue de porter chapeau noir, imperméable noir et parapluie noir. Il se montre d'une extrême sévérité et il n'est pas une seule classe qui s'avise de le chahuter. Il a comme autre singularité de mettre des notes négatives. Si par exemple un élève écope un jour d'un moins treize, il lui faudra lors de l'interrogation suivante obtenir un plus treize pour rétablir la situation et se voir ainsi crédité d'un zéro. Ce professeur se plaît à rappeler qu'il n'attribue jamais de note supérieure à cinq sur vingt…

Le troisième de ces professeurs que nous trouvons quelque peu bizarre est notre professeur d'instruction civique.

C'est un ancien capitaine de l'armée, un homme grand, fort, au visage puissant. Ses yeux bleu pâle, très enfoncés sous d'épais sourcils bruns, sont durs, intenses, extrêmement mobiles, et lorsqu'il parle, toujours avec lenteur, d'une voix grave, en ménageant de longs silences, ils ne cessent de balayer la classe, de faire peser sur nous la contrainte de sa sourcilleuse autorité. Quand ils se posent sur moi, je sens ma tête rentrer dans mes épaules, tout mon corps se rétracter. Il est aux trois quarts tondu et ne garde des cheveux qu'au sommet du crâne. Ceux-ci sont gris, drus, partagés par une raie médiane. Deux mèches en arc de cercle, rigoureusement symétriques, lui tombent en permanence sur le front pour se rejoindre entre les sourcils, et lui valent le surnom de *P'tit Cœur*.

Au début de l'année, lorsque nous l'attendions non sans inquiétude pour son premier cours, il régnait dans la salle un profond silence. Des coups sourds furent frappés. Nous nous regardâmes, perplexes. L'un de nous alla ouvrir. À peine eut-il entrebâillé la porte que nous le vîmes reculer, visage figé, regard ébahi, mains tendues en avant, comme s'il voulait repousser ou retenir quelque chose. Le professeur entra. Il marchait sur les mains.

Il n'est pas exagéré de dire que ce professeur nous

terrifie. Parfois, si l'un de nous tourne simplement la tête ou relâche quelque peu son attention, il se saisit de ce qui lui tombe sous la main, une gomme, une règle, un cahier, le chiffon du tableau, et le lui lance à la figure. Ou bien, marchant sur nos bureaux et écrasant ce qui s'y trouve, il fonce vers lui, pose sans ménagement son pied sur sa tête et l'enfonce sous sa table où il devra rester jusqu'à la fin du cours.

Ce matin-là, en classe, nous ne sommes que onze. Les autres sont à l'infirmerie où ils soignent un rhume, une angine ou une bronchite. D'ailleurs l'infirmerie est comble et ne peut plus recevoir de malades. Voilà pourquoi, par mesure tout à fait exceptionnelle, il est toléré que certains gardent la chambre à la compagnie.

Nous sommes à nos tables respectives, et quand il entre, qu'il voit la classe aux trois quarts vide, le professeur semble offusqué. On lui explique ce qu'il en est. Il hoche la tête, hausse les épaules, nous traite de mauviettes, doute qu'on construise jamais une armée digne de ce nom avec des minables tels que nous. Je suis de mauvaise humeur et ses paroles me mettent en rogne. Je me lève, lui montre mes mains, lui dis que nous sommes démoralisés et que nous en avons marre d'avoir froid et faim. Il ne me répond rien, me fouille de ses yeux perçants, et je dois contracter mes muscles pour qu'on ne me voie pas trembler. Je suis à la table la plus éloignée de son bureau. Du doigt, il m'enjoint de venir m'asseoir devant lui. Il indique également aux autres de se rapprocher de moi. Lui, il reste sur l'estrade, s'installe sur le devant de son bureau, pose les pieds sur le mien, et s'adressant à moi :

— Tu as entendu parler des camps de concentration ?

Je me lève. La peur m'a empêché de saisir ce qui m'était dit. Il répète sa question. Elle me cause une telle surprise que je doute d'avoir bien compris les mots qu'il vient de prononcer.

— Tu en as entendu parler, oui ou non ?

De la tête, je réponds par la négative.

— Tu n'as jamais entendu parler des camps de concentration ?

En silence, honteux, me sentant fautif, je donne la même réponse.

— Vraiment ? Tu n'en as jamais entendu parler ? Mais comment est-ce possible ?

Après un long silence :

— De quel patelin sors-tu ?

Je reste muet. Il me fait asseoir.

— Si tu ne peux parler, au moins tu vas m'écouter.

Il se met à nous raconter... Jeune lieutenant... l'armée en déroute... prisonnier... l'évasion... le refus de la défaite... la haine de cet occupant qui veut dominer le monde... mieux vaut mourir debout que de se donner l'illusion de survivre sous la botte qui vous écrase... le maquis... les voyages à Londres... les sauts en parachute et de nuit... les combats... l'embuscade... l'arrestation... ne sait pourquoi il ne fut pas fusillé... puis le départ pour un voyage qui le conduirait aux derniers degrés de la déchéance et de l'abomination... dans le wagon le premier contact avec la folie et la mort... l'arrivée au camp... les flons-flons de l'orchestre... la faim et le froid... la peur... les coups... le travail exténuant... les appels interminables dans le vent glacial de l'aube... la torture... les pendaisons... les exécutions... chaque semaine le tri de ceux qui étaient à peu près valides et de ceux qui partiraient en fumée... l'insupportable odeur de chair brûlée... les monceaux de cadavres que les fours ne pouvaient absorber... puis à la fin, le bombardement... l'instant où ils se sont rendu compte que les gardes-chiourmes avaient fui... une dizaine de jours à attendre l'arrivée des Russes… les journées les plus terribles… la faim, le typhus, la mort plus que jamais présente… des cadavres partout… eux totalement indifférents à ce qui pouvait advenir… trop épuisés pour craindre la mort ou se réjouir de leur proche délivrance…

« De ces quelques mois passés là-bas où nous étions moins que des bêtes, poursuit-il, j'ai tiré deux conclusions : la première est de nature à désespérer. La seconde permet de garder foi en l'homme. Ces conclusions, je veux vous en faire part, et mon souhait serait qu'elles s'impriment en vous et y demeurent. Pour que vous puissiez profiter de mon expérience. Pour que ce que j'ai enduré vous aide à devenir plus tard des hommes lucides, vous aide à bien vous conduire, vous aide à affronter la vie avec un maximum de clairvoyance.

» La première de ces conclusions, fort banale, procède d'un simple constat. Elle peut s'énoncer ainsi : en toute bonne conscience — un jour, je reviendrai sur ce point — l'homme est capable d'infliger à d'autres hommes les choses les plus terribles, les plus atroces. En les écrasant et les humiliant, en les contraignant à perdre toute dignité et à se mépriser eux-mêmes, il vise à tuer leur âme, à les transformer en loques, en déchets puants et repoussants, de sorte qu'à la fin, hébétés, vidés de toute humanité, ne se reconnaissant plus le droit de vivre, ils en viennent à être des victimes consentantes, à collaborer avec la machine de mort qui travaille à les anéantir. Cela est le premier point. Mais il faut aussi savoir qu'à l'opposé, l'homme peut faire montre d'un dévouement, d'une générosité, d'un héroïsme absolument admirables. Lors de mon prochain cours, je vous raconterai comment des déportés n'hésitèrent pas à mettre leur vie en jeu pour venir en aide à un camarade. Mais là encore les choses ne sont pas simples. Car parmi nous, il n'y avait pas que des gens remarquables. Certains se comportaient de manière honteuse, qui ne m'indignait pas moins que les crimes les plus ignobles perpétrés chaque jour par les Allemands. Donc, lorsque devenus adultes, vous chercherez à sonder ce mystère qu'est l'être humain, à vous faire une juste idée de ce que nous sommes, il vous faudra ne pas perdre de vue que nous avons au moins deux versants. N'en voir qu'un en méconnaissant l'autre, c'est obligatoirement commettre une grave erreur. Si vous ne considérez en l'homme que ce qui le porte au bien, vous êtes d'une certaine manière des idéalistes, et vous serez bien souvent déçus. À l'inverse, si vous ignorez sa meilleure part et vous obnubilez sur ce qui le rend redoutable, malfaisant, vous n'aurez de lui qu'une vision réductrice, inexacte, donc fausse. En ce cas, il est fort probable que vous vivrez dans la défiance, voire le ressentiment ou la haine. Ce qui pourrait vous conduire à tirer cyniquement la conclusion qu'il faut rejeter toute morale, être de ceux qui exploitent et écrasent les autres, ceux qui, le cas échéant — je n'oublie pas que vous êtes de futurs militaires — les réduisent à merci, leur infligent des sévices, ou même les éliminent.

» Vous avez peut-être déjà eu l'occasion d'observer cette lutte quasi incessante qui se déroule en vous, ces besoins contraires qui s'entrecombattent. Alors, une fois adultes, que ferez-vous ? Serez-vous de ceux qui cèdent à leurs mauvais penchants, ceux qui ajoutent à la souffrance et au malheur d'autrui ? Ou bien serez-vous de ceux qui luttent pour faire régresser l'ignorance, la bêtise et le mal, ceux qui ont le désir de construire un homme dont nous n'aurions plus rien à craindre, un homme qui ne serait plus capable de commettre les atrocités que notre tragique époque vient de connaître ?

» La seconde conclusion à laquelle je suis parvenu, non moins banale que la première, est également née d'un constat. Un constat qui m'a amené à découvrir que l'homme possède des ressources de courage, de ténacité, d'énergie absolument insoupçonnables. Aux prises avec les pires circonstances, prisonnier des situations les plus désespérées, il trouve en lui les moyens de se rendre quasiment invincible, de déjouer ce qui est conçu pour l'avilir et l'éliminer. S'il veut, il peut surmonter souffrance et désespoir. S'il veut, il peut même vaincre sa peur de la mort. Et lorsqu'il est affranchi de cette peur, il possède une force et une liberté qui lui permettent de tout défier, tout affronter.

» Au maquis, j'avais un grand ami, un homme qui était pour moi comme un frère. Peu de temps avant que je sois arrêté, il est d'ailleurs mort à mes côtés, la gorge traversée par une balle. Un jour, alors que nous étions traqués par les Allemands et que nous grelottions, enfouis dans la neige, je maugréais, maudissais cette vie que nous menions. Il est vrai que nous étions épuisés. Depuis trois jours, nous n'avions guère ni mangé ni dormi et l'avenir était des plus sombres. Il me rappela à l'ordre, puis conclut, comme s'il émettait une évidence :

» — Si on sait s'y prendre, on peut être heureux même en enfer.

» Cette réflexion, je ne l'ai jamais oubliée. Non plus que ce regard qu'il avait eu. Un regard vibrant de défi, de force, de joie, d'une détermination farouche, qui m'avait immédiatement regonflé.

» L'enfer, peu après, je l'ai connu. Mais à plusieurs reprises, j'ai pu me soustraire mentalement à ce qui voulait m'anéantir. En ces instants, projeté au-delà de tout sentiment nommable, j'ai ressenti une grande paix, et j'adhérais à la vie de toutes les fibres de mon corps. »

Il s'interrompit. Je n'osais le regarder et nous restions silencieux, étreints par une intense émotion.

— Vous êtes encore jeunes, reprit-il après un long

moment, mais j'aimerais que vous gardiez en mémoire ce que je viens de vous confier. D'ailleurs, vous pouvez d'ores et déjà en tirer parti.

S'adressant à moi :

— Tu te plains d'avoir faim et froid. Bien sûr, ce n'est pas agréable. Mais joie et souffrance, tout se passe dans la tête. Alors quand tu auras l'impression que la vie te malmène, sache te persuader que tu peux être plus fort que ce qui te rend malheureux. Si tu en as la volonté, tu finiras par dominer les circonstances qui te seront contraires, et ainsi, tu deviendras un homme. Un vrai. Un être qu'on ne peut ni démolir ni déraciner.

Il me sourit. Je trouve le courage de me lever.

— Monsieur, pourquoi Dieu a-t-il permis qu'il y ait des camps de concentration ?

Son sourire a disparu. Il hoche la tête. Je ne peux soutenir son regard. Le silence pèse.

— Pourquoi Dieu a-t-il permis qu'il y ait des camps de concentration ? reprend-il avec embarras. Oui, pourquoi n'est-il pas intervenu ? Pourquoi a-t-il laissé la démence s'emparer de millions d'hommes ?

Il fait quelques pas sur l'estrade, relève d'un geste machinal les deux petites mèches qui lui barrent le front.

— Si ta question s'adresse non au professeur, mais à l'homme que je suis, je me sentirai autorisé à te dire que, selon moi, Dieu n'existe pas. Depuis le fond des âges, l'homme est dans un tel effroi face à la vie, la mort, l'immensité de l'univers et de ce qu'il ignore, qu'il a éprouvé le besoin d'imaginer un père tout-puissant, un père qui a pour rôle de le guider, le protéger, le consoler, un père qu'il ne cesse d'implorer et à qui il demande de dispenser largement bonheur, réussite, richesse, un père qui lui assure qu'après avoir été jeté en terre, il ressuscitera, puis jouira d'une existence et d'une félicité éternelles. Tout cela est si puéril, si dérisoire. Comment l'homme peut-il pareillement se leurrer, fonder sa vie sur un tel tour de passe-passe, croire en un Dieu qui est le produit de sa propre invention ? Cela est pour moi un mystère. D'ailleurs, que Dieu existe ou non, quelle importance ! En revanche, ce qui importe au plus haut point, c'est ce que nous sommes, et la manière dont nous nous conduisons avec autrui. Cet autre moi-même, mon semblable, est-ce que je le respecte, le traite en égal, fais preuve de rectitude dans mes rapports avec lui ? Ou au contraire, est-ce que je ne cherche pas, subtilement ou non, à le dominer et l'exploiter ? À l'abaisser et l'humilier ? Ces questions, vous aurez à vous les poser cent fois le jour et tout au long de votre existence. Et ce que je souhaite, ce que je voudrais, c'est que par vos actes, vos paroles, votre comportement, vous leur donniez de bonnes réponses, je veux dire des réponses qui feront que vous n'aurez pas à avoir honte de vous.

Un instant plus tard, avec toute la compagnie, j'assiste au rapport. Soudain, bousculant ceux qui m'entourent, je m'échappe, et après quelques pas, plié en deux par des crampes, suis pris de vomissements. Mais j'ai l'estomac vide, et ne peux que cracher péniblement un peu de bile. Pourtant les spasmes continuent, et les yeux emplis de larmes, haletant, gémissant, je sens tout mon corps se contracter, se resserrer, se comprimer, faire de furieux efforts pour expulser ce que je suis.

Ce soir-là, dans mon lit, je grelotte. Mais je me réjouis que l'occasion me soit donnée de mettre en pratique ce dont le professeur nous a entretenu. Ne pas se plaindre, ne pas se laisser entamer par la souffrance, se prouver qu'on peut dominer et soi-même et la situation.

Je suis résolu à devenir un jeune digne de cet ancien résistant, mais je ne réussis pas à vaincre mon humeur chagrine. Assurément, il faudra qu'il revienne sur ce qu'il nous a appris, qu'il nous explique à nouveau, que je comprenne mieux comment je pourrais ne pas me laisser atteindre par ce qui me fait prendre l'école en grippe.

La dernière note du clairon sonnant l'extinction des feux s'est éteinte depuis un long moment, et je ne trouve pas le sommeil. En moi, c'est le chaos. Dans les camps, ces hommes et ces femmes qu'on battait, torturait, pendait, brûlait. Les charniers. Les fours crématoires. Les potences. L'odeur de la chair brûlée. Dieu qui ne pouvait les sauver puisque peut-être il n'existe pas. Ont-ils été nombreux à être exterminés ? Et ceux qui ont survécu, dans quel état étaient-ils ? Peuvent-ils encore supporter de vivre ? Je sais que je trahis le chef, qu'avec sa femme nous faisons le Mal, et cela me ravage. Combien notre professeur est différent de celui que nous imaginions. Si Dieu n'existe pas, qui a engendré l'univers, qui nous a créés ? Et comment a-t-il pu se faire que des hommes qui n'étaient pas des aliénés aient commis pareilles atrocités ? Quels besoins les y poussaient ? Et lorsque leurs victimes se débattaient, hurlaient, les imploraient d'avoir la vie sauve, comment pouvaient-ils n'être pas bouleversés, ne pas se jeter à genoux pour demander pardon ? N'avaient-ils donc aucune sensibilité ? Aucune conscience morale ? Et s'il n'y a pas de Dieu, ils ne seront même pas punis ? J'ai eu tort d'être en moi-même hostile à ce professeur au cours des mois passés. Il a l'air si bon. Il a dû tant souffrir. Que pourrions-nous lui offrir pour lui témoigner notre gratitude ? Ce que nous avons reçu de lui ce matin nous accompagnera notre vie durant. Mais que penserait-il de moi s'il savait ? Trahir un ami, un homme tellement supérieur au gamin que je suis, cela signifie-t-il que je serai plus tard un sale type, accomplirai les plus minables forfaits, me rendrai coupable des pires cruautés ? Si seulement un jour j'osais lui parler, à elle, elle m'expliquerait, m'aiderait à y voir clair, me rassurerait peut-être sur mon compte. Dans ces camps, il y avait même des enfants. Si j'avais été l'un d'eux, comment me serais-je comporté ? Aurais-je été lâche ? J'ai peur de la mort. Souvent, je ne peux m'endormir, parce que je pense qu'à dix-huit ans, si j'échoue, je devrai aller me battre là-bas, dans ces rizières, et que je mourrai loin de ceux qui m'auront aimé. Je ne puis supporter cette idée qu'il me faudra passer de vie à trépas sans qu'une main serre la mienne, se pose sur mon front, me prouve à l'ultime instant qu'on ne m'a pas rejeté, que je ne suis pas un exclu, que j'appartiens encore à la famille humaine. Je voudrais demander pardon à Dieu pour tous ces crimes que les Allemands ont commis, mais comment prier alors que ce matin le professeur a bouleversé tout ce en quoi je croyais ? Désormais, je ne pourrai donc plus dire mes prières ? Mais si le Créateur de toutes choses n'est plus en permanence à veiller sur moi, où vais-je trouver le courage de tenir, de continuer ? Il m'aimait. Me comprenait. Me soutenait lorsque j'étais près de m'effondrer. Maintenant, je n'ai plus rien. Jamais je n'ai été aussi malheureux, aussi perdu, aussi seul.

Je me lève, revêts ma tenue 1, enfile mes gants blancs. Je descends les étages avec grande précaution, mes brodequins à la main.

Toutes lumières éteintes, la caserne dort. Je suis angoissé de me trouver dans la cour à pareille heure. Si on me surprenait là, il est certain qu'on m'accuserait d'avoir fait le mur.

Je me mets au garde-à-vous au centre de la cour, à quelques mètres du mât, mes yeux fixés sur lui. Le pavillon n'est pas accroché aux drisses, mais cela importe peu. À voix basse, solennellement, je me fais deux promesses : celle de ne plus étudier l'allemand, celle de ne plus m'apitoyer sur moi-même. Je voudrais également me promettre de briser ce qui m'unit à la femme du chef. Mais cet engagement-là, je ne me risque pas à le prendre, car je sais que je ne pourrai le respecter.

Mes mains n'étant pas guéries, le chef ne peut me donner ses leçons de boxe et j'en suis profondément malheureux. Chaque fois que j'ai un instant de libre, je vais traîner près du bureau de la compagnie, dans l'espoir de le rencontrer et d'échanger quelques mots avec lui.

Je pense constamment à elle et mon désir se fait de plus en plus dévorant. Je passe de longs moments à revivre seconde par seconde ce que j'ai vécu la dernière fois où elle m'a aimé. L'affection et peut-être l'amour qu'elle me porte devraient m'aider à endurer ma vie à l'école, mais en réalité, c'est le contraire qui se produit. Mon besoin de ses étreintes est si violent qu'à l'intérieur de ces murs, chaque heure m'est une épreuve. En dehors du chef, à la caserne, je ne m'intéresse à rien, et je suis en permanence la proie d'un profond ennui. Car chaque lundi, le temps s'arrête et je me consume à attendre un dimanche qui ne vient pas.

Cette période marquée par la vague de froid n'a pas été pour nous sans agréments. L'effectif de la compagnie avait fondu, et les rapports que nous avions avec les professeurs et les sous-officiers étaient tout autres que ceux auxquels nous sommes habitués. Pendant les cours, les professeurs parlaient librement avec nous et nous laissaient faire ce que nous désirions. Quant aux sous-officiers, qui avaient à jouer les infirmiers, ils se montraient moins soucieux de discipline, nous laissaient gagner le réfectoire en ordre dispersé, ne venaient plus, après l'appel du soir, épier derrière nos portes pour savoir si nous parlions ou chahutions. Nos chambres avaient un aspect que je ne leur avais jamais vu. Des capotes étaient accrochées aux portes des armoires, des brodequins traînaient un peu partout, et les lits n'étaient plus alignés. Les élèves qui n'étaient pas malades, heureux d'échapper à la contrainte journalière qui nous impose de plier puis empiler avec grand soin draps et couvertures, les roulaient en désordre et jetaient le tout à la tête du lit, au-dessus du polochon.

Les derniers malades furent bientôt rétablis et notre existence reprit son cours normal. Mais nous avions contracté de mauvaises habitudes, et dans les jours qui suivirent, nos chefs de section ne parvinrent pas à obtenir qu'un ordre parfait règne dans nos chambres.

Un soir, en rentrant dans la nôtre, nous avons une désagréable surprise. Les vingt paquetages, les vingt châlits et quarante pieds de châlits, les dix armoires et leur contenu, tout a été entassé pêle-mêle au centre de la pièce. Nos affaires personnelles n'ont pas été épargnées. Portefeuilles, photographies, livres, images pieuses, bandes dessinées, magazines de photos de femmes nues mis en lambeaux, tout a été jeté en vrac au-dessus de cet amoncellement, tandis que lettres et brosses à dents ont été fourrées à l'intérieur de nos brodequins.

En considérant pareil chantier, je suis pris d'une sourde colère. Je déteste qu'on vienne fouiller dans mon armoire. De plus, j'ai soigneusement calligraphé mon prénom et mon nom au verso de ces images pieuses, et on va découvrir qu'elles m'appartiennent. Ils ne manqueront pas de rire, se moqueront de moi, et ils seront trop nombreux pour que je fasse parler mes poings.

Leur réaction est à l'opposé de la mienne. Ils rient, plaisantent, sont heureux de voir un tel désordre là où tout devrait être impeccablement rangé et aligné. Trois d'entre nous ont reçu le jour même un colis. Le contenu de ces trois colis est dispersé sous couvertures et châlits, et il n'a fallu que quelques minutes pour qu'on retrouve et se partage gâteaux, saucissons et tablettes de chocolat. Le manche d'une brosse à dents sert de petite cuillère et le pot de confiture passe de main en main. Je mange successivement une tranche de saucisson, de la confiture, un morceau de gruyère, un carré de chocolat, et une seconde tranche de saucisson. Leur bonne humeur me gagne. En chantant à tue-tête, certains jettent en l'air chemises, chaussettes, brodequins, d'autres gueulent des numéros matricules, d'autres sautent à pieds joints sur les lames des châlits. Deux se sont juchés sur une armoire couchée sur le côté, et un caleçon sur la tête, lisent à haute voix et en s'esclaffant, l'un une revue pornographique, l'autre la prière que j'adresse à Notre-Dame du Sacré-Cœur les soirs où je fais une neuvaine. Je commence à m'envelopper d'un drap pour jouer au fantôme, lorsque le visage de celui qui se trouve en face de moi se fige. Je n'ai pas le temps de me retourner. On me flanque un coup de pied dans les fesses, puis une gifle sur l'oreille. Le silence s'établit instantanément. Mon chef est furieux. Il ne dit mot, mais je crois bien que chacun de nous reçoit sa ration. Et mon meilleur ami, celui que dans le secret de mon cœur je surnomme Galène, surpris à rire dans le dos du chef, est sérieusement tabassé.

— Je vais revenir dans une heure, lance le chef. Je passerai une revue d'armoire et de literie. Tout devra être en place et soigneusement rangé.

Une nouvelle fois des anciens ont pillé le magasin de vivres. Bien évidemment, on n'a pu découvrir les coupables. Mais le commandant de l'école a voulu leur donner une bonne leçon. Un jour, bien avant la cérémonie aux couleurs, les six compagnies sont rassemblées. Une bâche est étendue sur le sol, près du mât. Le coiffeur de l'école et deux sous-officiers prennent place sur cette bâche. Chacun a une tondeuse à la main. Trois anciens se mettent à genoux devant eux et la tonte commence.

L'opération dure plus d'une heure. Nous, dans notre compagnie, nous sommes si joyeux et si excités que nos chefs ne parviennent pas à nous faire taire.

Les jours suivants, chaque fois que je vois plusieurs anciens sans leur béret, j'éprouve un choc, et la peur que j'ai d'eux grandit. Un soir, un sergent nous avait un peu parlé de la Légion, des Bataillons d'Afrique[1], et un crâne tondu[2], c'était pour moi une tête brûlée, un gars en révolte contre tout, capable de commettre n'importe quoi.

Les anciens sont consignés pendant un mois. Chaque soir, ils viennent chercher certains d'entre nous et les emmènent dans leurs chambres. À l'exception du moment où le sous-officier de semaine passe l'appel, aucune surveillance ne s'exerce de vingt heures à six heures du matin. Les officiers et la plupart des sous-officiers ont un appartement

1. Corps de l'armée de terre stationné en Afrique du Nord, et recrutant souvent des soldats condamnés dans le civil ou dans l'armée. Il est composé majoritairement d'Européens, à la différence de l'armée coloniale. On parle aussi des « Bat' d'Af' ».

2. Punition humiliante.

ou une chambre en ville, et pendant tout ce temps, nous sommes totalement livrés à nous-mêmes et aux anciens.

Le samedi, après le repas de midi, je suis le dernier à sortir du réfectoire, et je me rends compte qu'il se passe quelque chose d'inhabituel à l'autre extrémité du bâtiment. Je me précipite et me dissimule derrière le tronc d'un platane. Une centaine d'anciens sont disposés sur deux colonnes et se font face, à un mètre les uns des autres. Soudain, un ancien est brutalement expulsé de leur réfectoire et s'engage à l'intérieur de ce couloir. Il se fait un grand silence. Je le vois se courber et se protéger le visage. Aucune parole, aucune insulte, aucun cri. Je n'entends que ses gémissements et ses « Non non » suppliants qui ponctuent les coups. Des mains agrippent son col pour ralentir sa progression. Ils frappent avec violence, de toutes leurs forces, en cherchant à faire mal. À deux reprises, lorsqu'il est tombé, j'ai fermé les yeux. Puis les derniers l'ont frappé, et il s'est écroulé. En silence, ils ont commencé à s'éloigner et j'ai aussitôt déguerpi.

J'ai attendu qu'il n'y ait plus personne et je suis revenu. Je voulais m'approcher, mais son arcade sourcilière avait éclaté, et la vue du sang me tenait à distance. Il s'est traîné et a voulu s'aider du platane pour se mettre debout. Mais il n'en a pas eu la force, et il est resté à moitié étendu, l'épaule appuyée contre le tronc qu'il entourait d'un de ses bras. Son visage écarlate, boursouflé, en partie couvert de sang, offrait un surprenant contraste avec le gris pâle de son crâne tondu. Il haletait, gémissait, et à chaque expiration, du sang et des bulles de salive lui sortaient de la bouche.

Mon quart ne quitte jamais la poche de mon treillis. Je reviens avec de l'eau. Mais à l'instant où je vais m'agenouiller, je remarque que son avant-bras est cassé, et cela m'effraie. En détournant mon regard, je pose en hâte mon quart près de lui, et je m'enfuis à toutes jambes.

Le dimanche, elle est à l'affût du moindre moment qui lui permettra de m'embrasser ou de m'entraîner à sa suite. Dès que le chef s'absente, ne fût-ce que quelques secondes, et si la petite fille est toute à son jeu, elle me pousse derrière une porte, puis m'étreint et mêle impétueusement ses lèvres à mes lèvres. À plusieurs reprises, nous avons frôlé la catastrophe, mais elle n'est pas pour autant portée à se montrer plus prudente.

Aujourd'hui, le chef avait à peine tourné les talons qu'elle m'a pris la main et fait gravir la colline. En partant, je n'ai pu voir à quoi la petite était occupée, et je n'ai cessé d'être inquiet. Il suffirait qu'un jour elle se lasse de son jeu, s'éveille plus tôt que prévu, ait besoin de nous, pour qu'elle se mette à appeler, à nous chercher, et que le drame éclate.

Nous nous glissons à l'intérieur d'un épais fourré, et elle me plaque contre le tronc de ce pin au pied duquel s'achève chaque fois notre brève escapade. En ces instants, nous n'échangeons pas un mot. Nous savons que nous disposons de peu de temps, et nous sommes trop tendus, trop avides. Elle, elle a ce visage fermé, ce regard qui ne voit plus. Moi, je suis en pleine tourmente, à la fois exultant et effrayé. Nous restons debout. Sans perdre une seconde, elle m'enlace, se presse contre moi, se met à geindre, haleter, prononcer tout bas des mots tendres, tandis que se hâtent ses lèvres et ses mains. En arrivant, le dimanche matin, dès que je la vois, le désir me suffoque. Aussi, sur la colline, à peine a-t-elle mordillé mon oreille, mon cou, qu'elle peut aussitôt me dénuder et fougueusement s'empaler. Alors nous devenons proie d'un double brasier, tout se met à tanguer, et les petits cris qu'elle pousse m'emplissent d'épouvante. Je lutte contre la tornade, m'efforce de rester aux aguets. Tant de choses obscures se déchaînent en moi que je crains d'être disloqué, anéanti, et pour n'être pas précipité au fond d'un gouffre d'où je ne saurais remonter, je m'oblige à maintenir mon regard sur la montagne Sainte-Victoire. La vue de son énorme masse grise toute proche derrière les pins m'aide à ne pas perdre pied.

Quand elle s'empare de moi, que je suis livré à ses lèvres et ses mains, je demeure pétrifié, et je n'ai toujours pas osé l'entourer de mes bras. Pourtant, l'autre dimanche, j'ai eu le courage d'empoigner ses épaules, et je les serrais à les broyer. Mais aujourd'hui, je ne pouvais m'empêcher de penser que ces temps, faute d'avoir un mouchoir, je me mouche dans mes doigts. Il me paraissait que mes mains en étaient encore souillées, et je sentais qu'il m'était interdit de les poser sur elle. Pendant l'instant où elle m'a aimé, elles sont restées agrippées au tronc contre lequel j'étais adossé.

Quand nous redescendons, avant de nous trouver à découvert, nous nous arrêtons, et elle n'oublie jamais de retirer les débris d'écorce accrochés à mon chandail. Aujourd'hui, je lui ai montré mes mains couvertes de résine. À ma surprise, elle appliqua et frotta lentement ses paumes contre les miennes.

— Maintenant nous sommes soudés l'un à l'autre, dit-elle avec espièglerie. Nous ne pouvons plus nous quitter.

Sa respiration était encore précipitée. Ses yeux brillaient et riaient.

— Tu voudrais ne plus me quitter ?

Puis sans transition, elle devint grave, et ses yeux rivés aux miens qui avaient peine à soutenir son regard :

— Il faut que tu le saches… Si le chef découvrait ce qu'il y a entre nous, il serait capable de nous tuer.

Il serait capable de nous tuer… Tous ces jours, ces mots tournent dans ma tête. Mourir avec elle, au même instant, son sang se mêlant au mien, au fond, cette idée m'exalte.

Si elle continue de m'aimer alors que cette menace est sur nous, c'est la preuve que cet amour qu'elle me porte a la force de tout défier. Et s'il possède cette force, je peux enfin croire en lui. Car jusqu'à ce jour, je n'ai cessé de douter. Je me répète que je ne suis qu'un gamin, que je ne sais pas parler, que je ne présente aucun intérêt, et je ne parviens pas à me convaincre que j'ai réellement une place dans sa vie. Mourir ensemble, d'une balle dans le front ou dans le cœur, ce serait comme être uni à elle pour l'éternité. Nous dormirions en terre l'un près de l'autre. Ou peut-être serions-nous couchés dans un même cercueil. Je me représente nos deux corps enlacés, nos visages clos, mes lèvres à jamais scellées à ses lèvres, et cette vision m'emplit d'une paix profonde. Je sais que dorénavant, lorsque je serai près d'elle, cette idée que nous pourrions brutalement perdre la vie sera toujours présente, qu'elle rendra chaque instant inoubliable, qu'elle attisera grandement ce qui nous fait brûler.

Si le chef en venait à nous supprimer, ce serait également la preuve qu'il a été jaloux de moi, qu'il m'a traité en adulte. J'ai un tel désir de quitter l'enfance, d'être considéré comme une grande personne, que je souhaiterais presque voir venir cet instant qui attesterait que je suis devenu un homme.

Dans mon village, le fils d'un châtelain s'était épris de la fille du boucher. Ils avaient le projet de se marier, mais les parents du garçon s'y opposèrent. Un jour, les amoureux se rendirent à la rivière. Ils nouèrent une chaîne à leurs poignets et se jettèrent au fond des eaux. Durant toute mon enfance, je n'ai cessé de penser à eux, de prier pour eux, de ressentir un peu de leur souffrance. Maintenant, ce drame revient me hanter, se mêle aux pensées tantôt claires et tantôt sombres qui me traversent lorsque je songe à ce qui pourrait m'arriver.

Ces années de caserne qui se profilent devant moi, souvent elles m'écrasent, et je n'ai plus la force de continuer. Le matin, au réveil, les autres s'activent, parlent, chantonnent, se chamaillent, et moi, je reste assis sur mon lit, incapable d'enfiler mes brodequins, sans courage au seuil de cette journée qui commence. Et quand je me dis que la mort pourrait me frapper un de ces prochains dimanches, ce que je ressens, c'est du soulagement. Car si je disparaissais, je n'aurais plus à subir cette vie de caserne, je n'aurais plus à me forcer, je n'aurais plus à trembler d'angoisse à l'idée d'aller un jour crever là-bas, dans les rizières, à l'autre bout du monde.

Mais souvent le désir surgit, efface tout, et je ne veux que vivre, la voir, l'entendre, l'aimer. Et je sens alors que je pourrais tout briser de ce qui m'empêche de la rejoindre.

Mon chef vient de m'apprendre qu'il doit suivre un stage dans un camp situé à l'autre bout de la France, afin de préparer un examen qui, s'il le réussit, lui permettra de s'élever d'un échelon dans son grade. Ce stage durera deux mois. Je suis effondré. Lui absent, mon existence ici va m'être insupportable. Je ne vis que pour ces dimanches que je passe auprès d'elle, que par ces instants, dans la semaine, où mon chef me donne des preuves qu'il s'intéresse à moi, où il se préoccupe de ma conduite et de mes études, où nous parlons sans jamais nous lasser des boxeurs que nous aimons. En outre, mes mains seront bientôt guéries, et j'espérais remonter sans tarder sur le ring.

Deux mois sans la voir, sans recevoir ses caresses, sans pouvoir communiquer... Car moi, si je lui écris, je ne saurai par qui faire expédier mes lettres. Et elle, elle ne pourra m'adresser les siennes. Nous, enfants de troupe, ne sommes autorisés à correspondre qu'avec les personnes dont nous avons donné les noms en début d'année. En outre, quand arrive à la compagnie une lettre qui a été postée en ville ou dans les environs, elle est aussitôt repérée, et le chef préposé à la lecture de notre courrier ne manque pas de l'ouvrir avant toute autre. Au cours de ces deux mois, nous ne pourrons donc rien échanger.

Ces dernières années, tout me pesait, mais il suffisait que j'aperçoive mon chef, qu'il me fasse un clin d'œil, me dise quelques mots, pour que je sois tiré de mon ennui et que la journée me paraisse moins morne. Pendant ces deux mois, alors que je serai coupé d'elle et qu'il se trouvera à sept cents kilomètres d'ici, comment vais-je avoir la force d'endurer la grisaille de ces jours tous semblables, ces dimanches vides, ce cafard auquel je ne sais m'arracher ?

Mais je ne dois pas oublier que j'ai eu une petite joie. En me quittant, le chef m'a tapé sur l'épaule, m'a dit qu'il s'ennuierait de moi, et m'a demandé de lui écrire.

Mon chef parti, j'ai eu à subir les humiliations et brimades du chef de la 4$^{e}$ section. Je n'en ai pas été surpris.

Un jour, alors que je suis de corvée, j'arrose et balaie la chambre. Quand le sergent survient, il me reproche d'avoir arrosé avant d'avoir balayé. Pour arroser, nous

nous servons d'une boîte de conserve percée d'un trou, et lui, il a deux exigences. Il veut, premièrement, que les petits cercles dessinés sur le ciment par les gouttes ne soient pas déformés par les coups de balai, et deuxièmement, que la succession de ces gouttes forme des huit aux boucles extrêmement régulières. Je suis donc doublement en faute. Car j'ai balayé après avoir arrosé, et j'ai tracé des huit qui sont loin de répondre à ce qu'il attend. Il m'engueule. Je lui réponds. Il hausse le ton. Je lui tiens tête.

— À partir d'aujourd'hui, je suis de semaine et vais passer mes nuits au poste de garde. Eh bien, tu viendras à minuit me présenter une revue de literie. Pendant trois jours.

Je conteste cette punition, mais il tourne les talons et s'éloigne.

Un peu avant minuit, il vient me réveiller. Je me lève en le maudissant, puis à moitié endormi, commence à plier mes draps et couvertures. Pour descendre toute ma literie, je dois effectuer quatre voyages. Un pour le châlit, un pour les pieds de châlit, un pour le matelas, et un dernier pour les draps, les couvertures et le polochon. Notre chambre est située au troisième étage, et à l'autre bout du bâtiment par rapport au poste de garde. L'opération me demande plus d'une demi-heure, et quand tout est installé, sous le porche, je vais chercher le chef. Il est étendu sur son lit et fume une cigarette.

Je me mets au garde-à-vous près de mon châlit.

— Comment ? Tu es en treillis ? Tu te moques de moi, non ? Je veux te voir en tenue 1, avec cravate et gants blancs. Allez, grouille-toi. Si tu n'es pas là avant cinq minutes, je double ta punition.

Je pars en courant, me change en toute hâte et redescends. Je me fige au garde-à-vous.

Il estime que mes draps et couvertures sont mal pliés. Il

renverse le tout d'un coup de pied et me demande de les plier correctement.

Remonter ma literie jusque dans ma chambre n'est pas une partie de plaisir. À chaque voyage, il me faut m'arrêter à plusieurs reprises. Les draps, couvertures et polochon, ainsi que le matelas, ne sont pas tellement lourds, mais il est malaisé de les porter. À tout instant, ils m'échappent, et je dois faire halte pour réassurer mes prises. Mais c'est avec le châlit que j'ai le plus de difficultés. Je ne sais comment le prendre, de quelle manière le tenir, et quand j'arrive au troisième étage, je suis exténué. D'autant que je gravis les escaliers avec lenteur, soucieux que je suis de ne pas cogner mon châlit contre le mur ou la rampe. Quant à mes copains, ils sont plongés en un profond sommeil et je tiens à ne pas les réveiller.

Le troisième soir, alors que je suis au garde-à-vous près de mon châlit, et que le chef cherche un prétexte pour me dire des choses désagréables, je le nargue en arborant un large sourire et en fixant sur lui un regard idiot. Puis je me mets à chantonner.

Il me dévisage avec étonnement.

— Qu'est-ce qui t'arrive ?

— Je suis heureux, sergent. Je suis si heureux que je ne peux pas m'empêcher de chanter.

Il pue l'alcool et cette odeur me lève le cœur.

— Ah ! oui !… Tu es heureux !… Eh bien, si tu as tant de joie à descendre ta literie sous ce porche, je crois qu'il va nous falloir poursuivre. Il me reste encore quatre nuits à dormir au poste. Ça fera pour toi quatre autres revues de literie.

— Bien chef. Je vous en remercie. Je vous remercie d'être aussi bon.

— La ferme, gueule-t-il hors de lui. Un jour, je te fendrai le crâne.

Je me saisis de mes draps, couvertures et polochon, les pose sur ma tête où je les maintiens à deux mains, et je m'éloigne en chantant.

Pour la septième fois, un peu avant minuit, le sergent me secoue brutalement. Je suis de mauvaise humeur. Je manque de sommeil, et ce réveil qui survient deux ou trois heures après que je me suis endormi me met dans un état de malaise. Les trois premiers voyages, je les effectue sans avoir la moindre réaction, tant je suis hébété. Il me reste à descendre mon châlit. Je suis sur le palier du troisième étage, face aux escaliers. J'élève mon châlit au-dessus de ma tête non sans difficulté, le tiens à bout de bras, et je le jette devant moi. La cage d'escalier s'emplit soudain d'un épouvantable vacarme. Au palier situé à mi-étage, je recommence l'opération. Et ainsi jusqu'en bas.

Ils sont maintenant plusieurs, en chemise, jambes et pieds nus, à venir voir ce qui se passe. Ils ne semblent pas apprécier.

— Tu es devenu fou, non ?

— Ce n'est pas moi qui suis fou, hurlé-je. C'est celui qui est au poste.

Ce manque de sommeil m'abrutit, me donne mal à la tête, et je sens que sous le coup de l'irritation qui me possède, je pourrais cracher au visage du chef n'importe quelle insolence. Les nuits précédentes, quand je remontais mon barda dans ma chambre et qu'il me venait des poussées de colère et de révolte, je me rappelais la promesse que je m'étais faite de prendre avec calme ce qui pouvait m'arriver, de ne pas m'apitoyer sur moi-même. Je m'imposais de croire aussi que ces efforts étaient un excellent exercice, qu'ils contribuaient à me muscler, que je devais les considérer comme un bon entraînement en vue de me remettre bientôt à la boxe. Mais cette nuit, je me sens impuissant à maîtriser ce qui bouillonne en moi.

Je suis au garde-à-vous et fixe le sergent d'un regard plein de hargne.

— Tu sauras que lorsqu'on est au garde-à-vous, on n'a pas à bâiller.

— Bien chef. Vous le direz à celui qui m'empêche de dormir.

— Ne me réponds pas quand je te parle.

— Mais si je ne vous donne pas la réplique, vous n'aurez rien à me dire.

— Tais-toi. Tais-toi.

— Oui chef, je ne peux que vous obéir.

— Ne te fous pas de moi.

— Je n'oserais jamais, chef.

— La ferme nom de Dieu.

— Oui chef. Je ne veux surtout pas vous contrarier.

— Tu la fermes, oui ou non ?

Le silence règne quelques secondes.

— Tu vas aller te coucher. Mais je t'avertis que dorénavant, tu devras te tenir à carreau. À la moindre connerie, je ne te raterai pas.

— Je n'en doute pas chef.

Je bascule mon châlit, et les draps, couvertures et polochon se répandent sur le ciment. Je m'empare avec décision du châlit, et en partant, je lui lance :

— Vous êtes un lâche. Car si mon chef de section était là, vous ne m'auriez pas puni.

— Mais tu vas te taire. Tu vas te taire. Tu mériterais que je te casse la gueule.

Je projette avec rage mon châlit sur le sol caillouteux, et j'ai l'impression qu'un coup de tonnerre vient de retentir à l'intérieur de la caserne. Une peur panique, l'envie irrépressible de le défier, la conviction que je remporte une décisive victoire sur moi-même, le sentiment que je viens de commettre un acte aux conséquences peut-être des plus graves se bousculent en moi tandis que d'un bond je me porte devant lui. Armé d'une détermination farouche, je rugis :

— Essayez de me toucher... Essayez de me toucher...

J'avance d'un pas et il recule. De longues secondes, nous nous mesurons du regard en silence. Mes yeux ne cillent pas et il peut y lire l'intraitable résolution qui m'anime.

— Bon, ça va, lâche-t-il d'une voix blanche. Mais on se retrouvera.

Au long des mois, mon chef nous est souvent apparu tendu, nerveux, sombre, et il se montrait prompt à lever la main sur nous. Aussi sommes-nous passablement déconcertés par le sergent qui le remplace. Car on ne peut imaginer individus plus différents.

Blond, le visage rond, les yeux globuleux et d'un bleu très pâle, l'estomac proéminent, ce sergent est un homme jovial, débonnaire, qui semble tout prendre à la rigolade. Il a un fort accent marseillais et parle avec une telle rapidité que j'ai du mal à suivre ce qu'il dit. En deux jours, moi mis à part, il a conquis la section et cela m'a chagriné. Depuis que mon chef nous a quittés, je pense fréquemment à lui, alors qu'eux semblent l'avoir oublié. Ils sont toujours à tourner autour de ce nouveau chef, à écouter ses histoires, à le questionner, à lui faire raconter sa vie, et lui, il est manifestement on ne peut plus heureux de se voir entouré par une meute de jeunes garçons au regard avide et bien souvent admiratif. Moi, je me tiens à l'écart, et verrai dans deux ou trois semaines si je suis pour ou contre lui.

Chaque fin d'après-midi, il surveille notre étude et s'ennuie terriblement. Durant la première heure, il parcourt à la va-vite un journal des sports, regarde la cour par la fenêtre, se penche sur le cahier de l'un ou de l'autre, marche de long en large en soupirant. Puis vient le moment où il n'y résiste plus et où il adresse la parole à l'un de nous. Les voisins de celui-ci s'arrêtent de travailler. De minute en minute, d'autres élèves s'approchent, et bientôt, c'est presque toute la section qui se trouve agglutinée autour de lui. Moi, pour ne pas me faire remarquer, je quitte ma place et me mêle à eux, mais en veillant à rester au dernier rang. Il a une incroyable faconde, et je ne peux nier qu'on passerait des heures à l'écouter. Car il est vrai aussi que l'existence de baroudeur qu'il a menée jusque-là lui a permis de vivre bien des choses étonnantes. À seize ans il était au maquis. Puis il est passé en Angleterre, a fait les campagnes d'Afrique du Nord, de France, d'Allemagne. Après quoi, il a été volontaire pour partir en Algérie, puis à Madagascar, où, nous a-t-il appris, d'importants soulèvements avaient eu lieu. L'un de nous s'est alors étonné qu'il ne soit que sergent. Il nous a expliqué en riant qu'il devrait être adjudant, mais qu'il a été cassé[1] à deux reprises. Il a refusé de nous en révéler les motifs.

Ce dont il aime parler, et ce qu'ils souhaitent le plus entendre, ce sont ses visites aux femmes de mauvaise vie. Tout l'argent qu'il gagne, nous a-t-il dit, leur est consacré. Voilà pourquoi il connaît les meilleures maisons closes de Marseille. Il raconte fort bien, avec beaucoup de détails, et il nous fascine. La première fois qu'il a abordé ce sujet, j'ai regagné ma place et me suis mis à prier pour lui. Mais après quelques instants, ma curiosité a été la plus forte, et

1. On lui a retiré à deux reprises un grade pour des motifs disciplinaires.

je suis revenu parmi eux. Depuis, lorsqu'un groupe se forme autour de lui, je ne manque jamais d'être là. Chaque fois, je me le reproche, mais je ne peux résister au besoin de me joindre à eux.

L'autre soir, en sortant de l'étude, dans la cour, je me suis bagarré avec un autre élève de ma section. Il prétendait que le sergent était plus fort que mon chef, et que s'ils s'étaient battus, mon chef aurait eu le dessous. Bien évidemment, je n'étais pas d'accord. Il faut vraiment n'avoir aucun bon sens, et ne rien connaître à la boxe pour soutenir une chose pareille. Ce sergent est corpulent, massif, il manquerait de mobilité, de rapidité et de souffle. Tandis que mon chef a des muscles durs, d'étonnants réflexes, qu'il sait se battre et possède une frappe redoutable. D'ailleurs, l'autre matin, quand ce sergent a passé l'appel, au réveil, à six heures trente, il puait déjà l'alcool, et je ne pense pas qu'il pourrait seulement tenir un round devant mon chef, qui, lui, n'a cessé de veiller à sa forme depuis qu'il a conquis la couronne de champion de France militaire dans la catégorie reine des poids moyens.

L'autre soir, en étude, ce sergent est venu s'asseoir près de moi, et il m'a demandé pourquoi j'étais si triste. J'ai été surpris qu'il m'ait remarqué, qu'il se soit aperçu que je broyais du noir. Je n'ai rien su lui dire. Il a insisté pour me faire parler, je désirais lui répondre, mais je suis resté piteusement silencieux. Il me considérait avec une bienveillance manifeste, et l'attention qu'il me témoignait m'a profondément touché. Ce soir-là, la réticence qu'il m'inspirait est tombée, et j'ai senti que désormais, un courant de sympathie circulerait entre nous. Après un long moment, il a hoché la tête, m'a entouré les épaules de son bras, puis il m'a invité à prendre exemple sur lui.

— Moi, je pense que la seule chose à faire, c'est de s'en payer une bonne tranche. Ça sert à rien de se casser la tête.

Parce qu'il y a trop de problèmes, trop de complications, trop de trucs que tu comprendras jamais. Alors tu laisses tomber. Et tu t'occupes seulement de ce qui te donne du plaisir. Se saouler la gueule de temps en temps, faire une bonne bringue avec des copains, s'offrir des femmes, qu'est-ce qu'on peut désirer de plus ? Tu verras, dans quelques années. Sois un peu patient. Y aura tant de choses qui vont te tenter, que tu sauras pas où donner de la tête. On a cette chance dans l'armée de pouvoir se baguenauder d'un coin de la terre à l'autre, de découvrir des lieux où on n'aurait jamais pu mettre les pieds, et si tu as quelque chose dans le ventre, tu peux vivre des aventures qu'un péquenot ne vivra jamais. Crois-moi mon petit gars, la vie est bien plus belle que tout ce que tu peux imaginer. Mais à une condition : il faut savoir la prendre. Regarde : j'étais à Madagascar, et dans six mois, je serai en Indo. Qu'est-ce que tu veux de mieux ? Alors rappelle-toi ce que je te dis : tu te casses pas la tête, et tu bouffes le meilleur de ce qui vient.

Un soir, il invite ceux qui le désirent à le rejoindre dans sa chambre. Il leur montrera les tatouages qui ornent ses bras, ses épaules et sa poitrine, ainsi que les décorations qui lui ont été décernées pour ses faits d'armes et sa remarquable conduite au combat.

Je ne sais ce que je dois faire. Si je songe à mon chef, il me paraît que me rendre à cette petite réunion serait de quelque manière le trahir, manquer à notre amitié. Mais si je pense à cette étude durant laquelle le sergent s'est assis près de moi, a entouré mes épaules de son bras, m'a donné des conseils de vie, je me sens tenu d'aller le voir et l'écouter. Sans avoir rien pu décider, mécontent de moi, je finis par me lancer à la suite de ceux qui dévalent bruyamment les escaliers et se font une fête de passer la soirée avec lui.

Presque toute la section est là. Nous sommes tassés sur son lit, ou assis en demi-cercle sur le sol devant lui. Il nous a acheté des paquets de biscuits et des bouteilles de bière, et tout a été englouti avant même qu'il ne commence à parler.

Nous sommes suprêmement excités. C'est la première fois qu'un sous-officier nous reçoit dans sa chambre, et notre avidité est grande d'entendre ce qu'il se propose de nous dire. Lui, il se tient debout, mains dans les poches, manches retroussées, chemise largement ouverte sur la poitrine, avec un large sourire et des yeux qui brillent. Tel qu'il est, il me plaît beaucoup. Il me donne le sentiment qu'il ignore la peur, qu'il ne se laisserait intimider par personne, qu'il pourrait tout défier. C'est à cet instant, en le voyant si jovial, si libre, si heureux de vivre, que j'ai commencé à l'admirer.

Il a parlé pendant plus de trois heures. Du débarquement en Provence, de la campagne d'Alsace, de la traversée du Rhin, des villes allemandes en ruine… De ses sauts en parachute… De ses blessures… De ses démêlés avec un capitaine… Des femmes qu'il a connues… De son enfance dans une banlieue de Marseille… De sa mère, qu'il vénérait… Du fait qu'il n'a pas eu de père… De la bagarre qui l'avait opposé une nuit à un marin américain à propos d'une jeune prostituée dont il était follement amoureux…

D'une petite trousse à couture identique à celle que nous avons, il a extrait cinq médailles, et nous a donné quelques indications à leur sujet. Puis il a narré les faits qui lui ont valu ces distinctions. Ces médailles ont ensuite passé de main en main. Quand je les ai tenues dans les miennes, je les ai religieusement effleurées de mes lèvres, et j'ai su à cet instant qu'il était un véritable héros.

Nous étions tellement saisis, tellement impressionnés, que nous ne lui avons posé aucune question.

Puis il nous a parlé de Madagascar où il était parti en tant que volontaire. Là-bas aussi il s'est distingué. Des paysans et des ouvriers communistes voulaient jeter les Français à la mer, et il a été un de ceux qui ont écrasé cette rébellion. Pendant des mois, des combats très durs ont eu lieu. Mais lui, il aime se battre, il aime cette existence que les militaires mènent en temps de guerre. Lorsque le matin on se demande si le soir on sera mort ou vivant, on vit chaque minute bien plus intensément. Sa division était basée au cœur de l'île et combattait dans une région montagneuse. Parfois, ils se retrouvaient avec des prisonniers et ne savaient qu'en faire. Lui, il les alignait colonne par un, il s'emparait d'un coupe-coupe, et d'un seul mouvement, il leur tranchait le cou.

Immédiatement me sont revenus les mots de notre professeur nous parlant des camps nazis, des exécutions, de ces hommes et de ces femmes qu'on exterminait.

Mes mains se sont portées à ma gorge et je croyais que j'allais étouffer. Je ne savais plus que penser. Je me sentais comme après un K.-O.

La vie en groupe me pèse et je suis de plus en plus renfermé. Mais trouver dans cette caserne un endroit où pouvoir être seul est quasiment impossible. Selon les jours et les heures, je vais traîner près des cuisines ou près des hangars et des bâtiments préfabriqués, situés le long du mur d'enceinte. Ces lieux nous sont interdits, et lorsque je m'y trouve, j'ai toujours la crainte d'être découvert et puni.

Parfois, lorsque la nuit est tombée, je me réfugie dans les latrines. Il y a là un recoin où il est rare que quelqu'un vienne. Je m'assois sur mes talons, dans l'angle de deux murs, et reste là de longs moments, les yeux fermés, perdu en moi-même, à attendre que le temps passe.

À trois reprises, je suis allé à la salle des sports, et le moniteur responsable des sports de combat, qui me connaît bien, a été gentil avec moi. Il m'a donné quelques leçons, et m'a invité à venir plus souvent. Mais mon chef est loin, et j'ai perdu mon enthousiasme.

Les compositions trimestrielles ont commencé, et je suis résolu à rendre feuille blanche en allemand. En cette matière, j'ai déjà obtenu trois zéros, et j'en suis fier.

La joie d'apprendre m'a quitté et je me désintéresse de mes études. Moi, pour que je ne sois pas toujours à me faire des reproches et à me mépriser, pour que je travaille bien en classe, j'ai besoin qu'un adulte me marque de l'intérêt, se préoccupe de mes résultats, me donne de l'amitié. Quand il m'arrive de songer à la moyenne et au classement qui risquent d'être les miens en fin de trimestre, je suis submergé d'angoisse. Mon chef, et bien sûr elle aussi, qui attend beaucoup de moi et me veut tant de bien, vont être grandement déçus. Mais si je ne travaille pas mieux, c'est parce qu'ils me manquent, et que ma pensée, constamment occupée d'eux, n'est jamais libre de s'intéresser à quoi que ce soit. Je voudrais réagir, mais je n'en ai pas les moyens. Le cafard et l'ennui me rongent, m'ôtent toute énergie, me rendent indifférent à la faillite qui ne pourra manquer de survenir.

Les permissions de Pâques approchent. J'ai un désir ardent de revoir mon village, ma chienne, mes vaches, et pourtant, je ne ressens aucune joie à me dire que dans trente-deux jours je serai loin d'ici.

J'ai découvert un nouvel endroit où pouvoir me trouver seul. C'est le château d'eau. Je gravis les échelons de l'échelle de fer, et m'étends aussitôt sur le ciment, pour ne pas risquer de me faire repérer. Je demeure là, couché sur le dos, à rêver, prier, songer à elle, rédiger dans ma tête une lettre pour mon chef, regarder les nuages glisser dans le ciel, écouter la voix silencieuse de toutes ces choses qui fermentent en moi et ne me laissent aucun répit. Sans doute ces temps-ci ai-je beaucoup changé. Je ne saurais dire en quoi, mais je constate que je ne suis plus celui que j'étais au début de l'année.

Trop de questions me taraudent. Des questions concernant le sens de la vie, ma destinée, mes études, l'amour qu'elle me porte, ce qu'elle et moi deviendrons, mon chef, la boxe, mon enfance, ma mort peut-être proche, les camps de concentration, la cruauté dont l'homme est capable, l'immensité de cet univers qui n'est qu'énigme et où je me sens si seul... Avant, tout était pour moi beaucoup plus clair. Mais maintenant, je ne sais plus rien comprendre à rien. Effroi, lassitude et détresse me rendent lourd, confus, m'enfoncent toujours davantage dans un abîme d'où je n'aurai pas la force de remonter.

Depuis que j'ose m'avouer que je n'aime pas être commandé, que je n'aime pas marcher au pas cadencé, que je n'aime pas être toujours avec les autres, j'ai pris en haine tout ce qui est militaire : l'uniforme, le port obligatoire du béret, les revues de literie et de casernement, la cérémonie aux couleurs matin et soir, les rapports, les sonneries du clairon, les rassemblements, la prise d'armes chaque dimanche matin, et plus que tout, lorsque nous sommes au garde-à-vous et que nous nous apprêtons à entrer au réfectoire ou à monter en classe, cette insistance de nos chefs à vérifier longuement notre alignement, à exiger que tel ou tel se déplace d'un ou deux centimètres, lève le menton, tende plus énergiquement les doigts, alors que dans la seconde qui suit, ordre nous est donné de rompre les rangs.

Parfois, j'aurais envie de me délivrer de la sourde irritation que j'éprouve, en dégradant ou détruisant quelque chose. L'autre soir, j'étais étendu sur mon lit, lorsque je me suis soudain levé, et sans avoir médité ce que j'allais faire, j'ai donné un violent coup de pied dans le bas de mon armoire. J'avais mes brodequins, et mon pied est passé au travers du panneau qui d'ailleurs n'était pas des plus épais. Après coup, j'étais consterné. Je sais qu'il me faudra réparer en toute hâte ce qui, sinon, sera considéré comme « dégradation de matériel militaire », et me vaudra d'être puni. Mais plus que la conséquence de mon acte, ce qui m'a inquiété, ce furent ces regards qui se sont posés sur moi et que je n'oublierai plus.

Les jours ont grandi. En fin de journée, quand le ciel se brouille, que je sens approcher la nuit, une insurmontable angoisse m'étreint. Moi et les êtres qui m'entourent, la portion de terre où nous séjournons, nous allons plonger dans les ténèbres, et qui sait si demain le soleil montera une nouvelle fois à l'horizon, si la lumière nous reviendra, si la vie pourra reprendre.

Quand il est de service, le chef de la 4e section traîne chaque soir après l'appel dans les escaliers et les couloirs de la compagnie, reste de longs moments à tendre l'oreille derrière nos portes. Si l'un de nous parle, amuse la chambrée, est surpris à descendre aux latrines, il lui enjoint de s'habiller et l'emmène derrière le bâtiment.

L'élève se met à plat ventre, et les mains en appui sur le sol, effectue des dizaines de tractions — les fameuses *pompes* dont ce sergent est toujours à nous menacer. Le corps doit être maintenu rigoureusement droit, et si l'élève n'a pas la force d'accomplir le nombre de tractions fixé, il aura à redescendre chaque soir après l'appel, jusqu'à ce qu'il parvienne à s'acquitter de sa punition. Parfois, d'un signe de la main, un sourire goguenard aux lèvres, et même s'il n'a rien à me reprocher, le chef m'invite à faire partie du voyage, et ainsi nous retrouvons-nous parfois tout un groupe dans cette petite cour, à compter nos pompes à haute voix. Si l'un de nous, profitant de l'obscurité, lance une plaisanterie ou exhale sa mauvaise humeur, le sergent fonce sur lui et lui décoche un coup de pied dans les côtes.

Notre nouveau chef de section m'a appris que si ce sergent se montre tatillon, sévère, acharné à nous punir, c'est parce qu'il est malheureux. Sa femme l'a quitté, et c'est pour lui une souffrance qu'il ne parvient pas à surmonter. Il ne peut donc s'empêcher d'être toujours sombre, irritable, d'en vouloir à tout le monde, et il est inévitable que nous en fassions les frais.

Depuis que je sais cela, je m'abstiens de le narguer, de mal me conduire avec lui, et avant de m'endormir, je récite une dizaine de *Je vous salue Marie* à son intention.

Il n'empêche que l'autre soir, comme il passait l'appel et que j'avais omis d'enfiler ma veste, il m'a infligé quinze jours de corvée de latrines. Cette corvée est celle que nous redoutons le plus, et si j'en avais eu le choix, j'aurais préféré être privé de deux jours de permission, quand bien même une telle punition m'aurait profondément affecté.

À chaque étage se trouve une pièce avec des lavabos et des W.-C., mais ceux-ci nous demeurent interdits, pour la simple raison qu'ils sont en permanence privés d'eau. Ces pièces ne sont pourtant pas condamnées, et bien qu'il nous soit rigoureusement défendu d'y pénétrer, il ne se passe pas une nuit sans que quelques-uns d'entre nous — peut-être parce qu'ils sont malades, ou parce qu'il fait froid, ou parce que le vent hurle et qu'ils ont peur d'affronter la nuit, ou tout simplement, parce qu'il leur manque le courage de descendre trois étages et de gagner les latrines — usent de ces W.-C.

Même s'il n'est pas de service, le chef de la 4e section vient me réveiller à cinq heures trente, une heure avant la sonnerie du clairon. Je m'habille à tâtons, vais chercher un manche à balai, une boîte de métal qui avait initialement contenu cinq kilos de confiture, et je commence par les W.-C. du troisième. L'eau se trouve au rez-de-chaussée, et il m'en faut une assez grande quantité. En me hâtant, je dois effectuer jusqu'à une trentaine de voyages. Après quoi, sans perdre une minute, je passe aux latrines. Celles-ci occupent un petit bâtiment indépendant derrière un portique. Elles sont constituées par une série de stalles sans porte, séparées par des cloisons hautes d'un peu plus d'un mètre, et équipées de chasses d'eau qui en principe se déclenchent d'elles-mêmes à intervalles réguliers, mais s'avèrent souvent des plus récalcitrantes. Une fois le soleil disparu, l'obscurité la plus totale règne à l'intérieur de ces murs. L'ampoule qui devrait y répandre un peu de lumière est régulièrement brisée par les anciens habitués à se réunir là, pendant l'étude du soir, pour fumer. Ceux qui viennent dans ces latrines durant la nuit, sachant l'état dans lequel ils risquent de les trouver, craignent de marcher dans des excréments et défèquent un peu partout, dans le couloir sur lequel donnent les stalles, ou bien sur les escaliers, voire aux abords de l'édicule. Mais ce que je redoute le plus, ce sont ces jours où pour avoir mangé de la viande avariée, nous avons tous la colique. Dans la lueur grise du petit matin, le spectacle me soulève le cœur, et l'odeur est difficilement supportable.

Je dispose d'une heure pour m'acquitter de cette tâche, ce qui est bien peu. Je sais en outre que si tout n'est pas rigoureusement propre quand retentit la sonnerie du clairon, une autre punition pourrait m'être infligée.

Un matin, comme j'étais de retour dans ma chambre, l'un de nous, pour se moquer de moi et jouer au malin, a cru bon de dire en riant que je puais — ce qui n'était malheureusement que trop vrai — et a proposé à la cantonade qu'on me surnomme dorénavant *Latrines*. Il n'avait pas fini de parler que j'étais déjà sur lui, résolu à lui écraser mon gauche sur la figure. Mais au dernier moment, je me suis retenu.

Quand j'en ai fini avec cette corvée, je dois laver mes brodequins, le bas de mes pantalons de treillis, et avant que j'entreprenne de me débarbouiller, je n'en finis pas de me laver et relaver les mains.

Un instant plus tard, je me présente au réfectoire. J'ai l'estomac creux mais ne peux rien avaler.

Je ne vais plus m'étendre sur la plate-forme du château d'eau. Pour m'y rendre, je devais longer le baraquement où logent les légionnaires. Or ils sont allemands et tondus, et pour cette double raison, j'ai peur d'eux.

Un autre de nos anciens a été fauché là-bas, dans les rizières, à l'autre bout du monde, et notre école a reçu pour quelques heures le cercueil contenant sa dépouille. Il y a eu la même prise d'armes que la première fois, la même veillée à la chapelle de l'aumônerie. Je n'ai pas été volontaire pour participer à cette veillée. Ces temps, je pense trop souvent à la mort, et je n'aurais pas eu le courage de rester deux heures durant près de ce cercueil, dans le silence de la nuit, à me représenter ce jeune corps aux chairs déjà pourrissantes. Je ne suis plus aussi certain de l'existence de Dieu et je ne sais plus prier.

Mon professeur de français me témoigne une grande sollicitude et veut m'aider à remonter la pente. J'ai beaucoup grandi pendant ces deux derniers mois, et il pense que cette lassitude que je traîne est due à ma croissance.

À la fin du cours, le professeur d'allemand m'a appelé, et sans prononcer un mot, m'a tendu la feuille blanche que j'avais subrepticement glissée dans le paquet de copies à l'issue de la composition trimestrielle. Il attendait des explications, et son regard me disait assez qu'il n'était guère content de moi. Je lui ai répété ce que notre professeur d'instruction civique nous avait appris au sujet du nazisme et des camps d'extermination. J'ai ajouté que ce jour-là, j'avais eu un tel dégoût de l'Allemagne que je m'étais promis de ne plus étudier la langue parlée outre-Rhin. Il me regarda longuement, en silence, puis hocha la tête, comme s'il n'en pouvait croire ses oreilles. Il ne fit aucun commentaire, mais me déclara qu'il m'ôterait mes trois zéros, et m'attribuerait pour note de composition la moitié de ma moyenne du premier trimestre.

Au cours suivant, sans faire la moindre allusion à ce que j'avais dû lui expliquer, il énuméra avec ferveur toutes les raisons que nous avions d'aimer et d'admirer l'Allemagne. Nous parla de ses musiciens, plus longuement de ses écrivains, de l'extrême richesse de son passé culturel, de la nécessité qu'il y avait à dépasser la haine, à panser les blessures, vouloir coûte que coûte réconcilier nos deux pays.

À la fin de l'heure, il vint vers moi. Il espérait m'avoir convaincu et il me donna quinze jours pour que je redevienne un de ses meilleurs élèves.

Nous ne souffrons plus du froid, mais la faim ne se laisse pas oublier, et quand je quitte le réfectoire, sans avoir pu me rassasier, je pense déjà à notre prochain repas.

Je m'ennuie. Eux plaisantent, rient, chahutent, s'amusent de peu de chose, et moi, je ne suis jamais à l'unisson. En classe, exception faite pour les cours de français, rien de ce que j'entends ne m'intéresse. Les cours n'en finissent pas, et je ne cesse de regarder l'heure à l'horloge de cette sorte de beffroi qui se dresse au-dessus du porche d'entrée. Elle est si lente, cette grande aiguille noire, à effectuer le tour du cadran. Je regarde le ciel, rêvasse, reviens pour un bref instant à ce que raconte le professeur, puis retombe dans cet état particulier où j'erre en moi-même et me sens loin de toute chose.

Je m'ennuie et j'attends. Et cette attente me ronge, m'effrite, exacerbe mon ennui, se fait de semaine en semaine toujours plus obsédante. Ce que j'attends, je ne saurais le dire. J'attends peut-être de pouvoir m'enfuir et jeter cet uniforme. De pouvoir la rejoindre et ne plus la quitter. De pouvoir enfin lui dire combien je tiens à elle. De pouvoir la prendre et la reprendre et furieusement la dévorer, nuit après nuit, encore et encore, rejeté chaque fois vers elle par une faim insatiable. De pouvoir connaître une vie où je n'aurai plus peur, ne me sentirai pas continuellement oppressé, n'aurai plus à craindre de mourir là-bas, dans les rizières à l'autre bout du monde, avant d'avoir atteint mes vingt ans.

Une corniche court tout autour du bâtiment, à la hauteur de nos fenêtres, au troisième étage. Elle est large de quarante centimètres et revêtue de plaques de plomb. Il nous est rigoureusement interdit d'aller sur cette corniche. Et parce que l'interdiction nous en est faite, un soir je m'y aventure. Je n'ose pas cette première fois me mettre debout et ne peux détacher mon regard de ce vide empli de ténèbres. Je sais que le sol est à une douzaine de mètres au-dessous de moi, et il me vient cette idée que si je tombais, je serais délivré de mon ennui, de la caserne, de toutes ces questions qui me harcèlent et me tourmentent. Une telle idée n'est nullement empreinte d'affliction, mais bien plutôt de soulagement et de joie. L'appel a déjà eu lieu et le silence règne dans les chambres. Je suis passé par la fenêtre des lavabos et nul ne sait que je suis là. Je rampe jusqu'à me trouver entre deux fenêtres, me mets sur le dos, croise les mains derrière la nuque et contemple les étoiles. Leur diversité ne m'avait jamais frappé, et cette nuit, j'en fais la découverte. Certaines sont minuscules, d'autres plus grosses qu'une mirabelle, certaines paraissent ineffablement éloignées, d'autres toutes proches, certaines émettent un rayonnement uniforme, d'autres vivent et palpitent, semblent lancer des appels, forcent mon esprit à s'interroger sur leur multitude, sur l'énigme de la vie, sur l'origine et l'étrangeté de cet univers dont l'immensité m'épouvante et m'écrase. Car ces espaces infinis, criblés d'étoiles, qui descendent en moi et m'émerveillent, ils me poussent à me sentir désaccordé, inconsistant, vain, nul, ils m'emplissent de honte, me donnent le désir de me retirer de l'existence. Je laisse pendre mon bras au bord de la corniche et souhaite qu'il puisse me tirer dans le vide. Il suffirait de peu, et deux secondes plus tard, j'irais m'écraser là, dans le fond de la nuit.

Je me suis endormi. Le froid m'a réveillé. Lorsque j'ai pris conscience du lieu où j'étais, la peur m'a terrassé. J'ai dû attendre un moment pour retrouver mon calme. Puis tout en rampant, j'ai reculé jusqu'à cette fenêtre d'où j'ai glissé dans un monde qu'il m'était pénible de retrouver.

Toute ma journée se passe à attendre ces instants où je pourrai aller m'étendre sur la corniche. Le premier soir, à cause peut-être de cette angoisse que j'éprouvais à me sentir en danger, la contemplation des étoiles m'avait déprimé, rappelé mon insignifiance, donné envie de disparaître. Les jours suivants, à ma vive surprise, elle a sur moi un tout autre effet.

Je laisse errer mon regard, voyage en direction de ce point, là-bas, qui clignote, et par là même, m'éloigne à belle allure de cette terre où sont mes chaînes et tourments. Indiciblement libre, je glisse en silence, sans effort, parcours de vastes distances, dévore avidement cet espace que ne borne aucune frontière. Oubliés caserne et brimades, corvées de latrines et sous-officiers. Je sillonne la nuit à la recherche d'une lumière, et délivré de l'ennui et de l'attente, me sens allégé, lavé, réconcilié. Je songe alors immanquablement à ces éperviers que je regardais voler quand j'étais sur la colline, étendu dans l'herbe aux côtés de mes vaches. Inclinant plus ou moins les ailes, mais sans les mouvoir, ils planaient sans fin, décrivant leurs cercles, puis se laissaient déporter, ailes toujours immobiles, et disparaissaient dans le ciel. Les voir, tenter de vivre leur vol, était un vrai bonheur, une véritable ivresse. Sur ma corniche, à d'infinies distances de cette caserne, je retrouve ce bonheur et cette paix, ce rêve d'une vie qui serait affranchie de tout ce qui l'alourdit, l'entrave, la limite.

J'ai adressé par deux fois à mon chef une longue lettre que j'ai rédigée avec le plus grand soin et j'ai reçu aujourd'hui une carte de lui. Ils ont un programme très chargé et il n'a pas le temps d'écrire, mais ces quelques lignes m'ont causé un immense plaisir. C'est le premier courrier qui me parvient depuis que je suis à l'école, et plutôt que de ranger cette carte avec les lettres que j'ai acquises en échange de mes desserts, je tiens à la garder sur moi.

Dans trois semaines, nous partirons en permission. Je ne partage pas leur excitation, mais il est certain que moi aussi, je suis dévoré d'impatience. Avec quelle joie folle je vais revoir le clocher de mon village, retrouver le chemin de la ferme, respirer à nouveau la bonne odeur des bêtes, du foin et du fumier.

Lorsque je l'aperçois de loin, dans la cour, j'oblique aussitôt, pour n'avoir pas à le saluer. Mais ce jour-là, dans le couloir, je ne peux l'éviter.

— Alors, on ne salue pas ?

Dès qu'un sous-officier d'une autre compagnie m'adresse la parole, mon cœur se met à battre, la panique me gagne, et je ne comprends rien à ce qu'on me dit.

— Alors, on ne salue pas ?

Ce sergent-major est le chef d'une section de la troisième compagnie, celle des élèves qui sont entrés à l'école un an avant nous. On nous parle souvent de cette section, pour nous la citer en exemple. En exigeant de ceux qui la composent qu'ils donnent en toute circonstance le meilleur d'eux-mêmes, tant en classe qu'en compagnie, ce major est parvenu à en faire une section modèle, celle qui s'honore des plus fortes moyennes, et où on ignore ce qu'est une punition. Ces élèves ne frayent avec personne, et se montrent avec nous, les bleus, hautains, voire méprisants. En conséquence, nous éprouvons à leur égard une antipathie mêlée de crainte. Voire peut-être de la jalousie.

— Alors, on ne salue pas ?

Ce major est grand, sec. Il a les joues creuses, des yeux d'un bleu dur, glacial, et il se vante de ce que personne ne l'ait jamais vu sourire. Ses mains sont invariablement gantées de cuir, il ne se sépare jamais de son stick, et lorsqu'il marche, balançant loin en avant et en arrière ses bras rigides et ses mains aux doigts tendus, il fait penser à un automate. Il n'est pas marié, loge à la caserne, consacre tout son temps aux élèves de sa section.

L'année dernière, un soir de novembre où il s'ennuyait et avait bu, il a réuni douze d'entre eux dans le magasin de la compagnie, et leur a remis à chacun un fusil. En face, il a placé le souffre-douleur d'une autre section, et l'a attaché à un montant avec des lacets de cuir. Puis ils l'ont mis en joue, et lorsque ordre a été donné de faire feu, il s'est évanoui.

Depuis, cet élève a pour surnom *le fusillé*. Il est même des bleus qui le recherchent. Quand ils lui pincent le lobe de l'oreille, il se met à hennir. Quand ils lui tirent les cheveux, il pousse des cris comparables à ceux d'un cochon qu'on égorge.

— Alors, on ne salue pas ?

Tête basse, regard vacillant, figé au garde-à-vous, je reste les lèvres closes. Je voudrais lui expliquer que j'ai été surpris, que sa question étonnée et comportant déjà une menace a devancé ma main qui allait se porter à ma tempe, mais je suis incapable de prononcer un mot.

— On ne salue pas ?

— ... Non ! Et je sous-entends : non, effectivement, je ne vous ai pas salué. Je me suis affolé et ne savais que faire. Mais si j'avais pu, je vous aurais volontiers adressé le salut que vous attendiez.

Il répète sa question et je répète ma réponse.

— Alors, tu ne veux pas me saluer ?

En moi, tout est chaos. Je ne sais plus le sens des mots, ni si je dois répondre par oui ou par non. Je suis sur le point de dire oui, mais à la dernière seconde, certain que j'allais commettre une bévue, dans un souffle, je murmure un *non* à peine audible.

— Comment ? Tu ne veux pas me saluer ? Mais enfin c'est incroyable.

Mes jambes tremblent et mes yeux s'embuent. Je déteste cet homme et me sens lâche de n'avoir pas le cran de le lui crier. Je rage contre moi-même, me méprise, ne m'inspire que dégoût. Soudain, je lève la tête, ai la force d'affronter son regard, et plus mort que vif, m'entends dire avec fermeté :

— Non. Non. Je ne veux pas vous saluer.

Il m'empoigne le bras et me traîne jusqu'au bureau du capitaine. Celui-ci s'indigne, m'engueule, me déclare qu'un refus d'obéissance est une faute grave, et il donne au major l'assurance que je serai puni. Puis il invite celui-ci à nous laisser et me demande de lui raconter bien franchement ce qui s'est passé.

Il me réprimande encore, mais avec bonhomie, sur un ton quasi paternel. Il me fait promettre de ne plus recommencer, conclut en souriant que pour cette fois, il passera l'éponge.

Le lendemain, nous assistons au rapport. Notre sous-officier de semaine est le chef de la 4e section. Depuis que je sais que sa femme l'a quitté, je ne l'ai plus provoqué, quand bien même il est toujours sur mon dos et n'hésite pas parfois à me punir en évoquant n'importe quel prétexte.

Il achève de lire les notes de service et commence à distribuer le courrier. Dès cet instant, mon esprit s'évade, car je sais qu'on ne m'appellera pas. Soudain, il gueule mon nom et je me précipite, fou de joie. Je m'arrête à deux pas de lui, salue, avance d'un pas, me fige au garde-à-vous, tends la main.

— C'est le champion qui te donne de ses nouvelles.

Il brandit une carte postale, puis lit et commente à haute voix le message qui m'est destiné. Vouloir se moquer de mon chef ? J'agrippe des deux mains les revers de son blouson en le traitant de sale con, et je le secoue tant que je peux. Maintenant, je suis aussi grand que lui et il ne m'impressionne plus. Le silence qui nous a aussitôt enveloppés m'apprend qu'ils sont tous à retenir leur souffle, et je sais que pour rien au monde je ne laisserai le sergent retourner la situation en sa faveur. Il cherche à se dégager, mais je serre si fort le tissu que je tiens dans mes poings qu'il ne parvient pas à me faire lâcher prise. Je le repousse violemment et il recule de deux pas. Cheveux dépeignés, haletant, il me fixe avec haine. Son calot est à terre, et d'un coup de pied, je le projette à plusieurs mètres.

Quand il nous voit entrer dans son bureau, le capitaine fronce les sourcils et pose sur moi un œil sombre. Mis au courant de ce qui vient de se passer, il m'enjoint de présenter mes excuses au sergent. Si j'étais seul en présence du capitaine, je serais anéanti et me plierais sans discuter à ce qu'il exigerait de moi. Mais la présence du sergent à mes côtés continue d'exciter ma colère, ma rage, et au lieu de faire amende honorable, je déclare tout à trac que mon plus cher désir est de grandir encore, afin de pouvoir un jour casser la gueule au sergent.

Je sens le froid de la tondeuse sur mon crâne et je ferme les yeux. J'ai de la peine à retenir mes larmes. Ainsi je vais ressembler aux anciens, aux légionnaires, à ceux dont j'ai peur, parce qu'ils ont commis ou vont commettre des mauvais coups. Quand je lève les paupières et que je surprends dans la glace mon regard, un regard perçant qui me scrute avec quelle anxieuse voracité, j'ai la sensation un bref instant qu'un inconnu me dévisage, veut pénétrer en moi par effraction, s'emparer de mes secrets. Sous cet assaut, ma tête part en arrière et tout mon corps se rétracte.

Mes yeux se sont creusés, mon nez et mes oreilles allongés, et quelques secondes passent avant que je puisse me reconnaître.

Le lendemain, à la sortie de classe de seize heures, le sergent vient me chercher et m'envoie me mettre en tenue 1. Puis le capitaine me conduit chez le colonel.

Je referme la porte. La pièce est vaste et j'ai plusieurs mètres à franchir. C'est la première fois de ma vie que je vois un aussi beau parquet. Il est ciré et brille tel un miroir. J'ai peur de le rayer et de m'étaler. Aussi j'avance avec précaution, à petits pas.

Je me fige au garde-à-vous à deux mètres du bureau. Le colonel est assis. Coudes sur la table, visage calé sur ses poings, il lit. Je ne sais si je dois saluer, puis me présenter en indiquant mes nom, prénom et matricule. Je ne le quitte pas des yeux. Et j'attends. Bien qu'il ne m'ait jamais parlé et que je ne le connaisse en rien, j'éprouve pour lui de la sympathie. Pour la seule raison que je continue à aimer passionnément le rugby, que cet homme est originaire du Sud-Ouest et qu'il parle avec l'accent des gens de là-bas. Lorsqu'il s'adresse à nous tous, lors d'une prise d'armes ou en toute autre occasion, j'ai chaque fois beaucoup de plaisir à l'écouter. S'il m'interrogeait, je pourrais lui donner sans le moindre risque d'erreur les noms des joueurs évoluant dans les grands clubs, la composition de chaque équipe, et même, je serais en mesure de lui indiquer le poids de chacun des joueurs faisant partie de l'actuelle équipe de France. A-t-il jamais joué au rugby ? Il est petit, rondouillard, a les jambes légèrement arquées. Sans doute tenait-il le poste de demi de mêlée. Intelligent, il l'était nécessairement, puisqu'il est devenu colonel. Il devait avoir une bonne vision du jeu et déclencher des attaques décisives. Souvent, dans la chambre, mes camarades s'amusent à contrefaire sa démarche de canard, mais moi, je m'en suis toujours abstenu.

Derrière lui, sur le mur, est épinglée une carte de la région sur laquelle des cercles ont été tracés au crayon rouge. Au-dessus, le fanion d'un régiment, bleu marine et blanc, est flanqué de deux bandes de balles de mitrailleuse disposées en guirlandes. Ces balles, traçantes, explosives, perforantes, incendiaires..., sont peintes de couleurs différentes. Mon cœur continue de cogner à grands coups et je ne cesse d'avaler ma salive. Je ne sais plus si j'ai ou non salué, si je dois ou non retirer mon béret. Pour ne pas rayer le parquet, j'enlèverais volontiers mes brodequins et resterais en chaussettes. Je prends mal à la tête comme chaque fois que je suis aux prises avec une forte angoisse. Je fais porter le poids de mon corps tantôt sur une jambe, tantôt sur l'autre. Je compte les lames du parquet. Je regarde par la fenêtre les branches nues du platane agitées par le vent. Je prie la Sainte Vierge. Dans deux jours, j'aurai à retirer au magasin mon autre paire de brodequins qui aura été réparée. Que lit-il ? Un roman ? Les Mémoires d'un général ? Un ouvrage sur la dernière guerre ? Et que me veut-il ? Pourquoi me fait-il endurer une telle attente ? Je me souviens subitement que dans le manuel de maintien du Bon Militaire qu'on nous a remis en début d'année, un paragraphe stipule qu'après avoir salué, on doit se découvrir dès qu'on entre dans une pièce où se trouve un supérieur. Lentement ma main s'élève et j'ôte mon béret. Le colonel n'a pas fait un geste, mais son regard noir est rivé sur moi. Je sursaute. Mon béret m'échappe et roule en direction du bureau. Le colonel reprend sa lecture. J'aurais préféré rester couvert. Je ne voulais pas qu'il voie mon crâne aussi lisse qu'un caillou. Avoir la boule à zéro signifie qu'on a commis de vilaines actions, alors que moi, on n'a rien de tel à me reprocher. Le clairon sonne le rassemblement en vue de la cérémonie aux couleurs. Il y a donc plus d'une heure que je suis là, et dans cette position. Les mains du colonel jouent distraitement avec un coupe-papier qui n'est autre qu'un poignard muni d'une montre. Mes jambes me font mal. À quoi est occupé mon chef à cette heure-ci ? Que va-t-il penser de moi quand il apprendra toute cette histoire ? Me gardera-t-il son amitié ? Et elle, si elle allait m'oublier ? C'est si long deux mois. Comment vis-tu cette attente et ta solitude ? Toi qui m'as déjà tant donné, se peut-il que tu m'aimes et que tu n'aies pas le pouvoir d'intervenir ? De me retirer de cette caserne ? Au moins d'empêcher ce sergent de me causer des ennuis ? Un garçon, un homme qui est aimé, cet amour devrait le protéger, le soustraire à la souffrance et au malheur, écarter de lui les laideurs et brutalités de l'existence. Si fort est l'amour. Il produit tant de merveilles. Ce que j'ai de mieux, je te l'offre, je te le destine. Je voudrais que le chef ne revienne plus. Tes yeux blessés, quand ils me disent ta tendresse, je suis élevé au-dessus de moi-même. Une joie violente me saisit, et en même temps, je souffre, mais c'est une souffrance qui donne de la vie, et le désir gronde, et j'ai l'impression que tu m'as vidé de mes tourments, que mon être devient meilleur que moi, que je saurai enfin te parler et t'aimer. Ô oui, viens. Viens me chercher. Viens me chercher et je ne te quitterai plus. Et nous serons plus forts que ce qui se dressera contre nous, plus forts que ce qui blesse et qui use, plus forts que ce qui sépare et détruit.

Dehors, la nuit est tombée. Il y a sans doute plus de deux heures que je me tiens au garde-à-vous.

— Je suppose que tu sais pourquoi tu es là ?

Je sursaute. Je bafouille :

— Non mon colonel.

— Je t'en prie. Ton capitaine m'a transmis cette demande de punition qui lui a été remise par un chef de section de ta compagnie. En voici le motif : *Élève indiscipliné, insolent, faisant preuve en toute circonstance du plus mauvais esprit...*

D'un signe de tête, je montre que je ne suis pas d'accord.

— Ne viens pas contester ce qui a été écrit et que ton capitaine a contresigné.

— Mais mon colonel...

— Tais-toi.

— Mon colonel, je voudrais...

— Tais-toi. Je ne t'ai pas demandé de parler. Tu devrais te rendre compte que les lignes que j'ai sous les yeux ne peuvent aucunement me prédisposer en ta faveur.

— Peut-être mon colonel, mais...

— Je t'ai ordonné de te taire. Tu n'es pas là pour me raconter tes histoires. Tu es là pour écouter ce que j'ai à te dire et apprendre ce que sera ta punition.

— Mon colonel, je vous en prie, écoutez-moi.

— Je te donne l'ordre de la boucler. Tu m'entends ? Ce que tu as fait est grave. Des voyous comme toi, ici, on n'en a pas besoin.

— Mais, mon colonel, je ne suis pas un voyou.

— Je vais sortir de mes gonds si tu continues. Tu es exaspérant à la fin. Je te dis de te taire. Tu m'as compris ?

— Mais il faut que je vous explique mon colonel.

— Si tu prononces encore un mot, tu prends la porte.

— Mon chef de section m'a accordé son amitié, et s'il n'était pas parti en stage, rien de tout cela ne serait arrivé.

— Tu l'as cherché. Tu devais te prendre trois jours de

privation de permission. Eh bien, cette permission, tu la passeras à la caserne.

— Tant mieux mon colonel.

Il se lève, se précipite sur moi, et curieusement, en le voyant se dandiner, je ne peux réprimer l'ébauche d'un sourire.

— Comment ? Qu'est-ce que j'entends ? Et avec ça tu souris ?

— Oui mon colonel, j'ai dit tant mieux. Je n'aime pas les vacances.

— Petit menteur. Petit effronté. Et tu ne serais pas un voyou ?

— Écoutez-moi mon colonel. Mon chef de section m'a…

— Je n'ai encore jamais vu ça.

Il me prend le menton entre son pouce et son index, approche son visage à quelques centimètres du mien.

— Ne crois pas qu'on me tient tête impunément. C'est toi qui l'auras voulu. Sache que je te fous en cabane. Jusqu'au départ en vacances. Après, on avisera. À l'ombre, tu auras tout le temps de te calmer.

— Ce n'est pas si sûr mon colonel.

— Quoi ?

— Vous avez bien entendu mon colonel.

— Pour ces mots, tu seras renvoyé de l'école.

J'ai cinq minutes pour quitter ma tenue 1, me mettre en treillis, descendre avec une couverture sous le bras, et rejoindre mon capitaine qui m'attend près du porche.

— Qu'as-tu encore fait ? Tu ne peux pas te tenir un peu tranquille. Avant, nous n'avions aucun problème avec toi. Tu as tort de vouloir jouer les fortes têtes. Tu vois où ça mène ? Qu'as-tu dit au colonel pour l'avoir mis en un pareil état ?

Je hausse les épaules. Si je prononçais un mot, je me mettrais à pleurer. Nous descendons les escaliers. Il ouvre une porte et nous nous trouvons dans un couloir sombre, mal éclairé par une petite fenêtre munie de barreaux, et qui donne sur une avenue menant vers la ville. Sur la droite, les portes en bois plein des deux cellules. Il ouvre la première. Il en vient une odeur désagréable de renfermé. Elle est étroite, et un bat-flanc[1], haut d'une cinquantaine de centimètres, en occupe toute la surface. Je jette ma couverture au fond de la cellule. Le capitaine me demande de lui remettre mes lacets et ma ceinture[2]. Puis il fouille mes poches et me confisque mon Opinel. Qu'il s'empare de mon couteau m'afflige et me révolte, car c'est un peu comme s'il m'arrachait une part de moi-même. Depuis trois ans que je l'ai, je ne m'en suis pas séparé un seul jour.

À l'instant où je monte sur le bat-flanc qui craque et sent l'humidité, il me donne une tape amicale sur la nuque et me dit qu'il cherchera à plaider ma cause auprès du colonel. Il tourne la clé et la serrure émet des grincements lugubres. Il n'a pas franchi la porte du couloir que je frappe déjà à grands coups de poing contre le mur. À m'en briser les os.

À l'heure de la soupe, le sous-officier de garde m'emmène au réfectoire. J'ai du mal à marcher. Je ne peux que traîner mes brodequins qui me paraissent faire un bruit épouvantable sur les cailloux. Et à chaque pas, mon pantalon menace de me tomber sur les chevilles. Pour que ceux qui pas-

1. Lit de planches.
2. On prend cette précaution pour éviter que les prisonniers ne se suicident.

sent au pas cadencé ne remarquent rien, je le remonte le plus haut possible et le maintiens avec mes coudes.

Au réfectoire, le sous-officier me conduit chez les bleus de première année et m'indique une place libre à l'extrémité d'une table. Je n'ai guère qu'un an de plus qu'eux et il me faudra encore grandir pour atteindre la taille d'un homme, mais ils me semblent soudain singulièrement petits, avec des visages d'enfants, des regards apeurés, des mains pâles et menues. D'une manière inexplicable, ils me font pitié et je dois refouler mes larmes. Je sens leurs regards s'attarder sur mon crâne tondu et mes mains. Au niveau des articulations, les chairs sont à vif, les cicatrices toutes fraîches de mes engelures se sont ouvertes, et le sang qui s'écoule strie de rouge les plaques blanches que m'a laissées la chaux du mur sur lequel j'ai libéré ma rage.

Quand le plat arrive, ils le poussent vers moi. Je veux les servir, mais lorsque je me saisis de la louche, ma main me fait si mal que je dois y renoncer. Mes doigts me brûlent et je crains d'avoir une fracture. Mon voisin me verse une louche de chou cuit à l'eau dans ma gamelle. Je n'ai pas faim mais je me forcerai à manger. Je m'aide de ma main gauche pour placer ma fourchette dans ma main droite, mais mes doigts ne parviennent pas à en serrer le manche. Je plonge mon visage dans la gamelle et me mets à manger comme un chien.

Après l'extinction des feux, le sergent vient me chercher et me conduit aux latrines. La cour est vide, l'école silencieuse. On n'entend que le bruit de mes brodequins raclant les cailloux. Je regarde les étoiles. Elles ne m'attirent plus. Je ne peux plus fuir, ni voguer à leur rencontre, ni oublier ce que la vie a d'insoutenable. Ce soir, cette voûte étoilée, elle me rejette, elle me nie.

Revenu à mon cachot, écrasé de silence et de solitude, je découvre avec accablement que les choses, la nature, l'univers ne peuvent rien pour nous, que je n'ai plus à espérer leur aide, qu'il me faudra à jamais me passer d'eux.

Interminable est cette première nuit. Ma couverture n'est pas des plus grandes ni des plus épaisses, et lorsque je m'encapuchonne la tête, mes pieds ne sont plus emmaillotés.

À plusieurs reprises, le froid me réveille et je grelotte. Je me lève alors pour essayer de me réchauffer, mais mes mains sont si douloureuses que je dois renoncer à agiter les bras. Je reste étendu sur le dos, et me contente d'effectuer une série de mouvements avec les jambes.

J'ai cherché la posture où j'avais le moins froid. La meilleure est celle où je suis assis dans un angle, dos pressé contre les deux murs, bras noués autour de mes jambes repliées sur ma poitrine, un pan de couverture rabattu sur la tête. Mais prendre cette position tout en m'enveloppant avec grand soin de la couverture est chaque fois une entreprise longue et délicate.

La journée ne me paraît pas moins interminable que la nuit. Tondu, j'ai constamment froid à la tête et je ne peux me séparer de ma couverture.

À environ un mètre soixante-dix du sol, la porte est percée en son milieu d'un trou circulaire de cinq centimètres de diamètre. Il n'existe aucune autre source de lumière, de sorte qu'à l'intérieur de la cellule, l'obscurité est totale. Par cet orifice, j'aperçois un peu du mur d'en face et l'angle inférieur gauche de la petite fenêtre.

Renvoyé. Ce mot martèle mes tempes. Je suis en rage, mais cette rage est tournée contre moi. Qu'avais-je besoin de provoquer le colonel ? Devant lui, obligatoirement se taire. Se taire et subir son sermon. Et l'orage passé, accomplir cette punition qui était d'ailleurs justifiée. Voilà tout. En réalité, bien peu de chose. Quinze jours plus tard, je ne me serais souvenu de rien. Mais il m'a fallu à toute force le convaincre que je suis un enfant de troupe au-dessus de tout reproche, qui n'a d'autre désir que de donner pleine satisfaction à ses professeurs et ses chefs. Stupide. Combien j'ai été stupide. Quelques secondes d'impatience et de révolte, et ce gâchis qui m'attend. Moi qui désirais tant m'instruire, réussir dans mes études, devenir quelqu'un d'intelligent, qui connaît beaucoup de mots et parle avec aisance ! Je n'ai eu que ce que je méritais. Les conséquences de ce renvoi seront à la mesure de ma bêtise et de mon entêtement.

Mon capitaine parviendra-t-il à me sauver ? Si seulement j'avais de la lumière et de quoi écrire, je rédigerais une lettre où je lui demanderais de présenter mes excuses au sergent, et où j'exposerais point par point ce qui s'est passé. Cette fâcheuse histoire ne se serait pas produite si la carte postale qui m'était adressée m'avait été remise comme il se devait. Le sergent est donc seul responsable de ce qui est survenu. Mais c'est moi qu'on châtie. J'implore ardemment la Sainte Vierge d'éclairer le colonel, de l'amener à réparer cette injustice et annuler cette punition. Me renvoyer, c'est m'exclure à jamais, c'est ruiner ma vie, c'est faire de moi un paria. Reprenez-moi. Reprenez-moi. Je vous promets de filer doux, de bien travailler, d'être à nouveau celui qu'on cite en exemple. Vous savez bien que je n'ai rien à me reprocher, que je n'ai commis aucune faute, que je ne suis pas un voyou. Repêchez-moi. Sauvez-moi. Sauvez-moi.

Après le départ du chef, j'ai accumulé les mauvaises notes. J'ai aussi raté mes compositions. Quelle sera ma moyenne trimestrielle ? Mon classement ? Il est probable que je serai dans les derniers, que je vais perdre mon galon de sergent, et qu'au lieu de me voir décerner des félicitations, comme au premier trimestre, je recevrai un blâme. Quand mon cas sera examiné par les membres du Conseil de Discipline, de tels résultats ne plaideront pas en ma faveur. Mon capitaine ne pourra même pas tenter de me défendre.

Et que va penser mon chef lorsqu'il me faudra lui avouer que j'ai mal travaillé, que j'ai commis un acte grave d'indiscipline, que j'ai écopé de quinze jours de cellule, et qu'enfin je serai renvoyé de l'école. Sous le coup de la colère, me flanquera-t-il une raclée ? Il est certain que je préférerais une bonne correction à des paroles de compréhension et d'amitié. Car s'il réagit en me manifestant de la douceur, de la compassion, j'éclaterai en sanglots, serai éperdu de honte et de souffrance à la pensée de lui avoir causé une aussi profonde déception. Alors que s'il me frappe, les coups m'obligeront à me durcir, me fermer audedans de moi-même, et ainsi, rien ne transparaîtra de ce qui me déchire. Depuis le début de l'année, il a été si bon. Grâce à lui, et aussi grâce à elle, tout m'est apparu à l'école sous d'autres couleurs, tout a pris un autre sens. Le désir que j'avais de mériter leur affection, de leur prouver que j'étais un garçon estimable dominait chaque instant de mon existence. Ce que je vivais — la boxe, mes études, mes rapports avec mes chefs et mes camarades, mes aspirations les plus ferventes… —, je le vivais pour eux. Et quand je priais, c'était toujours à leur intention, pour demander à Dieu de leur accorder à tous deux de nombreuses grâces, beaucoup de joie, de satisfactions et de bonheur. Quelle déconvenue sera la sienne lorsqu'il va apprendre que j'ai cédé au découragement, que je ne me suis pas comporté comme un boxeur digne de ce nom.

Un vrai boxeur, il souffre, il s'accroche, il va jusqu'au bout de lui-même, il ne s'avoue vaincu qu'après avoir épuisé ses dernières forces. Moi, parce que le chef était parti, que j'allais rester deux mois sans qu'elle me prenne dans ses bras, j'ai perdu cœur, j'ai perdu pied. Et si ne je suis pas un voyou, il se pourrait fort que je sois un garçon sans caractère, qui ne sait pas faire face, se décourage au premier coup dur, abandonne dès le début du combat.

Lorsque je me rends au réfectoire ou aux latrines, je me sens humilié d'avoir à tenir mon pantalon et à traîner mes brodequins dont les lourds talons cloutés font un sourd bruit de ferraille sur les cailloux. À table, j'emprunte un canif à un bleu. Revenu dans mon cachot, je taille deux bandes dans le pan de ma chemise. Cette opération me demande du temps, mais ce n'est pas pour me déplaire. Avec mes doigts gourds et douloureux, couverts de croûtes, j'ai du mal à tenir ce canif qui pourrait m'échapper et disparaître dans un des interstices séparant les lattes du bat-flanc. Ces deux bandes de tissu, je les noue, torsade la lanière ainsi obtenue et en fais une ceinture.

Un bleu m'a apporté une petite ficelle. Je la coupe en deux, et comme je ne peux me servir de mes mains, pendant le repas, il se glisse sous la table, et lace le haut de mes brodequins. Ainsi, ma marche en sera facilitée, et si je rencontre mon capitaine, il pourra vérifier que je n'ai pas de lacets. Pour remercier ce bleu, je lui offre les deux figues que nous avons reçues en dessert, mais il ne les accepte pas.

Le soir de ce jour, ce même bleu arrive à table tout mouillé et en pleurant. Je le questionne, mais il se refuse à me répondre. Il finit par me raconter qu'il était accroupi dans une des stalles des latrines où régnait bien sûr une totale obscurité. Un ancien est arrivé qui a commencé à uriner, et lui, par peur de révéler qu'il était là, n'a pas osé se lever, de sorte que l'ancien l'a copieusement arrosé.

J'ai voulu l'emmener se laver, mais le sergent nous a renvoyés à nos places. Je n'ai rien expliqué au sous-officier. Je ne voulais pas que la chose se sache et que ce bleu ait à subir d'humiliantes plaisanteries.

Ce pauvre petit bleu, de tout le repas, je n'ai pas réussi à le consoler.

Un bleu me transmet en catimini deux feuilles de cahier pliées en huit. Lorsque je les déplie, je suis profondément ému. C'est une lettre de Galène. Je la lis avec avidité, veillant à n'être pas vu. Il s'indigne de ce qu'on m'ait mis en cabane, se répand en injures contre nos chefs, l'école et l'armée. Les mots d'argot qu'il emploie sont si grossiers que j'en suis offusqué. Ces feuilles me brûlent les doigts. Je les froisse et les jette sous la table. Aussitôt je m'affole à l'idée qu'on va les ramasser et mener une enquête pour en connaître l'auteur. Je m'empresse de récupérer cette boule de papier et la fourre dans ma poche. Si l'un de nos chefs devait s'en emparer, je refuserais de dire qui a tracé ces lignes. Un enfant de troupe renvoyé, que peut-on lui faire ?

Lorsque je regagne ma cellule après le déjeuner et le repas de midi, je vis des moments difficiles. Je viens de quitter les autres, le bruit des voix, le ciel, l'espace, la lumière, et de me retrouver sans transition dans le noir et le silence, je me sens véritablement exclu, passe par des alternances de révolte et de découragement, de rage et d'insoutenable désarroi. Comment prévenir mon chef ? Et lui sera-t-il possible de me tirer de ce mauvais pas ?

Les minutes passent, les quarts d'heure, et l'ennui vient. J'effectue toutes sortes de mouvements pour me réchauffer. De l'index, j'écris des mots ou des phrases sur le mur. Je m'interdis de penser à elle, par peur d'être happé par le désir. Je chantonne. Je songe à mon village, à mes vaches. Quand la première fois on les sort, après les mois d'hiver, elles sont comme folles, courent de tous côtés en levant la queue. Et moi, je n'étais pas moins fou qu'elles. Je me roulais dans l'herbe, jusqu'à en avoir le tournis et ne plus savoir où j'étais. Je me murmure des récitations. Je remercie mentalement Galène du réconfort qu'il m'apporte en m'écrivant chaque jour une lettre. Je me remémore les matches de boxe que j'ai racontés à mon chef. Je m'inquiète de ce que pense de moi mon professeur de français. Je sifflote. Je mesure la place que tiennent en moi mes copains de la section et souffre de ne pas les voir. Je me livre à des exercices d'assouplissement. J'imagine mon premier combat. Mais le plus clair de mon temps, je le passe à prier. À prier et à presser mon visage contre le mur. J'ai l'espoir qu'en maintenant ainsi pendant des heures et des heures mon nez écrasé, il restera définitivement aplati. Je veux avoir un nez et un faciès de boxeur. Je veux ressembler à mon chef.

Un matin d'avril. Le ciel sans nuages est d'un bleu qui va s'intensifiant. Toute droite et bordée sur ses deux côtés de hauts peupliers aux feuilles frémissantes, la route traverse un paysage aux douces collines. Elle est déserte et je suis seul. Je marche d'un pas alerte en direction de l'ouest et je chante. Tout autour, c'est le vert mouvant des blés et le jaune des colzas encore avivé par la lumière du soleil montant à l'horizon. Les jours précédents, il a plu, et tout ce qui vit semble gonflé d'une sève particulièrement riche et active. Je marche sans savoir où je vais. Je marche pour fuir, me délivrer, atteindre des villes où hommes et femmes ne connaissent ni peur ni souffrance, ne cherchent pas à s'humilier, n'ont que compassion les uns pour les autres.

Le froid me réveille. Le silence. La montée de l'angoisse. Je redécouvre où je suis, perçois ces murs qui m'enserrent, et au fond de moi, je m'entends hurler.

Je songe à Jérémie. Je compte le nombre de mots. Neuf iront sur le mur de gauche, sept sur le mur du fond, dix sur le mur de droite. J'évalue la grosseur que devront avoir les lettres, prends des repères, mesure avec ma ceinture en tissu la hauteur où se situera l'inscription, et en aveugle, tenant avec précaution mon canif, je commence à graver dans le plâtre la première lettre. J'ai tout mon temps et je m'applique, veille à ce que la distance entre les mots soit chaque fois la même, que les parties creuses aient même largeur et même profondeur. Au cours de la matinée, j'inscris les huit premiers mots. Lorsque je suis de retour, après le repas de midi, je suis lent à grimper sur mon bat-flanc, et je profite de ce que la porte soit ouverte pour apprécier mon travail. Mais ce que j'aperçois, ce sont les taches brunes laissées par mes mains en sang le jour où j'ai frappé le mur à coups de poing.

Après avoir achevés PAS, le dernier mot, je parcours de l'index le tracé de chaque lettre, et j'ai la satisfaction de constater que je n'ai commis aucune faute. Je lis donc : LA VOIE DES HUMAINS N'EST PAS EN LEUR POUVOIR ET IL N'EST PAS DONNÉ À L'HOMME QUI MARCHE DE DIRIGER SES PAS. Pour finir, en lettres deux fois plus hautes, je grave JÉRÉMIE sur le mur de droite, au-dessous des derniers mots.

La dernière fois que je me suis rendu à la chapelle, un bulletin paroissial provenant d'ailleurs d'un village breton traînait sur un banc, et je l'ai lu. Sur une page était imprimée en gros caractères cette parole du Christ :

IL SERA DONNÉ
À CEUX QUI ONT.
IL SERA ÔTÉ
À CEUX QUI N'ONT RIEN[1].

Durant la prière, je me suis efforcé de saisir ce que signifiaient ces mots, et je n'y suis pas parvenu. Depuis, ils me hantent. J'avais l'intention de demander à l'aumônier de me les expliquer, mais je ne l'ai pas revu. À celui qui possède déjà, à quoi bon donner davantage ? Et comment peut-on retirer quelque chose à celui qui n'a rien ? Quel intérêt le Christ trouverait-il à faire main basse sur ma couverture, mes treillis et mes brodequins ? Mais je n'oublie pas ce qu'on m'a appris : quand le Christ enseignait ceux qui le suivaient de village en village, ses paroles avaient un double sens, concernaient surtout ce qui réside en nous et qui est à l'origine de notre vie spirituelle. Je m'attache donc à les comprendre en les rapportant à cet autre domaine, mais je ne vois pas du tout ce qu'elles pourraient vouloir dire.

Avant d'entrer à l'école, j'ai longtemps gardé sur moi une carte postale qu'un copain m'avait cédée contre quelques billes. Elle avait été envoyée de Lourdes. Elle représentait en bas, dans un cercle, le visage du Pape, et au-

1. La citation est extraite de Matthieu, XIII, 12. Elle s'applique dans l'Évangile aux capacités d'interprétation de ceux qui écoutent les enseignements de Jésus-Christ.

dessus, le Christ vêtu d'une longue robe. Il était pieds nus, tenait à la main gauche une crosse, et de la droite, donnait sa bénédiction. Trois beaux moutons blancs se pressaient contre sa jambe. Avec cette douceur qui se lisait sur son visage, et qui forcément était en lui, comment aurait-il pu dire qu'il faut dépouiller ceux qui déjà ne possèdent rien ? À supposer que la chose soit possible, ce serait par trop injuste, par trop révoltant. Les nécessiteux seraient rendus encore plus misérables. Il vaut mieux à mon sens retirer à ceux qui ont, en vue de donner à ceux qui n'ont pas. Je comprends soudain que l'imprimeur a dû commettre une erreur, intervertir les seconds membres de ces deux courtes phrases. Sans doute le Christ a-t-il dit :

IL SERA DONNÉ
À CEUX QUI N'ONT PAS.
IL SERA ÔTÉ
À CEUX QUI ONT.

Rétablie dans sa vérité, cette parole me cause une grande joie. Moi qui ne suis rien et n'ai rien, si le Christ un jour se rend compte que j'existe, peut-être me comblera-t-il de ses dons.

Quelle bonne farce ce serait ! Le sous-officier ouvre la porte du cachot, et stupeur, plus personne sur le bat-flanc.

Un bleu pourrait demander à Galène une pince, un tournevis, un instrument quelconque. À l'aide de celui-ci, je détacherais trois ou quatre lattes, me glisserais sous le bat-flanc, replacerais celles-ci comme il convient, et pendant un instant, j'aurais eu la satisfaction de faire croire au chef que je me suis évadé.

Il est pénible d'attendre quand on n'a aucun repère, que les minutes se traînent, sont à ce point distendues que chaque heure n'en finit pas, s'étire interminablement, paraît avoir une durée deux à trois fois plus longue que celle qu'elle a en réalité. Je ne cesse d'inventer des moyens pour occuper mon esprit, mais vient un moment où ils se révèlent inopérants, et où, privé de toute ressource, toute défense, je deviens l'entière proie du temps, de l'ennui, de ma détresse.

Renvoyé. Je me représente maintenant ce que ce mot va signifier. Perdre celle que j'aime et qui m'aime. Perdre aussi mon chef, mes amis, mes copains. Renoncer à la boxe. Être muté dans une école où j'aurai à subir un régime plus sévère qu'ici. M'engager dans l'armée le jour de mes dix-huit ans. Être aussitôt versé dans un bataillon disciplinaire, ramassis de têtes brûlées, qui sera immédiatement envoyé là-bas, à l'autre bout du monde, dans ces rizières et ces forêts où nos chefs sauront faire en sorte que nous soyons liquidés. Et si, contre toute vraisemblance, j'en réchappais — mais à quoi bon le souhaiter — ce sera le retour à la mère-patrie, et de caserne en caserne, une pauvre vie de sous-officier, une vie de routine, grise, morne, pour moi dénuée de sens et d'intérêt. Puis viendra le jour où je m'apercevrai que je suis un raté, que je ne peux plus supporter une telle existence, et comme beaucoup, comme nombre de ceux qui traînent leur ennui entre les murs de cette caserne, je n'aurai d'autre recours que de me mettre à biberonner. Pour m'abrutir. Tout noyer dans la brume. Étouffer en moi celui qui continuera de dire non.

Je n'ai pas oublié que je me suis un jour promis de ne jamais m'apitoyer sur moi-même, et je m'aiguillonne, fais front, me bats d'arrache-pied contre ce qui cherche à m'engloutir. Mais lorsque je songe aux années qui m'attendent, comment ne serais-je pas effondré ?

Ce soir-là, après avoir ouvert la porte, le planton me laisse aller seul aux latrines. Avant de rentrer, je m'assieds sur le petit mur, essaie d'oublier mon cachot, m'efforce de goûter la nuit, l'espace, la douceur de l'air. Là-haut scintillent les étoiles. Leur sombre lumière ne frémit plus pour moi.

Septième jour. Premier dimanche en cellule.

Le dimanche est pour moi une journée particulière. Celle que je préfère à toute autre, mais que je redoute. Ce jour-là, bizarrement, plus qu'à l'ordinaire, du matin au soir, je ne suis qu'attente. Ce que j'attends, je serais une fois encore bien incapable de le définir. Mais j'attends. Et l'attente me consume, entretient en moi une douleur sourde.

Au cours de la matinée, je suis nerveux, fébrile, tendu de tout mon être vers ce qui ne manquera pas de survenir et m'apportera une joie profonde, essentielle, incomparable, une joie qui me délivrera de ma détresse. Mais les heures s'écoulent, mon impatience grandit, mon attente s'exacerbe, et rien ne vient jamais. Et quand la nuit s'installe, la douleur de l'attente fait place à l'inévitable déception.

Ce dimanche matin, je pense à mon chef plus que les autres jours. S'il n'était pas parti en stage, j'aurais passé la journée chez lui. Mais je pense surtout à elle, à ses yeux, ses lèvres, ses seins, ses hanches, ses jambes, à ses mains et ses caresses, à la tendre grotte humide et brûlante d'où m'est déjà venu tant de force et de vie. Je pense à elle et j'enrage.

Le sous-officier de service a changé. Quand il ouvre la

porte pour m'emmener prendre mon quart de mauvais café non sucré, ma mince tranche de pain, une sardine à la tomate, mes yeux et mes lèvres sont de pierre. En descendant de mon bat-flanc, je fais semblant de tomber et j'en profite pour carrément le bousculer. Il grommelle quelque chose, mais je ne lui prête pas attention.

En sortant du réfectoire, je me dirige vers la chapelle. Mais le sergent-chef me dit que je n'ai pas à assister à la messe, qu'il n'a pas reçu d'ordre en ce sens, et il me ramène à mon cachot. Je suis en colère. Moins parce que je ne peux assister à l'office, que parce que je comptais retrouver des copains et passer quelques instants de plus en dehors de mon sépulcre.

À midi, la clé grince dans la serrure. Celui qui se présente n'est pas le sergent-chef de ce matin, mais un simple soldat, sans doute le planton de service. Je suis accroupi dans un angle, au fond de la cellule, enveloppé dans ma couverture. Pour ennuyer ceux à qui je dois d'être là, j'ai envie de ne pas bouger et de déclarer que je commence une grève de la faim. Mais la porte s'ouvre davantage, et je le vois, lui, lui qui est là, le chef de la 4e section. Il me fait face, bien calé sur ses jambes écartées, les paupières plissées, une ébauche de sourire aux lèvres. D'un bond, je suis debout, jette ma couverture, m'avance vers lui. Je voudrais lui crier des insultes, mais trop de choses hurlent en moi, et je suffoque. Ah oui, lui rentrer ce sourire dans la gorge, lui voir perdre cet air triomphant, lui prouver qu'il ne m'a pas vaincu. Mais que faire ou que dire qui serait à la mesure de ma fureur ? Soudain, je sais. Mes pieds reposent sur le bord du bat-flanc. Alors je plie les jambes, et d'une brutale impulsion, je jaillis à l'horizontale, bras écartés, tête en avant. Percuté dans le ventre, le sergent plié en deux est catapulté contre le mur qu'il heurte violemment de la tête. Aussitôt je suis debout et lui présente son calot. Il se tient la tête et ne se relève pas.

Qu'ai-je encore fait, imbécile que je suis.

Si je suis renvoyé, on ne me permettra pas d'aller lui dire adieu. Sans répit je pense à elle. Ces mots que j'aimerais un jour lui murmurer, ils me viennent en abondance, et dans le noir, avec mon index, je lui écris sur le mur des lettres ardentes et désespérées.

Maintenant, avec le recul que m'ont donné ces jours de cellule, il m'est impossible de croire à ce qui s'est passé entre nous. Tout est trop invraisemblable. Le chef est jeune, fort, beau, elle aime follement sa petite fille, alors pourquoi se serait-elle tournée vers cet adolescent qui ne sait rien lui dire et qu'elle ne rencontre que de loin en loin ?

Mais pour quelle raison m'a-t-elle menti ? Par simple jeu ? Pour tromper son ennui ? Par pitié ? Oui, sans doute est-ce par pitié. J'ai si souvent revécu cet instant. Le premier dimanche de novembre. J'étais assis, tu étais debout près de moi, et tu as pressé ma tête contre tes seins. Puis tu m'as embrassé. Et j'ai éclaté en sanglots. Et comme tu t'étonnais, je suis parvenu à t'avouer que, de ma vie, on ne m'avait encore jamais embrassé. Tu désirais en savoir plus, mais je n'ai rien pu ajouter. Oui, jamais des lèvres n'avaient effleuré mes joues, et ainsi, toi, tu étais la première. Je voudrais tant pouvoir t'écrire une lettre où je te dirais mon enfance, cette école, l'inimaginable passion que j'ai pour toi. Tu es positivement ma terre, ma source, ma lumière. Sur la colline, quand je suis contre le pin et que tu m'engouffres en toi, je me mords les lèvres pour ne pas crier. Et en fin d'après-midi, lorsque je dois te quitter, c'est comme si on m'arrachait la vie. J'ai imaginé cent fois que tu me rejoignais dans ce cachot, entre ces murs, au profond de ce silence. Pour la première fois, nous aimer sans avoir peur. Sans avoir peur du chef, de nous-mêmes, de la violence de notre amour. Oui, hâte-toi. Viens me rejoindre. Viens près de moi. Étends-toi. Presse ton corps contre le mien, et déjà ce feu qui s'embrase.

*Si on sait s'y prendre*, nous a dit un jour notre professeur d'instruction civique, *on peut être heureux même en enfer*. Cette parole que je ne risque pas d'oublier, depuis que je me trouve ici, je m'efforce de la mettre en pratique. Je sais pertinemment que je ne suis pas en enfer. Néanmoins, ces jours de cachot sont pour moi une épreuve, et il me faut faire appel à toute ma détermination pour n'être pas en permanence totalement désespéré. Parfois, je parviens à surmonter ma détresse, mais je n'affirmerais certes pas que j'en arrive à être heureux. Ce n'est d'ailleurs pas ce que je recherche. Il me suffit de ne pas me haïr, de ne pas me sentir au fond d'un gouffre, de ne pas vouloir tout pousser au pire, pour n'avoir pas à espérer davantage.

À ma résolution de prendre appui sur cette parole que nous a rapportée notre professeur, s'ajoute ma volonté de me soustraire à la punition que j'accomplis. Car si je ne souffre pas, si je ne suis pas malheureux, je rends celle-ci inopérante, je lui échappe, elle n'a plus sur moi l'effet voulu.

Lorsque j'entends s'ouvrir la porte du couloir, je me mets à chantonner. Ensuite, je descends de mon bat-flanc mains dans les poches, sourire aux lèvres, ayant toute l'apparence d'un garçon insouciant qui vient de passer un moment agréable.

Parfois, au cours de la soirée, ou le plus souvent la nuit, il m'est donné de vivre des instants comparables à ceux que j'ai connus lorsque je gardais mes vaches. Je restais des heures immobile sous la pluie ou dans le brouillard. Je me posais des questions et j'essayais d'y répondre. Mais surtout, il y avait cette voix, en moi, qui ne cessait de murmurer ce que j'aime tant écouter. Ces jours, elle me parle de mon village, de ma chienne, de mes vaches, de quelques-uns de ces événements qui ont marqué mon enfance, se sont à jamais gravés dans ma mémoire…

À cette époque, je suis berger à la montagne. C'est un dimanche. Je garde mon troupeau au-dessus de la ferme, en bordure de la forêt de sapins. J'attends, je guette, j'attends. Je sais bien que personne ne peut venir, mais j'attends. Depuis le matin, j'attends. Le soir approche. Alors je les vois arriver. Un homme accompagné de trois femmes en robes de couleur. Sans doute viennent-ils me chercher. Je cours, arrive à la ferme, et pour qu'on ne m'accuse pas d'être inactif, je prends les deux seaux, les remplis à l'abreuvoir, et tenant fermement les anses, j'attends. Ces personnes se sont égarées, et mon patron leur indique un chemin. Elles n'en finissent pas de le remercier et lui disent au revoir. Puis elles partent et passent près de moi sans m'accorder le moindre regard. Je fais trois pas dans leur direction. Je n'ai pas pensé à marcher sur les pierres. La boue mêlée de bouses emplit mes galoches, enveloppe mes pieds nus.

Je suis toujours à la montagne, mais dans une autre ferme, située au cœur d'un petit village. Pour une raison que j'ignore, on m'envoie coucher dans une maison isolée, glaciale et inhabitée. Chaque soir, après avoir couru à perdre haleine, quand j'entre dans cette maison où ne luit aucune lumière, je connais un tel état de frayeur que je claque des dents. Ensuite, je mets longtemps à trouver le sommeil.

Puis je suis réveillé par des cauchemars, et je ne parviens pas à me rendormir, car de sinistres craquements me causent les plus vives alarmes. Ma patronne est une franche garce qui ne me parle qu'en criant. Mon patron est un homme doux, bon, toujours silencieux. Il a deviné que dans cette maison j'ai peur à en être malade. Il accepte que je passe mes nuits à l'écurie. Près de Blanche-Fleur, la génisse, se trouve une stalle qui a été occupée par un cochon, puis par deux brebis, et qui maintenant est vide. Il me permet d'en disposer. Le jour même, j'y tasse une épaisse couche de paille, puis du regain, et avec les deux couvertures qu'on me prête, j'ai tout ce que je peux souhaiter.

Le bonheur que j'éprouve auprès de Blanche-Fleur, aucun mot ne saurait en rendre compte. Près d'elle et des trois autres vaches, je ne sais plus ce qu'est la peur, ne fais plus de cauchemars, ne connais plus cette fatigue ni ces idées sombres qui auparavant m'assaillaient dès que j'entrouvrais les paupières.

Lorsque Blanche-Fleur est couchée, je m'endors en lui parlant et en la caressant. Le matin, mes premières paroles sont pour elle, et elle ne manque pas de me répondre par un faible et plaintif meuglement.

Je me lève, plie mes deux couvertures, m'occupe du pansage, donne aux bêtes une poignée de foin et me mets à genoux. Le front appuyé contre le flanc de la meilleure laitière, je dis ma prière du matin, puis me saisis d'une tétine, et avale avec volupté ce lait tiède et mousseux qui me gicle dans la gorge.

Ce jour-là, le maréchal-ferrant est venu d'un village proche et on ferre le cheval du voisin. Bien que gêné par l'odeur de la corne brûlée, je me tiens au plus près, pour ne rien perdre de l'opération. Le maréchal-ferrant est un homme petit, tout en nerfs. Il a un peu bu, et vient d'asséner au cheval une série de coups de marteau. Le cheval souffle, rue, tire sur sa corde, ne tient pas en place, ne laisse personne l'approcher, et les hommes passent plusieurs minutes à le calmer. Enfin le travail peut reprendre. Il est d'ailleurs presque achevé, puisqu'il ne reste que deux clous à fixer. Le voisin est maintenant bien accoté contre l'arrière-train du cheval, et tient fermement le sabot contre son ventre, sur sa cuisse. Soudain, avec une formidable puissance, sans que rien ne l'ait laissé prévoir, le coup de pied est décoché. Les hommes crient, le maréchal-ferrant frappe la bête à grands coups de pied dans le ventre, et projeté à terre, le voisin hurle :

— Il m'a eu le salaud, il m'a eu, il m'a eu... Et je vois le sang jaillir, puis tout aussitôt, la main se plaque sur le bleu de travail, en haut de la cuisse, pour tenter d'arrêter l'hémorragie.

La nuit est déjà tombée. Il pleut. C'est l'automne. Pour la troisième ou la quatrième fois, on me commande d'aller fendre du bois, et de le porter à la cuisine. Je tarde à sortir parce qu'il me manque le courage de pénétrer dans ces ténèbres où tant de choses terribles peuvent m'attendre. On me gifle et on me jette dehors. La chaudière où cuisent les rutabagas destinés au cochon est légèrement surélevée, et c'est à la maigre lueur de son foyer qu'il est possible de fendre du bois à pareille heure. Je place mon poignet gauche bien à plat sur le bord du billot, et j'abats la hache. Mais à l'ultime instant, ma main s'échappe, et je ne réussis qu'à me faire une bénigne estafilade. Il me faut renouveler l'opération. Je me concentre, me promets de contenir ma peur et de ne pas retirer ma main. Mais cette fois encore, c'est l'échec. La hache tombe à terre, ma main droite se saisit de mon poignet, le presse contre ma poitrine, et assis sur le billot, je laisse couler mes larmes.

J'ai quitté la montagne. Je suis placé dans une nouvelle ferme, distante du village de plusieurs kilomètres. C'est un dimanche d'été. Le cheval est attelé et ils vont partir à la messe. Je veux m'occuper du chien malade et obtiens de rester à la ferme. En cours de route, ils s'arrêteront à plusieurs reprises, et d'autres familles prendront place sur le char. Mais au retour, chaque fois qu'une famille en descendra, mon patron tendra la main pour qu'on y dépose quelques pièces. La honte que j'éprouve à cet instant-là m'est rigoureusement insupportable, et c'est uniquement pour ne pas assister à ce genre de scènes que je préfère ne pas les accompagner.

Je suis donc seul. Je traîne un moment dans la cour, sans savoir que faire. Je rends visite au chien et lui parle pendant de longues minutes. Revenu à la cuisine, mon regard s'attarde sur ces escaliers que je n'ai jamais gravis. Je monte, pousse la porte. Une vaste pièce vide, au plancher très propre, avec dans un angle les montants d'un petit lit de fer appuyés contre un mur. Sur des feuilles de journal au papier jauni, des grains de blé empoisonnés. Au-dessus d'une cheminée, une grande glace. J'installe l'escabeau, m'appuie des deux bras sur sa partie supérieure, et me regarde dans la glace. Chaleur étouffante. Silence. Tic-tac de l'horloge provenant de la cuisine. Je scrute mon visage. Je me montre le poing. C'est alors que je vois le fusil de chasse suspendu à un clou, au-dessus de la cartouchière. En hâte je le décroche, introduis une cartouche dans le canon, prends appui sur l'escabeau, vise celui qui me fait face et presse sur la gâchette. La détonation semble éclater à l'intérieur de mon crâne, tandis que l'escabeau tombe, que la glace vole en éclats, et que des débris de verre me giclent au visage. Une fois ma frayeur dissipée, je n'éprouve que de la joie. La joie de me dire que je suis encore de ce monde, qu'il me faut à toute force continuer de vivre.

Un radieux matin de juin. Mon patron guide les deux vaches qui tirent la faucheuse. Nous sommes dans un verger, et il importe de ne pas abîmer le tronc de ces jeunes arbres. Je suis donc assis sur le siège de la faucheuse et n'ai pas grand travail à effectuer. Je suis heureux. J'aime particulièrement cette odeur d'herbe coupée et savoure le fait de ne pas aller à l'école. Le soleil commence à chauffer, et dans une demi-heure, nous aurons fini. Mais une vache met le pied dans un trou et lorsque les guêpes en furie passent à l'attaque, je me trouve juste au-dessus du nid.

Les jours suivants, j'ai une forte fièvre, je délire, mon visage est effrayant, et on pense que je vais succomber. Mais j'ai une robuste constitution et je parviens à m'en tirer.

Depuis cet instant, je vis dans la peur. Sur cette faucheuse, par ce clair matin de juin, tout me disposait à éprouver un sentiment de bien-être, rien ne me menaçait, et c'est alors que ce qui aurait pu causer ma mort a surgi. Maintenant, où que je sois, quoi que je fasse, je ne me sens jamais en sécurité. En effet, dans mon village ou ici, innombrables sont les dangers impossibles à prévoir auxquels je peux être inopinément exposé. Guêpes, vipères, arbre qui s'abat sur la route lors d'un orage, cheval qui se met à ruer, taureau échappé d'une embouche, bâtiment qui s'effondre, sous-officier habituellement placide et devenu soudain fou furieux, avion qui s'écrase sur la caserne, faille ouverte par un séisme et dans laquelle la ville disparaîtrait..., à n'importe quel moment, et surtout si rien ne l'annonce, ce peut être le drame.

D'ailleurs, j'en ai eu confirmation un mois après le jour des guêpes. C'était un dimanche. Je venais de servir la messe. En descendant l'allée centrale de la petite église, j'ai ramassé une image pieuse, sans doute tombée d'un missel. Elle était bordée de noir et au-dessous du portrait d'une jeune femme morte à vingt-quatre ans dans un accident de la route figuraient ces mots qui exprimaient ce que je redoute, et qui se sont aussitôt imprimés en moi : *Quand les gens diront : « quelle paix ! quelle tranquillité ! » c'est alors que, tout à coup, la catastrophe s'abattra sur eux comme les douleurs sur la femme enceinte.*

Un jour, j'aimerais qu'elle me parle de son enfance, de ses parents, de ce qu'elle a vécu quand elle était adolescente. Et à quoi a-t-elle occupé son temps depuis que le chef est parti ? M'a-t-elle écrit ? Si oui, avec quelle joie je m'emparerai de ses lettres à notre prochaine rencontre. Je sais bien que je ne suis pas digne de cet amour qu'elle me porte, mais quelle déception ce serait si elle devait m'apprendre que tout est fini. Il faut que je parvienne à préparer dans ma tête une lettre où je lui dirai combien j'ai souffert à la pensée que peut-être je ne la reverrai plus. Si on me change d'école, pourra-t-elle m'écrire ? Pourrai-je lui répondre ? Mais mon éloignement ne va-t-il pas tout briser ?

Plutôt qu'une lettre, il faudrait que je conçoive un poème. Un texte bref, simple, que je retiendrais sans difficulté, et que je coucherais sur le papier dès que je serai de retour dans ma chambre. Un texte où elle sentirait la force de mon amour, l'âpreté de mon désir, cette faim sauvage que j'ai d'elle. Mais quels mots seraient en mesure d'exprimer ce qui m'étreint et me brûle, m'anéantit et m'exalte, me désespère et avive cet ardent besoin que j'ai de m'offrir au plus tôt à la vie ? Très vite je me décourage. Je constate une fois de plus que rien ne peut traduire ce que j'éprouve, et je ressens cette souffrance particulière qui me saisit chaque fois que je dois renoncer à formuler ce qui en moi désirait tant se communiquer. Si je parle si peu, si même je suis le plus souvent muet, c'est parce que au moment où des mots montent à mes lèvres, je sais qu'ils ne conviennent pas, qu'ils dénatureraient ce qu'ils avaient à transmettre. Je garde alors le silence, mais ce silence est lourd d'une pénible amertume, d'une haine de moi-même qui me met en charpie.

Le clairon a sonné l'extinction des feux depuis un long moment. Assis dans un angle, ma couverture sur le dos, je ne souhaite pas m'enfoncer dans le sommeil. J'écoute cette voix qui me parle avec insistance, me ressasse depuis quelques heures toujours les mêmes mots. C'est un ensemble de trois courtes phrases qui se rapportent à ce que je préfère laisser enfoui au fond de moi. Soudain, à peine l'envie m'en est-elle venue, je décide de graver ces phrases dans le bois du bat-flanc.

Pour qu'elles l'occupent en son entier, au lieu de les disposer les unes à la suite des autres, je choisis de les fragmenter. Le calcul n'est pas facile. Il y a dix-neuf lattes, et j'ai douze fragments. Avec deux lattes vierges qui marqueront la coupure entre les phrases, le texte va s'étendre sur quatorze lattes. Deux en haut et trois en bas demeureront inutilisées.

J'ouvre la lame de mon canif et me mets au travail sans perdre une minute. Il me reste deux jours à passer ici. J'aurai le temps d'achever ce que je viens d'entreprendre. Je grave dix mots, m'arrête à ROUTES. Je voudrais poursuivre, mais l'extrémité de mon index, que j'entoure pourtant de mon mouchoir, est douloureuse, et je ne peux continuer.

Le matin, c'est le clairon qui me réveille. Je reprends aussitôt. Je saute une latte et commence à graver LÀ-BAS. Au cours de la journée, à cause de mon doigt, je dois m'interrompre à plusieurs reprises. Peu après la sonnerie de l'extinction des feux, j'achève de creuser APPELLE.

J'entame mon dernier jour auquel succédera ma dernière nuit. Il me reste treize mots à graver. C'est maintenant beaucoup plus difficile. Les lattes sur lesquelles je travaille sont proches de la porte, et je dois me tenir à genoux sur le côté gauche du bat-flanc. Il ne m'est plus possible d'avoir le bras en appui et ma main est moins sûre. Ces dernières lettres ne seront pas aussi bien dessinées que les premières, mais au fond, cela importe peu.

Après avoir donné le dernier coup de canif, j'agite ma couverture pour faire disparaître les menus copeaux. Ensuite, satisfait, je m'allonge et j'éprouve de la joie à me savoir étendu sur ces mots où gît le secret de mon enfance. Il me vient même le désir saugrenu qu'ils se gravent dans ma chair, y impriment un tatouage qui ne serait visible que par moi seul.

Le matin, à peine réveillé, de peur qu'on vienne me chercher avant que j'aie le temps de vérifier à nouveau ce texte, je me penche sur ces lettres et ces mots. Ne pouvant les voir, je les parcours du doigt avec lenteur, et retrouvant une ancienne et profonde souffrance, je murmure :

L'ENFANT QUE LE PÈRE
A CHASSÉ
N'A PLUS DE ROUTES

LÀ-BAS
LOIN DANS LA MONTAGNE
DU FOND DE SA TOMBE
LA MÈRE APPELLE

INLASSABLEMENT
DE SA BOUCHE ÉCRASÉE
LE FILS LA SUPPLIE
D'ACCORDER ENFIN
SON PARDON

Le lundi matin, je n'ai pas à retourner dans mon cachot. Je suis libre. À l'exception de quelques punis, ils sont tous partis en permission, et la caserne semble morte. J'en éprouve un vrai malaise et me sens abandonné. Nous ne sommes qu'une vingtaine à assister à la cérémonie aux couleurs. Ce silence que ne rompt pas la sonnerie du clairon, et la présence de notre petit groupe dans cette immense cour vide où nous sommes habituellement huit cents, me paraissent profondément insolites, me donnent une pénible impression de vide, d'ennui, de déréliction.

À dix heures, je suis convoqué dans le bureau du capitaine. Il m'apprend que rien n'a encore été décidé à mon sujet. Mais comme je suis sous une menace de renvoi, le colonel a décrété que je ne partirai pas en permission. Je ne m'attendais pas à cet autre coup du sort, et j'ai la plus grande difficulté à montrer que tout cela m'est indifférent. Avant d'effectuer réglementairement mon demi-tour, je lui demande de me rendre mon Opinel.

J'ai une certaine joie à retrouver ma chambre, mon lit, mon armoire, mais je suis seul, et je ressens une lourde tristesse à me dire qu'ils sont loin, que je vais rester quinze jours ici sans les entendre, sans les voir aller et venir, sans apprendre ce qui s'est passé en mon absence. J'ouvre mon armoire. J'ai le bonheur d'y trouver une lettre de Galène, deux lettres de son père dont il me fait cadeau, et aussi des figues et des dattes. J'en ai les larmes aux yeux. Je me mets aussitôt à dévorer ces feuillets, mais mon émotion est si vive que je ne comprends rien à ce que je lis. Galène a su ouvrir mon cadenas sans l'abîmer, et je pense à lui avec attendrissement. En cet instant, l'amitié que je lui porte est si véhémente qu'il me faut le rejoindre par écrit sur-le-champ. Je m'allonge sur mon matelas, prends appui sur mon polochon, et avant de chaleureusement le remercier pour son geste, j'entreprends de lui raconter ce que furent mes jours de cachot.

Cette lettre achevée, je ne sais à quoi m'occuper. Je suis morne, cafardeux, sans désir, et en moi comme autour de moi, tout me paraît d'une noire désolation. Étendu sur mon lit, bras le long du corps, visage enfoui dans mes couvertures, je ne pense à rien, attends que les heures s'égrènent. Sans doute devrais-je descendre dans la cour, aller contempler le ciel, profiter du fait que je peux enfin me déplacer. Mais une vague crainte me retient. J'éprouve le besoin de rester dans une pièce, de sentir des murs autour de moi, de demeurer à l'écoute de cette voix qui ne cesse de me parler.

Au long des jours et d'une partie des nuits, dans mon cachot, j'ai remâché bien des choses, me suis posé bien des questions. L'envie me vient de mettre celles-ci par écrit. Cette liste en main, je me rendrai chez l'aumônier et lui demanderai de m'aider à trouver des réponses. Ces questions, elles ne peuvent être classées en fonction de leur plus ou moins grande importance. Aussi les laisserai-je dans l'ordre où elles se sont présentées.

— *Comment peut-on savoir si Dieu existe vraiment ?*

— *Si on perd la foi, Dieu nous abandonne-t-il ?*

— *Dieu est-il toujours bon ? Pourquoi permet-il qu'il y ait des guerres, des camps de concentration ? Pourquoi permet-il que des hommes exterminent d'autres hommes ?*

— *Une femme a-t-elle le droit d'aimer un autre homme que son mari ?*

— *Si une femme aime un garçon alors que c'est défendu, sera-t-elle punie ?*

— *Pourquoi m'est-il impossible de dire à la personne que j'aime ce que je pense et ce que je ressens ?*

— *Jérémie, un ami du Christ, a dit à des bergers que* « la voie des humains n'est pas en leur pouvoir, et qu'il n'est pas donné à l'homme qui marche de diriger ses pas ». *Si les hommes ont été créés libres, pourquoi ne peuvent-ils décider de leur chemin ?*

— *On prétend que Jésus a affirmé :* Il sera donné à ceux qui ont. Il sera ôté à ceux qui n'ont rien. *N'y a-t-il pas là une erreur ? N'aurait-il pas plutôt dit :* Il sera donné à ceux qui n'ont rien. Il sera retiré à ceux qui ont *?*

— *Pourquoi y a-t-il la mort ?*

— *Pourquoi la mort n'est-elle pas que pour les vieillards ?*

— *Pourquoi les adultes ne comprennent-ils pas les enfants ?*

— *Pourquoi les hommes sont-ils méchants ? Pourquoi se font-ils souffrir les uns les autres ?*

— *Parfois, je m'ennuie, suis malheureux, mécontent de moi, et alors, j'ai envie de me battre. Pourquoi ?*

— *Si on fait le Mal avec une femme qui vous prend dans ses bras, est-ce une faute grave ?*

— *Si je retrouve le chef de la 4*e *section au Purgatoire, aura-t-il encore pouvoir de me punir et m'humilier ?*

— *Pouvez-vous me parler de Jérémie ?*

— *Pourquoi Dieu permet-il que des gens mettent des enfants au monde, alors qu'ensuite, ils ne les aiment pas et ne s'occupent pas d'eux ?*

— *Les parents qui n'aiment pas leurs enfants, seront-ils punis pour cette faute ?*

— *Dans la mesure où l'amour que je voue à la Sainte Vierge est plus fort que celui que j'ai pour Dieu, ne va-t-il pas me le faire payer ? Comment être sûr qu'il n'est pas jaloux ?*

— *Un garçon qui se déteste, pourquoi Dieu ne lui vient-il pas plus souvent en aide ?*

— *Ceux qui échouent, qui ont de la malchance, qui deviennent des ratés, Dieu les aime-t-il à l'égal de ceux pour qui tout est facile ?*

*— Quelqu'un qui se supprime, lui sera-t-il permis d'entrer un jour au Paradis ?*

Après le repas de midi, dès la sortie du réfectoire, je me rends à l'aumônerie. J'aurai grande joie à revoir l'aumônier, à lui soumettre mes questions, à recueillir ce qu'il pourra m'apprendre, à passer l'après-midi avec lui. Parce que je ne suis pas assez intelligent, il est beaucoup de choses que je ne parviens pas à saisir, et je voudrais qu'il me tire de ma confusion, m'aide à mieux comprendre la vie, me donne des réponses qui me guideront et m'accompagneront tout au long de mon existence.

Sur la porte, une demi-feuille de cahier fixée par quatre punaises : « En vacances dans sa famille, l'aumônier sera absent pendant toute la durée des permissions de Pâques. » Je m'assois sur la marche d'escalier, déchire ma liste de questions, en froisse les morceaux, les fourre dans ma poche. Je suis terriblement déçu. Après quinze jours de cachot, j'avais un impérieux besoin de parler à quelqu'un qui me témoignerait de l'amitié. Je suis pris au dépourvu, n'ai rien pour me protéger de ce qui me mord, me lacère, me taillade, me maintient au fond d'un gouffre où nul ne pourrait me rejoindre. Seul. Indiciblement seul. Privé de tout secours. Et ce que je subis dépasse ce que je puis endurer. Je voudrais me lever, mais n'en ai pas la force. Pourquoi nous faut-il donc tant souffrir ?

Il y a une dizaine de jours, avec leur barda sur le dos, les anciens ont effectué une marche forcée d'une trentaine de kilomètres, alternant tous les deux cents mètres le pas cadencé et le pas de course. Ils sont rentrés épuisés, affamés et assoiffés. Mais ceux qui en ont le plus bavé, et qui râlaient le plus, c'étaient leurs chefs de section. Deux d'entre eux, les jambes lourdes et des ampoules aux pieds, avaient dû se retirer à mi-parcours, et ils étaient montés dans la voiture du capitaine sous les sifflets et les huées.

Cette marche forcée avait pour but d'obliger à se dénoncer ceux des anciens qui, un soir, avaient réuni six bleus dans leur chambre, et leur avaient posé des ventouses à l'aide de boîtes de sardines. Le lendemain, les bleus étaient atteints de brûlures au troisième degré, et il avait fallu les hospitaliser.

À l'issue de cette marche, les coupables ne se sont pas fait connaître, mais trois jours plus tard, on a appris qui ils étaient. À la rentrée, ils passeront devant le Conseil de Discipline. Mais ils savent d'ores et déjà qu'ils seront renvoyés. Ils sont au nombre de quatre, et après le départ des élèves punis, c'est avec eux que je me retrouve au réfectoire.

Lorsque pour la première fois j'arrive à leur table, l'un d'eux m'enjoint de prendre ma fourchette et ma gamelle, et me tirant par l'oreille, m'oblige à m'asseoir à une table séparée de la leur par deux autres tables.

Le réfectoriste pose les plats devant eux. Ils se servent et dédaignent de me les faire passer, et moi qui ai peur d'eux, je n'ose les leur demander. J'attends donc qu'ils soient partis pour aller voir s'ils m'ont laissé quelque chose, mais deux fois sur trois, les plats sont vides.

J'aimerais marcher dans la cour, aller m'étendre sur le château d'eau, parler éventuellement à un sous-officier, mais je redoute de me trouver soudain face aux quatre anciens. Ils seraient capables de m'emmener dans leur chambre, et de me faire subir Dieu sait quoi. Le plus clair de mon temps, je le passe dans ma chambre, affalé sur mon matelas. Dès que j'ai franchi la porte, j'entasse derrière elle des châlits, et me sens de la sorte en sécurité. Le soir, je pousse deux armoires contre ces châlits, mais quand bien même j'ai pris cette précaution, je n'arrive pas à m'endormir. Au moindre bruit, mon cœur se met à battre et je suis long à retrouver un peu de calme.

Je n'ai rien à lire, mais aurais-je des livres que je ne les ouvrirais pas. L'ennui dont je suis la proie est tel que rien ne m'intéresse. Je ressasse les questions que je désirais poser à l'aumônier et me reproche de ne pas savoir leur trouver des réponses par moi-même.

Si je suis renvoyé, c'en sera fini de mes études. Après m'être engagé, je serai contraint d'aller me battre à l'autre bout du monde, dans les rizières, et l'angoisse que je ressens à m'imaginer là-bas m'ôte tout désir de chercher à inverser le cours des choses.

Un jour, après le repas de midi, je vois les anciens que je surveille regagner leur chambre. Je choisis un banc qui ne peut être aperçu de leur fenêtre, et je reste là, un moment, à me chauffer au soleil. Le printemps est venu et la Provence présente maintenant un tout autre visage qu'en hiver, les jours de mistral. Il fait un temps délicieux et il m'arrive parfois de l'apprécier. Mais le plus souvent, cette lumière éclatante, cette allégresse qu'on perçoit dans l'air me semblent par trop étrangères à ce qui me tourmente, et au lieu de me donner de la joie, elles n'ont pouvoir que de me rejeter, m'accabler, rendre plus amère ma désespérance.

Ce jour-là, un des cordonniers qui se rend à son travail s'assoit près de moi et m'adresse quelques mots avec beaucoup de gentillesse. C'est un homme d'une excessive maigreur, à la peau grise, au regard fiévreux, aux yeux aigus profondément enfoncés dans leurs orbites. Il m'inspire de la crainte, mais mon besoin de parler avec quelqu'un l'emporte. Il s'étonne que je ne sois pas parti en permission. Je satisfais sa curiosité, mentionne mes quinze jours de cachot, et me désole du jugement qu'il ne va pas manquer de porter sur moi. Pour prouver que je ne suis pas un voyou, je tiens à montrer que j'ai certaines préoccupations et lui demande tout à trac s'il croit en Dieu. Il est manifestement surpris. Puis il semble heureux que je lui aie posé une telle question. Il me répond sans la moindre réticence, se réfère à des passages de la Bible. Pour ne pas être en reste, je cite aussitôt Jérémie, et une phrase tirée d'une lettre de saint Paul. Alors il s'enflamme, développe des arguments, enchaîne citation sur citation, mais il parle si vite que je perds pied sous cette avalanche de mots. Pour finir, alors qu'il reprend haleine, il me demande si je sais ce que sont les Témoins de Jéhovah et si j'aimerais une fois assister à une de leurs réunions.

Les jours suivants, parce que j'ai peur de cet homme, je fais un long détour par l'arrière des bâtiments pour ne pas risquer de le rencontrer.

J'ai faim, je m'ennuie, je redoute de voir surgir les anciens, mais je m'efforce de ne pas penser à moi, de chasser de mon esprit ce qui l'obsède. *Ne vous apitoyez pas sur vous-mêmes*, a dit notre professeur. Et si malheureux que vous soyez, ne perdez jamais de vue que *si on sait s'y prendre, on peut être heureux même en enfer.* Je lutte, me promets de me montrer digne de ces résistants qui ont fait preuve d'un si remarquable courage en des heures difficiles. Notre stade s'appelle stade Bernard-Gangloff, du nom d'un enfant de troupe qui s'est comporté en héros pendant la dernière guerre. Comme de nombreux élèves des écoles militaires durant ces années-là, il a choisi d'abandonner ses études et d'entrer dans la Résistance. Le 14 juillet 1944, alors qu'il allait tomber aux mains des Allemands, pour ne pas risquer de parler sous la torture, il s'est donné la mort en se plantant à dix-sept reprises la lame d'un canif dans le cœur.

Que sont mes problèmes en regard de ce que ces jeunes gens et ces hommes ont dû affronter ? Je me persuade que les circonstances dans lesquelles je me trouve sont incontestablement une chance. Si je ne me laisse pas abattre, elles contribueront à forger mon caractère, à faire naître en moi une force morale dont je n'aurai que trop souvent besoin par la suite.

Mais les minutes, les heures, les journées sont longues, et l'ennui finit toujours par effriter mes résolutions. Alors le cafard me gagne, et je sombre bientôt dans un état qui ne me laisse plus le moindre espoir de me rétablir. Non seulement je dois renoncer à marcher sur les traces de ceux que je me donnais pour modèles, mais encore, il me faut m'avouer que je manque de volonté, de ténacité, de détermination. En ce cas, comment pourrais-je ne pas être un raté ?

Un soir, je n'y tiens plus. Je retire les deux armoires et les châlits que j'ai placés deux heures plus tôt devant la porte, et mes brodequins à la main, descends avec précaution les escaliers. Je veille à ne pas alerter ces rôdeurs qui n'attendent qu'une occasion pour se jeter sur celui qui s'aventure seul dans les ténèbres. La nuit, où que l'on soit, il importe de se déplacer en silence, de ne rien faire qui puisse attirer l'attention. Des puissances mauvaises sont à l'affût qui ne demandent qu'à s'emparer de vous et vous infliger d'abominables supplices. Jusqu'à ce que mort s'ensuive.

Je traîne derrière le bâtiment et me retourne à tout instant, de peur d'entendre venir les quatre anciens. Je rôde autour du baraquement des légionnaires. Les vitres de leurs fenêtres sont enduites d'une mince couche de peinture, mais la lumière qu'elles laissent filtrer me confirme qu'ils sont là. J'ai un désir irrépressible de passer un moment avec eux. Je sais que nous ne pourrons échanger un mot, mais j'ai ce besoin de n'être pas seul, d'entendre des voix, de voir des visages. Tondus comme ils le sont, parlant une langue que je ne comprends pas, ils m'effraient quelque peu. Mais il est vrai aussi que je les admire. En premier lieu, parce qu'ils appartiennent, bien que depuis peu, à ce corps prestigieux et légendaire de la Légion dont un de nos chefs, lui-même ancien légionnaire, nous a beaucoup parlé l'année dernière. En second lieu, parce que chaque matin, en janvier et février, on pouvait les voir se débarbouiller dehors, torse nu, par n'importe quel temps. Moi qui souffrais tant du froid et ne cessais de grelotter, je ne pouvais qu'être impressionné par leur manière d'ignorer à ce point les rigueurs de l'hiver.

Je frappe quelques timides coups à la porte, redoutant d'être entendu. Soudain, je suis gagné par une peur panique. Ils sont tous allemands. S'il leur prenait idée de se venger sur moi d'avoir perdu la guerre ! Je n'ose m'enfuir et reste là de longues minutes, incapable de prendre une décision. Je frappe à nouveau. Le sang qui cogne à mes tempes m'empêche d'entendre, et bien que je tende l'oreille, je ne sais si on me répond.

Je tourne le loquet, mais la porte frotte contre le plancher, et je dois la pousser de l'épaule. Les conversations s'interrompent. Je reste figé. La pièce est mal éclairée, et la fumée des cigarettes m'empêche de rien distinguer. Je m'avance de quelques pas. Mes yeux s'adaptent à la pénombre et le choc de trente regards braqués sur moi me fait reculer. Il règne un profond silence. L'un d'eux, qui est en train d'uriner par la fenêtre, juché sur un tabouret, demeure immobile, son sexe à la main. Assis autour d'une petite table, plusieurs se sont levés. Je veux leur dire bonsoir en allemand, mais aucun mot ne me vient. Je m'approche de la table. Sur une feuille de journal, un damier est grossièrement reproduit. Les pions sont des morceaux de charbon et de petits cailloux blancs. Après un moment d'attente, l'un d'eux m'adresse quelques mots. Pour moi, bien sûr, ils ne signifient rien, et je hausse les épaules, navré de ne pas comprendre. Les regards continuent de m'interroger. Je suis gêné, malheureux, voudrais m'enfuir. Je prends la main de celui qui m'a parlé, la serre et la secoue avec vigueur, pour bien montrer que je ne suis pas un ennemi. La guerre appartient au passé, et comme me l'a expliqué mon professeur d'allemand, nos deux pays doivent songer à renouer des liens. Ce soir, j'ai une grande amitié pour l'Allemagne et les Allemands, et je voudrais tant pouvoir les en convaincre.

— *Goethe ist ein grosser Schriftsteller*[1], bafouillé-je.

Ils ne semblent pas avoir compris ce que j'ai marmonné, et ma confusion s'en trouve accrue. La température est encore basse, mais plusieurs sont torse nu. L'un d'eux me prend par le bras et me guide jusqu'à un lit sur lequel il me fait asseoir. Il allume le poêle et je m'en étonne.

Les conversations reprennent, et au ton de leurs voix, à certains regards, je devine qu'ils parlent de moi.

Il met de l'eau à chauffer dans une boîte de conserve. Puis sur une feuille de journal posée à même le plancher, il écrase

1. « Goethe est un grand écrivain. »

des grains de café à l'aide d'une bouteille de bière. Il transforme en un filtre la moitié d'une autre feuille et l'enfonce dans une boîte de petits pois. Lorsque le café est passé, il entoure la boîte d'une chaussette et me la tend. Je suis si surpris, si remué par ce geste, que je me saisis de sa main et la presse contre mes lèvres. Il la retire vivement et me frotte la tête en riant. Il me montre mon crâne tondu, puis le sien, m'amène à comprendre que nous nous ressemblons, et je me réjouis d'avoir la boule à zéro.

Je tiens à deux mains la précieuse boîte enveloppée de sa chaussette. Depuis plus d'un mois, c'est le premier bon moment qu'il m'est donné de vivre. Assis à côté du légionnaire, détendu, veillant à ne pas me couper la lèvre sur le bord déchiqueté de la boîte, je déguste à petites gorgées ce café au goût incomparable, et la joie que je ressens, je voudrais la partager avec eux.

Le lendemain matin, un moniteur accepte de me prêter une paire de gants de boxe. De toute la journée, je ne les ai quittés qu'à midi, pour aller manger. Le reste du temps, je n'ai cessé de boxer, soit en frappant dans le vide et en travaillant mon jeu de jambes, soit en cognant comme un forcené contre un mur.

La nuit venue, je décide de retourner chez les légionnaires. Quand je pousse leur porte, avec ma serviette autour du cou et les gants qui pendent sur ma poitrine, je sais que j'ai l'air d'un vrai boxeur et je compte bien faire sensation.

À peine suis-je entré, le légionnaire qui, la veille, m'a préparé et offert un café se porte vers moi et nous nous serrons la main. Je cherche à lire dans son regard de l'étonnement, voire une certaine admiration, mais il n'a d'yeux que pour mes gants. Il s'en empare aussitôt, les enfile, parle à la cantonade, et se met à boxer ceux qui sont à ses côtés. Ils se bousculent, plaisantent, rient bruyamment. Les gants passent de main en main, et je suis chagriné de ne pouvoir comprendre ce qu'ils disent. Puis les plaisanteries et les rires cessent, et ils parlent sérieusement. Ils sont maintenant tous groupés autour de la table. Il est manifeste que la discussion a trait aux gants et à la boxe. Il semble qu'ils cherchent à décider quelque chose.

Un instant plus tard, au silence qui se fait, à ce qui brille dans les regards, au brouhaha qui s'élève à nouveau, je devine qu'ils se sont mis d'accord, qu'une décision a été prise.

Ils entrent aussitôt en action. La table et des lits sont déplacés, et quatre lits sont disposés en carré. Je réalise qu'ils figurent un ring et qu'un combat va avoir lieu. Ce sera donc le premier combat auquel j'assisterai. J'en suis heureux. Mais ma joie est mêlée d'inquiétude.

À l'exception de trois d'entre eux, ils sont tous massés sur les lits, et ils discutent avec ardeur. En pantalon de treillis, les boxeurs sont pieds nus et torse nu, et chacun n'a qu'un gant. Un arbitre, au centre du ring, appelle à lui les deux boxeurs, leur parle et les renvoie dans leur coin.

D'un signe de tête, les boxeurs indiquent qu'ils sont prêts. Deux boîtes de conserve qui font office de gong sont entrechoquées, et le combat commence.

Fort heureusement, ils ne frappent qu'avec le poing muni d'un gant. L'autre poing ne doit servir qu'à parer ou détourner les coups. Le légionnaire qui a le gant gauche est plus grand et plus fort que son adversaire. Mais celui-ci sait mieux boxer. Il a une bonne garde, un bon jeu de jambes, des réflexes, et il esquive la plupart des coups. Je remarque qu'il a aussi un nez de boxeur, passablement épaté. Tout montre qu'il a déjà fait de la boxe. J'ai immédiatement une vive sympathie pour cet homme, et je souhaite que ce soit lui qui, dans un instant, connaisse la griserie de la victoire.

Au deuxième round, il prend nettement l'avantage. Au début, les spectateurs riaient, encourageaient les deux combattants, les applaudissaient avec enthousiasme, mais maintenant que les coups portés sont plus lourds, plus puissants, et qu'à l'évidence, chaque boxeur se bat avec hargne pour l'emporter, leurs réactions sont moins bruyantes. Progressivement, une tension les gagne, et ce qui avait débuté comme une manière de tuer le temps devient de minute en minute une confrontation dans laquelle ils se trouvent tous impliqués.

Les boxeurs sont essoufflés, leurs visages, écarlates. Celui qui a le gant droit commence à saigner du nez. Les coups sont de plus en plus appuyés, et on sent que chacun jette toutes ses forces dans la bataille. Vers la fin de la troisième reprise, le plus grand fuit le combat. Comme il est en difficulté et va se faire descendre, il se rue soudain sur son adversaire et lui assène au visage une rapide série des deux mains.

D'un bond, un spectateur est sur lui et se met à le corriger. Aussitôt, deux autres se portent au secours du boxeur titubant et frappent le légionnaire qui s'acharnait sur lui. D'autres se jettent à la rescousse de celui qui se bat à deux contre un. D'autres prennent à partie le second boxeur et se mettent à le tabasser. En quelques secondes, la bagarre est générale. Je crie, repousse l'un, m'agrippe à l'autre, mais les coups pleuvent, et je sais bien que rien ne peut s'opposer à la furie qui se déchaîne. Lorsque je vois un légionnaire frapper avec un tabouret un autre légionnaire étendu à ses pieds, je m'enfuis, poursuivi par des hurlements, des vociférations, le bruit des lits renversés et des vitres volant en éclats.

Dans trois jours, ils seront de retour. Je suis impatient de les revoir, de retrouver Galène, d'avoir des nouvelles de son père, de l'entendre me raconter sa permission. Mon chef lui aussi va bientôt revenir. Il m'a tant manqué qu'il me semble être parti depuis des mois. Quelle sera sa réaction quand il apprendra que je vais être renvoyé, que je me suis conduit en imbécile, que je suis peut-être un voyou ? J'espère que dès son arrivée à la compagnie, on le mettra au courant, et que ce ne sera pas à moi de l'informer. Quel désastre ce serait s'il devait se fâcher et me retirer son amitié.

La nuit est tombée et je suis dans ma chambre. Je m'ennuie. Je suis encore sous le coup de la bagarre des légionnaires. Hier soir, si je n'avais pas voulu jouer au malin, aller m'exhiber avec ces gants, rien ne serait arrivé. Je voudrais savoir s'il y a eu des blessés, si la casse a été importante, mais je n'ose retourner dans leur baraque. Sans doute ont-ils été déjà punis, et il est probable qu'ils me feraient un drôle d'accueil. Et aussi, il y a ces gants que je n'ai pas récupérés. Ils vont m'être imputés, mais avec quoi pourrai-je les payer ?

Si j'étais près d'elle, elle saurait me délivrer de mes peurs et mes tensions, me donner du courage, m'aider à moins me détester. Je lui dirais combien j'ai souffert. À cause d'elle et à cause de tout ce que j'ai provoqué.

Le drame d'être renvoyé. Loin de toi, dans cette autre école, je serai dans un tel désespoir que je vais commettre les pires bêtises, m'employer à tout rater, m'acharner sans relâche sur ce piètre individu que je suis, si stupide qu'en présence du colonel, il n'a pas su se conduire, se maîtriser, a causé lui-même son propre malheur.

Je songe plus intensément à toi, et le désir me saisit, me

bouleverse. Pouvoir t'aimer, te voir nue, dormir à tes côtés… Puis au matin, t'étreindre encore, te faire gémir, apaiser cette faim que j'exacerbe en cherchant à l'assouvir.

Soudain, je prends pleinement conscience d'une évidence. Je continue à être un bon enfant de troupe, à me montrer soumis, à ne rien me permettre de ce qui nous est défendu, mais pourquoi ? Puisque je suis renvoyé, qu'on m'a infligé la punition la plus forte, qu'ai-je à redouter ? Il n'est plus pour moi d'autres sanctions possibles. Aussi n'ai-je plus à tenir compte de ce qui nous est interdit. Rien ne doit plus me retenir, m'inspirer de la crainte. Je suis libre. Désormais, il me faut simplement avoir le courage d'oser.

En quelques secondes, ma décision est prise. Je vais faire le mur. Je vais aller la rejoindre. Aller passer la nuit avec elle.

Quand les anciens s'échappent, après l'extinction des feux, pour se rendre en ville, certains préfèrent se mettre en pyjama. En revêtant ce pyjama, couleur mastic, ils pensent qu'ils sont ainsi moins repérables que s'ils étaient en uniforme. J'enfile donc mon pyjama sur ma chemise et mon short. Mes espadrilles sont usées et ne me tiennent plus aux pieds. Je les attache à l'aide d'une ficelle, et cette opération achevée, je me lance dans les escaliers.

Lorsque j'allais m'étendre sur la plate-forme du château d'eau, j'ai longuement observé le coin. Je sais donc par où il me faut passer, et comment je dois m'y prendre. Mais l'entreprise n'est pas sans risques. Le moment où on saute du château d'eau sur le mur d'enceinte est un moment délicat. Car si l'élan n'est pas très justement dosé, on rate le mur, ou bien on bascule de l'autre côté, et dans les deux cas, c'est la chute. On se retrouve à terre, quatre à cinq mètres plus bas, avec éventuellement un bras ou une jambe cassés.

En grimpant à l'échelle de fer, je me demande si je ne

devrais pas renoncer. J'ai en effet bien mal choisi mon jour. J'ai tant cogné contre le mur avec mes gants de boxe, que je suis dans un état de grande fatigue. De gros ganglions me sont venus au creux des aisselles, et je ne sais si, au retour, j'aurai la force d'effectuer les rétablissements qui me permettront de me hisser de mur en mur. Mais mon besoin d'elle est le plus fort, et il balaie sur-le-champ mes hésitations et mes craintes.

Je suis très concentré et tout se passe pour le mieux. Je me trouve sur le mur d'enceinte, et j'avance à petits pas, veillant à ne pas perdre l'équilibre. J'arrive au niveau de la borne-fontaine, sur laquelle je dois me laisser glisser. Une femme est là, penchée, qui remplit un arrosoir. Une faible lumière tombe d'un réverbère, et lorsque cette femme me voit au-dessus d'elle, dressé sur le mur, elle pousse un cri. À mots chuchotés, je lui demande de se taire, de ne pas avoir peur. Je saute et pour me faire pardonner de l'avoir effrayée, je lui propose de porter son arrosoir jusqu'à son jardin. Mais elle décline mon offre.

Je pique un sprint pour passer devant la maison du colonel, terrorisé à l'idée qu'il pourrait sortir, ou qu'il est à l'affût derrière une fenêtre, dissimulé derrière un rideau. Coudes au corps, je continue de courir à un rythme soutenu.

Dès que je vois apparaître une silhouette, je dois réprimer mon envie de faire demi-tour et de m'enfuir à toutes jambes. Gradés et professeurs, ils sont un certain nombre en ville à me connaître. N'en rencontrer aucun tiendrait du miracle. La température, ce soir, est particulièrement clémente. Il est probable qu'ils sont tous sortis, qu'ils flânent par les rues, prennent un verre aux terrasses des cafés. Si l'un d'eux m'aperçoit, persuadé qu'il est que je suis un voyou, il n'hésitera pas demain à me signaler au colonel.

J'allonge ma foulée, m'applique à bien respirer, ne sens plus ma fatigue.

Je n'ose m'approcher de la maison et vais au fond du jardin. La fenêtre du bas est éclairée. Il règne ici un grand calme, un profond silence, et je me réjouis de ce que la lueur dispensée par la lune à son dernier quartier permette de voir presque comme en plein jour. Que fait-elle en cet instant ? À quoi songe-t-elle ? A-t-elle eu quelque pensée pour moi au cours de la soirée ? Et se pourrait-il qu'elle perçoive que je suis là, qu'elle vienne me prendre par la main, m'entraîne sur la colline ? La petite doit déjà dormir et nous n'aurions pas à craindre qu'elle nous cherche.

Tant d'émotions, tant de rage, de souffrance, de tendresse, de désirs, de pensées, de peurs s'entre-déchirent en moi, que je me sens harassé, absent, vide, ne sais que faire, que décider. Je sursaute, me retourne longuement, certain que le chef va surgir et me surprendre. Ma tête éclate à l'idée qu'il pourrait tout découvrir. Il serait capable de nous tuer, a-t-elle prévenu. Mais pourquoi redouter de mourir ? Passer instantanément de vie à trépas, ne plus avoir à souffrir, ne plus être en guerre contre soi-même, quelle délivrance ! Mais lui, mon chef, s'il nous supprime, il restera avec sa douleur, et de surcroît, par ma faute, il sera devenu un criminel. Sans hésiter, j'accepterai de payer, j'accepterai de disparaître, mais en échange de ma mort, qu'on me donne au moins la certitude qu'il ne saura jamais. La vie ne devrait pas permettre que deux hommes aiment la même femme. Pour effacer ma trahison, il faut que tout cesse entre elle et moi, que je ne l'aime et ne la désire plus qu'en secret.

La lumière vient de s'éteindre dans la pièce du bas et de s'allumer à l'étage. Rien ne l'a donc avertie que je suis là à attendre. Elle s'est même éloignée. Dois-je y voir un signe ?

Si j'allais à elle et qu'elle me fasse comprendre que tout est fini… Non, non, ne pas connaître un tel instant.

Sur ma droite, paraissant toute proche, s'étend l'énorme et impressionnante masse de la Sainte-Victoire. La pâle lumière qui l'inonde découpe sur son flanc des taches d'ombre et des zones d'un gris presque brillant. Ce spectacle est d'une étrange et forte beauté, mais à le contempler, j'ai mal. Il me renvoie à mon tourment, rend dérisoire ce qui m'agite, me signifie que je ne suis rien. Je me sens subitement las et je frissonne.

Le jardin a été bêché. Sans doute a-t-elle eu plaisir à planter quelques fleurs. Je m'approche de la maison. Faut-il que j'appelle ? Que je siffle ? Que je lance des cailloux contre les vitres ? Que je me contente de faire discrètement un peu de bruit ? Si elle pouvait s'accouder à la fenêtre. Cette nuit de printemps est si belle, si paisible. On resterait des heures à rêver en regardant la campagne au repos sous cette lumière blanche. Pour me donner du courage, me pousser à agir, je me répète que c'est peut-être la seule fois où je pourrai passer une nuit avec elle, que je dois coûte que coûte saisir cette occasion, que si je repartais sans avoir rien tenté, je ne me le pardonnerais jamais.

Va-t-elle m'accueillir dans sa chambre ? Ou préférera-t-elle que nous allions nous étendre au pied de notre pin ? Dans les premières minutes, que devrai-je lui dire ?

« Prépare tes phrases pendant qu'il en est temps. Tu es toujours silencieux. Je suis convaincu que ton silence finit par lui peser. »

« Oui. Mais par où commencer ? »

« Je ne sais pas… Parle-lui d'abord de la Sainte-Victoire, de l'étrangeté de cette nuit blême, de cette lumière si vive qu'on a peine à croire qu'elle est celle de la lune. »

« Non, ça l'ennuiera. Je ne suis pas venu ici pour lui tenir de tels propos. »

« Alors parle-lui plutôt de toi, de tes pensées, de tes émotions. De tout ce qui t'a traversé, il y a un instant, au fond du jardin. »

« Non, rien de ce qui survient en moi ne présente le moindre intérêt. Voilà pourquoi je n'ai jamais rien à dire. »

« Eh bien, raconte-lui le cachot, et combien souvent tu as pensé à elle. »

« Tu crois vraiment ? »

« Parle-lui de ton désir. De la violence de ton désir. »

« Ah ! non. Impossible. »

« Vous aurez peu de temps. Il te faudra utiliser au mieux ces heures trop brèves. Ne dire que des choses susceptibles de l'émouvoir et la captiver. »

« Bien sûr. Mais lesquelles ? Fais des suggestions. »

« Non. À toi de chercher. »

« Je vais lui expliquer qu'à l'idée que nous pourrions mourir ensemble, abattus par le chef, j'éprouve un immense bonheur. Parce que imaginer un amour assez fort pour attirer sur lui la tragédie, c'est s'enraciner dans un amour dont la réalité ne peut plus être mise en doute. »

« Oui, elle serait impressionnée. Mais ne penses-tu pas que cette allusion à votre possible exécution risque de lui paraître une curieuse entrée en matière ? »

« Oui, tu as raison. Alors quoi d'autre ?... Si je lui parlais de la première fois où elle m'a aimé. Si je lui confiais que c'est chaque fois plus intense. Plus bouleversant ? »

« Bonne idée. Ne prépare pas tes phrases. Elles viendront d'elles-mêmes. Maintenant, vas-y. Lance tes cailloux. Dans quelques secondes, tu seras dans ses bras. Tout ne dépend plus que de toi. »

« En lui parlant, je la regarde dans les yeux ? »

« Forcément. »

« Je n'ose jamais. Avec un sous-officier, un professeur, je n'ai pas de problème. Mais avec elle, c'est impossible. »

« Alors tiens tes yeux baissés. »

« Je préfère. Je serai moins troublé. Les mots me viendront peut-être plus facilement. »

« Et ton renvoi ? Tu le lui annonceras avant ou après ? »

« Plutôt après. Mais je crains de ne pas savoir bien lui expliquer ce qui s'est passé ! Et que va-t-elle penser de moi ? »

« Ne te préoccupe pas de cela. »

« Il faudra absolument qu'elle trouve un moyen qui nous permette de nous écrire. »

« Fais-lui confiance. Elle trouvera. Elle connaît beaucoup plus de choses que toi. »

« Mon béret, je pourrai le garder sur la tête ? »

« Bien sûr que non. »

« Je ne veux pas qu'elle voie que j'ai été tondu. Avec ma cicatrice, j'ai l'air d'un bagnard. »

« Si elle a de l'affection pour toi, pourquoi se soucierait-elle de ton aspect ? »

« Je lui demanderai si un jour elle quittera le chef. »

« Non. Ce n'est pas à toi d'aborder ce sujet. »

« Je voudrais... Je voudrais lui faire savoir qu'elle m'a lié à elle pour toujours. »

« Dis-le-lui très simplement. Où est la difficulté ? »

« Je vous aime... Ces mots qu'au secret de moi-même j'ai répétés des centaines de fois, mes lèvres n'arrivent pas à les former. »

« N'en sois pas triste. L'amour que tu as pour elle, il passera par tes yeux, tes mains, ton corps... »

« Oui, mais malgré tout, je voudrais qu'il y ait des mots. Des mots qui se gravent en elle à jamais. »

« Tu es exaspérant. Tu as ce besoin de lui parler et tu restes toujours silencieux. Alors ?... Allez, n'attends pas plus. Jette tes cailloux. »

Le fait est que je n'en ai pas le courage, que je crains de

l'effrayer. Si elle me voit dans cet accoutrement, vêtu de ce pyjama ridicule et chaussé de ces espadrilles avachies, elle se moquera de moi. Et si par malchance le chef était là ? Si c'était lui que je voyais apparaître à la fenêtre ? Violent comme il est, il nous descendrait tous deux sur-le-champ, et ce drame, ce serait moi qui l'aurais provoqué.

La lumière s'éteint. Je frissonne. M'éloigne à contrecœur, d'un pas traînant. Quand je la reverrai, je lui dirai la déception et la souffrance qui m'ont dévasté à l'instant où j'ai compris que cette nuit nous était refusée.

J'étais venu pour l'aimer. Mais tout autant pour qu'elle me persuade que je ne suis pas un voyou.

Je n'ai plus que quelques jours à passer ici, et l'angoisse qui m'étreint est si forte qu'à tout instant, j'ai l'impression d'étouffer.

Tôt le dimanche matin, je suis près du porche à attendre le retour des permissionnaires. Dès que j'aperçois un copain, dans un groupe, je me précipite sur lui, le prends par les épaules et l'embrasse avec émotion. Mais chaque fois, je suis lourdement déçu. Car la joie que j'éprouve à le revoir, je sens qu'elle n'est pas réciproque.

Au long des heures, appuyé contre la grille, je repense à plusieurs reprises à ce jour d'octobre qui nous a vus arriver pour la première fois dans cette gare. Nous étions bien sûr en civil, mais dès que nous nous sommes retrouvés sur le quai, il m'a été facile de repérer ceux qui, comme moi, allaient se diriger vers une certaine caserne. Très vite j'ai compris que je ne leur ressemblais pas. Eux, ils étaient vêtus correctement, un père ou une mère les accompagnait, leur valise n'avait rien de particulier. Moi, affublé comme je l'étais, je prêtais à rire. Le matin, j'avais pris le train pour la première fois de ma vie, mais j'étais seul. Et j'étais également seul à avoir une valise en bois. Celle-ci avait été empruntée la veille à un jeune menuisier du village. Il l'avait fabriquée pour partir au service militaire, et libéré depuis quelques semaines, il me l'avait gentiment prêtée. Elle avait d'ailleurs deux inconvénients. Elle était lourde, et on ne pouvait glisser que trois doigts sous la poignée de fer insuffisamment renflée.

Au sortir de la gare, alors que la nuit tombait, ceux dont on découvrirait qu'ils seraient nos chefs de section nous ont fait mettre sur trois colonnes. Puis nous nous sommes ébranlés. Après quelques minutes, je me suis rendu compte que ma valise s'était ouverte, mais il était déjà trop tard. Tout ce qu'elle contenait et qui était tout ce que je possédais s'était répandu sur la route, et je n'ai pas osé demander à un sous-officier si je pouvais le récupérer.

Ce soir-là, une fois au lit, mes voisins pleuraient, parce qu'un instant auparavant, leur père ou leur mère les avait quittés. Mais moi aussi, j'ai pleuré ! Je ne me consolais pas d'avoir perdu ce superbe étui de cuir, contenant une pince et un inoubliable couteau à dix lames, dont un soldat américain m'avait fait cadeau le jour où je lui avais procuré une bouteille d'eau-de-vie. Le large ceinturon auquel était accroché cet étui, je le bouclais chaque matin autour de ma taille et ne l'enlevais que pour me coucher. Je l'avais donc sur moi à longueur de journée, non seulement alors que je gardais mes vaches, mais aussi lorsque j'étais à l'école ou lorsque je servais la messe. À maintes reprises, on avait voulu m'obliger à le retirer, mais nul n'était jamais parvenu à obtenir que je m'en sépare.

Ce premier soir à la caserne, quelle ne fut pas ma surprise quand je les vis ôter leurs vêtements pour enfiler tout aussitôt des pantalons et une veste à grosses rayures qui me semblaient avoir quelque chose de comique. Ils se mirent au lit ainsi habillés, et c'est le lendemain que j'appris qu'on nommait *pyjama* cette curieuse tenue.

Galène arrive avec le dernier groupe, à la dernière heure. Lorsque je veux l'embrasser, il me repousse en clamant bien haut qu'il n'a pas besoin de mes microbes. Je me charge de sa valise, et comme nous traversons la cour, il m'apprend ce dont je me doutais. Mon classement et ma note du second trimestre ont chuté ! 27e sur 30, avec 7,39 de moyenne ! Bien évidemment, j'ai perdu mon galon de sergent, et si je n'ai pas reçu de blâme, c'est à mon professeur de français que je le dois. Ces chiffres attestent que je suis un mauvais élève, et j'en suis sévèrement affecté. Je vais quitter l'école dans quelques jours et me convaincs que tout cela n'a plus tellement d'importance, mais il n'empêche, la blessure est cuisante. Si je n'étais pas renvoyé, je ferais donc désormais partie de ceux qui ont du mal à suivre, qui se traînent en fond de classe, ceux dont il n'y a pas grand-chose à attendre et que les professeurs se lassent d'interroger. À m'imaginer dans cette situation, je suis effondré. Lui, Galène, est 10e, avec 12,42. J'en ai de la joie, mais je sais qu'il pourrait obtenir de bien meilleurs résultats. Je veux qu'il me promette de mieux travailler et de se classer dans les trois premiers, mais il se dérobe en me disant qu'il déteste cette école, et qu'il n'a d'autre désir que de repartir en permission.

Nous arrivons dans la chambre et je lui remets sa valise. Il la pose sur mon lit, l'ouvre, en extrait un kilo de sucre, des paquets de biscuits, des tablettes de chocolat, un morceau de gruyère, une flûte de pain coupée en deux, et m'indique que tout est pour moi. Je reste muet, suis incapable de le remercier, de faire un geste. Il ouvre mon cadenas sans l'aide de ma clé, range ces victuailles dans mon armoire, et après m'avoir fait un clin d'œil, se dirige vers son lit en poussant sa valise à coups de pied. J'ai envie de rire et de pleurer, partagé que je suis entre la joie que je ressens à les retrouver et la détresse dans laquelle je me débats. Sans eux tous dont je sais maintenant quelle place ils tiennent en moi, que vais-je devenir ?

Mon chef m'attend dans le couloir. Mon cœur bat à grands coups et j'ai du mal à respirer. Il ne me serre pas la main, mais fait mine d'engager un corps-à-corps, et me demande si je me suis bien entraîné.

— Dis-moi, tu ne m'as pas beaucoup écrit.

— C'est que...

— Tu m'avais oublié ?

— Oh ! non, chef... Mais... En votre absence, j'ai eu des ennuis. De sérieux ennuis.

— Je sais. On m'a tout raconté.

— Je vous expliquerai, chef. Je n'ai pas voulu mal faire.

— Tes cheveux ont déjà un peu repoussé.

— Oui chef. C'est oublié.

— Ces quinze jours de cachot, ça n'a pas été trop dur ?

— Non, pas trop, chef.

— Tu es d'accord pour que demain on remonte sur le ring ?

— Avec joie, chef.

— J'ai les poings qui me démangent.

— Moi aussi, chef.

— J'ai une bonne nouvelle à t'annoncer.

— ...

— Tu as une sacrée chance mon bonhomme. Tu n'ignores pas que tu allais être renvoyé. Eh bien, il y a contre-ordre.

— C'est vrai ?

— Oui. Tu as eu chaud.

— Mais pourquoi, chef. Vous êtes intervenu ?

— Ce que je vais t'apprendre, tu le garderas pour toi… Promis ?

— Oui chef. Je vous le promets.

— Quatre anciens devaient être virés pour avoir posé des ventouses à des bleus avec des boîtes de sardines.

— Oui chef. Je les connais.

— Le père de l'un d'eux est officier, et il a de bonnes relations avec un personnage haut placé. Celui-ci a demandé au colonel d'annuler cette sanction et de réintégrer ces quatre loustics. À partir de ce moment, il n'était plus possible de te foutre à la porte. Alors voilà. Tu restes. Content ?

— …

— Attention, hein. Tout ce trimestre, tu auras intérêt à ne plus faire de conneries.

À la compagnie, en classe, je veille à ce qu'on n'ait jamais à me rappeler à l'ordre. Ma conduite est irréprochable. Je balaie chaque matin sous mon lit, n'oublie pas de graisser mes brodequins, suis un des premiers aux rassemblements, garde bouche close où que je me trouve, accomplis avec entrain les corvées dont j'ai à m'acquitter, ne m'amuse plus à défier le chef de la 4e section…

En classe, je travaille avec acharnement. Mais mes professeurs s'étonnent des notes que j'obtiens. En effet, soit elles se situent au-dessus de quinze, soit elles avoisinent le zéro. Mais moi, je sais ce qu'il en est. Lorsqu'il s'agit d'un devoir écrit, je décroche chaque fois une très bonne note. Mais lorsque je suis interrogé oralement et que le professeur me regarde, je me demande immanquablement s'il croit que je suis un voyou. Je me mets alors à bégayer, mon esprit se brouille, et le professeur, concluant que je n'ai pas appris ma leçon, m'inflige un 2 ou un 3.

J'ai eu la chance insigne de n'être pas renvoyé. Toutefois, le colonel a tenu à ce qu'une autre punition me soit infligée. Ainsi de tout le trimestre me sera-t-il impossible de sortir chez mon chef. Mais celui-ci, dès le premier dimanche où il est de service, tourne la difficulté en emmenant la compagnie se promener non loin de chez lui. Lorsque nous arrivons près de sa maison, il me comble de joie en me disant que sa femme et sa fille auront grand plaisir à passer quelques instants avec moi, et il m'invite à discrètement m'esquiver.

Nous sommes à l'ombre des pins. La petite fille dort dans un hamac. Elle, elle est étendue sur une chaise longue, et elle me fait asseoir sur l'herbe, à ses côtés. Elle ne parle pas, mais garde ma main dans la sienne. Son regard est grave, triste.

— Ces imbéciles de militaires… Quinze jours de cachot… Tu n'as pas trop souffert ?

— Non… J'ai… J'ai beaucoup pensé à vous…

Tu presses ma main, restes silencieuse. Dès que ton regard se détourne, le mien s'empare de tes lèvres, tes flancs, tes cuisses. Ce furieux désir que j'ai de toi. Je tiens les yeux baissés. J'ai peur que mon visage trahisse l'état d'effervescence dans lequel je me trouve. Vite, vite, avant que la petite ne s'éveille, vite nous lever, gravir en hâte la colline, m'adosser contre le pin et m'offrir à tes lèvres, tes mains, ta gémissante avidité…

— Parle-moi… Parle-moi…

Je ne peux articuler un mot. De longues minutes s'écoulent. Mon regard ne quitte plus la petite fille dans son hamac.

— Si seulement je pouvais savoir ce qui se dit derrière ce front… Parfois, ton regard m'intimide… Il semble venir de si loin… Il porte en lui un tel silence, une telle puissance d'interrogation…

Ces mots que tu viens de prononcer, je ne sais ce qu'ils veulent dire. Comment peux-tu rester étendue ? Ne pas percevoir cette instante supplication qui me donne le désir de m'agenouiller devant toi ? Nous avons si peu de temps. Cette coupure de plus de deux mois aurait-elle tout brisé ? Si tu m'as rejeté, si tout est fini, dis-le-moi, dis-le-moi. Ne me laisse pas aux prises avec cette incertitude.

Enfin tu te lèves. Je n'ose te suivre. Sur le seuil, tu m'invites à te rejoindre. Tu me plaques contre le mur.

Je reviens au jardin. Je suis seul et j'exulte. Tout ce que je vois : le jardin, les fleurs, les pins, la Sainte-Victoire, cette claire et douce lumière d'avril, tout fait flamber ma joie, me donne envie de chanter, sauter, danser. Je réveille la petite fille, la prends dans mes bras, l'embrasse, lui chantonne des mots sans suite, la lance en l'air, la roule dans l'herbe, mêle mon rire à ses rires…

Après cette séparation, avec quelle folle intensité nous nous sommes aimés. Pour la première fois, j'ai eu le courage de l'enlacer, l'étreindre, laisser éclater mon désir. Quand je l'ai lâchée, elle a glissé jusqu'au sol, est restée adossée contre le placard, haletante, le regard égaré, des mèches de cheveux lui barrant le visage.

Elle est à nouveau étendue sur la chaise longue et je suis assis près d'elle. Un peu plus loin, la petite fille est en train de goûter.

Elle est sombre, préoccupée, et je suis peiné que nous ne soyons plus à l'unisson. Après ce que nous venons de vivre, comment peut-elle n'être pas transportée d'allégresse ? Son silence me déconcerte et me pèse. Je n'ose lui parler d'elle, ni de moi, ni de nous, et pour dire quelque chose, je lui confie que j'ai eu grande joie à revoir le chef.

— Tais-toi, me coupe-t-elle avec âpreté. Je déteste cet homme, je le hais. Ma vie n'est qu'une prison. Je n'ai pas d'argent, pas le droit de sortir, pas la permission de recevoir une voisine. M'acheter moi-même mon rouge à lèvres m'est interdit. C'est lui qui s'en charge. Avant de venir ici, nous logions dans un appartement. En partant le matin, il me bouclait et emportait la clé. L'autre jour, il s'est trouvé obligé d'inviter un de ses collègues à prendre l'apéritif. Pendant que cet homme était là, il a compté mes sourires. Et après son départ, autant de fois j'avais souri, autant de fois il m'a giflée.

— Mais il faut partir.

— Partir, partir… Tu crois que je n'y ai pas songé ? Mais j'ai peur de lui. Il m'a déjà menacée de nous tuer toutes les deux. Et je sais qu'il en serait capable. C'est un malade, un fou.

— Et vos parents ? Ils ne peuvent pas vous aider ?

— Non. Je ne veux pas les mettre au courant. Ils ont tout fait pour empêcher ce mariage. Comment leur révéler maintenant l'incroyable situation dans laquelle je me trouve ?

Je suis abasourdi. Un long silence s'installe. Je n'ose la regarder. Je suis frappé par la beauté des pavots inclinés sur leur tige, par ce contraste entre leur gros cœur noir et les souples corolles d'un éclatant rouge orangé.

— Aujourd'hui, grâce à vous, j'ai commencé à aimer un peu la Provence.

Elle sourit, pose la main sur mon épaule.

— Mon cher petit… Ah ! si j'étais libre… Si j'étais libre, je saurais te donner ce dont tu as besoin.

Son beau regard désolé est empli de souffrance.

— Un jour, il faudra que je surmonte ma peur, que je trouve le courage… Soit ce sera le cimetière. Soit je pourrai tout recommencer.

— Ayez la force de patienter. Dans quelques années, lorsque je serai enfin un homme, je viendrai vous chercher et nous partirons ensemble.

Des bruits de pas et de voix nous parviennent du chemin. Je suis aussitôt debout. Elle se lève à contrecœur, me raccompagne.

— Je veux que tu me fasses une promesse.

— Oui oui. Je vous promets.

— Ne trahis jamais cette chose qui te brûle.

J'apprends au chef que je veux arrêter la boxe. Il en est étonné. Je lui explique que je ne passerai dans la classe supérieure que si j'effectue un très bon trimestre. Il me faut donc travailler d'arrache-pied pour obtenir une moyenne qui compensera la précédente. Le chef ne me cache pas qu'il est déçu, et il reste plusieurs jours sans m'adresser la parole.

J'ai prétexté mon travail, mais en réalité, je n'ouvre ni livres ni cahiers. Je suis trop désemparé pour m'intéresser à quoi que ce soit. Ce chef que j'admirais tant, se peut-il qu'il tienne sa femme enfermée et qu'il la maltraite ? La vie et les êtres humains, tout ne me paraît plus qu'une immense tromperie. Dès lors, pourquoi me soucierais-je de mes études ? Plus rien n'a de sens ni d'importance. Pour ne plus souffrir, il me suffira d'apprendre à déceler le mensonge dissimulé en chacun, ou mieux encore, de n'aimer personne.

Une idée a pris possession de moi, et elle m'obsède. Je m'applique à la combattre, mais bien en vain. Elle s'est insinuée en moi un soir où je ne parvenais pas à m'endormir. Dans mon village, l'automne qui a précédé ma venue à l'école, un chasseur a tué un autre chasseur. L'auteur du coup de feu n'a pas été condamné, car tous ont témoigné qu'il s'agissait d'un accident. Au cours de notre prochaine séance de tir, pourquoi ne se produirait-il pas un accident semblable ? Bien sûr, au stand, tout est sévèrement contrôlé, mais il n'empêche. Ce sera simple. Je demanderai à Galène de me procurer une douille, ce qui pour lui ne devrait pas présenter de difficulté. Quand il s'agira de tirer ma cinquième balle, celle-ci restera dans le chargeur, car je n'appuierai pas sur la gâchette. Personne ne pourra savoir si j'ai ou non tiré. Certes, il manquera un trou dans la cible, mais ce sera parce que je l'aurai ratée. Une fois le tir achevé, le chef passera donc auprès de chacun pour récupérer les douilles. Lorsqu'il se penchera sur moi, je lui tendrai les cinq miennes, et à cet instant, comme par inadvertance, le coup partira, et bien des choses seront réglées.

Je collectionne les mauvaises notes, et les uns après les autres, les professeurs m'avertissent que si je ne me reprends pas, je devrai redoubler. Le professeur principal me convoque et me sermonne. Puis c'est au tour de mon capitaine. Mais mes notes ne s'améliorent pas. Comment étudierais-je ? Après l'accident qui surviendra au stand de tir, on me jettera peut-être en prison, puis à dix-huit ans, je m'engagerai dans un bataillon disciplinaire, et ma vie s'achèvera quelques mois plus tard, là-bas, à l'autre bout du monde, dans une rizière. Si c'est là mon destin, autant l'accepter. Tout m'est totalement indifférent. À plusieurs reprises, à la fin d'un cours, mon professeur de français s'offre à m'aider, m'exhorte à me ressaisir, mais qu'on puisse s'intéresser à moi me bouleverse, et après l'avoir écouté un instant, à chaque fois, je fonds en larmes.

Un jour, il me demande de préparer un exposé sur La Fontaine. Il me prête deux livres qui lui appartiennent et me donne d'utiles conseils. J'ai à cœur de ne pas le décevoir, et pendant deux semaines, je consacre toutes mes études à ce travail. Arrive l'heure où je dois prendre la parole devant la classe. Mais le professeur a la malencontreuse idée de me faire asseoir à son bureau, sur l'estrade. Occuper sa place, jouer son rôle me paraît déplacé, inadmissible, et j'en éprouve une telle gêne qu'à l'instant où il me faut commencer, je reste muet. Je suis effondré et furieux, me persuade qu'il y a là un signe, qu'une fatalité me condamne à constamment échouer. Le professeur vient à mon secours, et pendant toute l'heure, il ne cesse de me poser des questions, s'ingénie à tirer de moi ce que je sais, mais qui ne parvient pas à franchir mes lèvres. Pour toute réponse, il n'obtient que des bribes de phrases, et à la fin de l'heure, il ne m'échappe pas que cet exposé préparé avec tant d'application a tourné au fiasco.

La veille, j'ai remarqué que dans le choix de fables dont je disposais, La Fontaine mettait en scène de nombreux animaux, mais jamais des vaches. Sous le coup de l'indignation, je leur avais aussitôt consacré un poème. Ces vers maladroits, il n'était aucunement question que je les montre à qui que ce fût. Mais soudain, je me lève, et dans le désir d'effacer la piètre impression que j'ai produite, je décide de les leur livrer. Le visage renfrogné, bravant l'ennui que j'ai suscité, je récite d'une voix rageuse ces alexandrins boiteux qui prétendent célébrer la beauté des vaches, leur doux regard placide, et je ne réussis qu'à déclencher de bruyants éclats de rire.

Tant de choses en moi sont emmêlées, se combattent, me déchirent. J'ai de plus en plus besoin d'être seul, d'écouter cette voix qui me parle en secret, de découvrir ce que je suis, ce que je vaux, de chercher des réponses aux torturantes questions que me pose la vie. Et si je tue le chef, comprendra-t-elle que c'est uniquement pour qu'elle ne soit plus malheureuse ? Comment un homme ose-t-il battre une femme ? Car non seulement il l'a giflée, mais il l'a battue. Il la bat. Elle me l'a dit. Moi, si les circonstances me le permettaient, je saurais l'aimer, l'entourer, lui prodiguer de la tendresse, lui donner de la joie, lui faire oublier les sombres années qu'elle vient de vivre.

Les bavardages des copains, les plaisanteries, les prises de bec, les chahuts, les bagarres me lassent, m'insupportent, et durant toute la journée, j'attends avec impatience le moment où il me sera possible de m'isoler sur la corniche après l'extinction des feux. Là, étendu sur le dos, mains derrière la nuque, yeux perdus dans les étoiles, je suis enfin seul, enfin tranquille, et loin de toute contrainte, je peux enfin errer en moi-même.

Parfois, en me déplaçant, j'ai le vague espoir que je pourrais glisser, perdre l'équilibre, aller m'écraser douze mètres plus bas, et cette idée que je serais délivré, que je n'aurais plus à souffrir, me console, m'apaise, me fait songer à la mort comme à une amie.

Une nuit, assis les jambes dans le vide, je passe un long moment à m'interroger sur moi-même, à parler avec elle, à remuer bien des pensées sur la vie, sur Dieu, sur notre condition. Puis je sens le sommeil venir, et je décide de rentrer. Mais c'est impossible. Toutes les fenêtres sont fermées. Il me revient maintenant que, la nuit, nous sommes envahis par les moustiques, et que j'aurais dû prévoir ce qui m'arrive. Je choisis la fenêtre de cette pièce où se trouvent les lavabos que nous ne pouvons utiliser, et d'un coup de coude, je fais sauter une vitre. J'ouvre la fenêtre, me laisse glisser, avance avec précaution. Soudain, des pas. Un jet de lumière m'éblouit.

— Encore toi, gueule le chef de la 4ᵉ section. Qu'est-ce que tu fous là ? Qu'est-ce qui te prend de venir casser des vitres en pleine nuit ? Allons, réponds.

— …

— Réponds-moi.

— J'étais sur la corniche, chef.

— Sur la corniche ? Tu es fou ? Sur la corniche !… À minuit… Mais tu es complètement cinglé. On vous a pourtant assez répété que c'était défendu. Sur la corniche… Alors que les autres dorment, toi, tu te débrouilles encore pour faire des conneries. Mais qu'est-ce que tu as dans la tête ?

— J'aimerais vraiment le savoir, chef.

— Ne commence pas à jouer au malin. Maintenant, suis-moi. Tu vas d'abord te taper une série de pompes. Après, on verra.

Sur le palier, je lui demande la permission d'aller enfiler des espadrilles, mais il refuse.

Nous descendons les escaliers, et pour ne pas me blesser, je pose mes pieds sur le bois, parallèlement aux plaques de métal protégeant le bord de la marche.

— Qu'est-ce que c'est cette manière de descendre les escaliers ? Grouille-toi nom de Dieu.

Nous nous dirigeons vers la baraque des légionnaires et nous arrêtons là où ont habituellement lieu les séances de pelote.

— À plat ventre. Tu vas d'abord m'en faire une cinquantaine.

Le corps rigoureusement tendu, j'effectue mes tractions en les comptant à haute voix. L'endroit est pauvrement éclairé, et le chef se tient à quelques centimètres de moi. Il est chaussé de brodequins neufs et je sens l'odeur du cuir. Quelle stupide idée me traverse ? Je m'arrête de compter et je chantonne :

— Il en a de beaux brodequins le sacré coquin.

— Quoi ? rugit-il d'une voix exaspérée.

— Il en a de beaux brodequins le sacré coquin.

— Mes brodequins… Mes brodequins… Je vais te les faire bouffer mes brodequins.

— Et alors, vous irez pieds nus ?

— Bordel de Dieu, si tu fermes pas ta gueule, je te fous un coup de pied dans la tête.

— Vous me rendriez un fameux service. Allez-y, chef. Brisez-moi le crâne. C'est tout ce que je demande.

— Toujours jouer au mariol... Je vais te dresser mon gaillard. Tiens, et ça ?

Il avance, applique les semelles de ses brodequins sur mes mains, et pèse de tout son poids. Les clous percent la peau, pénètrent les chairs, écrasent les os. Je me mords les lèvres pour ne pas crier.

— Maintenant, tu la fermes, hein ? Tu as ton compte ?

— Pas encore, chef.

Il déplace légèrement les pieds de droite à gauche, puis de gauche à droite.

— Vous allez me briser les doigts, chef.

— Figure-toi que c'est ce que je cherche.

Il retire ses pieds. La souffrance est telle que je ne parviens pas à soulever les mains.

Nous repartons. Au pied du bâtiment, il me quitte et rejoint le poste de garde, non sans m'avoir ironiquement souhaité une bonne nuit.

Je pousse la porte des lavabos. Mes mains sont en sang. Je les tiens sous le filet d'eau après avoir manœuvré le robinet avec ma bouche.

Je ne peux plier mes doigts et pense avoir des os cassés. J'ai si mal que j'ai peur de m'évanouir. Je m'accroupis dans un angle. Des gouttes de sueur ruissellent sur mon visage. Cette pièce lugubre. L'ampoule qui pend à l'extrémité de son fil et dispense une rare lumière. Les murs dégradés et passés à la chaux.

Mes mains me brûlent. J'ai négligé de fermer le robinet et l'eau continue de couler. Je n'ai pas la force de regagner mon lit. Je m'endors, les mains posées sur mes genoux.

J'ai beaucoup de mal à persuader le médecin-capitaine que c'est en jouant au rugby dans la cour que je me suis pareillement abîmé les mains. Mais à ses questions, j'oppose chaque fois la même réponse, et à la fin, hochant la tête, il feint de me croire, puis m'admet à l'infirmerie. Après quoi une jeune infirmière entreprend de me soigner. J'éprouve une telle émotion à être l'objet de ses soins, elle me les prodigue avec tant de douceur, un si visible souci de ne pas ajouter à ma souffrance, que j'ai toutes les peines du monde à ne pas céder au désir de religieusement poser mes lèvres sur ses mains. Quand elle a fini, les miennes sont entourées d'un épais pansement, et il m'apparaît soudain que les jours à venir n'iront pas sans difficultés.

À midi, dans l'impossibilité de me saisir d'une fourchette et d'un couteau, je dois accepter qu'elle me fasse manger, que sans impatience elle porte ma nourriture à mes lèvres bouchée après bouchée, qu'elle ait pour moi les gestes qu'a une mère pour son enfant. Je suis si heureux de ce qui m'arrive, que je me prends à regretter que le chef de la 4e section ne m'ait pas davantage esquinté.

Après le départ du médecin et de l'infirmière, je reste seul en ce lieu où règne un silence oppressant, et je passe mon après-midi à contempler le cimetière, en proie à la peur et à un féroce ennui.

Le soir, un soldat m'apporte une gamelle sans couvercle où fromage et figues nagent au milieu de fayots charançonnés. Il tire de la poche de son treillis ma mince tranche de pain, et c'est à son tour de me faire manger. Il ne se montre pas des plus attentifs. À plusieurs reprises, sa fourchette heurte mes dents ou s'enfonce dans mes lèvres, et je regrette l'émouvante douceur de la jeune et charmante infirmière.

La nuit, la peur et la douleur m'empêchent de m'endormir. En me mettant à genoux et en m'aidant de mes bras et de mes épaules, je pousse un lit derrière la porte. Mais un moment plus tard, je me lève pour le retirer. Quelle honte j'éprouverais demain matin si l'infirmière, pénétrant dans ma chambre avant que je ne sois éveillé, découvrait qu'hier soir j'ai cédé à la peur, ce mal secret qui a pourri mon enfance.

Pour vaincre l'ennui, ne pas passer tous ces jours à me morfondre, je décide de me ressaisir et de préparer sérieusement mes compositions. Prévenu, Galène m'apporte livres et cahiers, et nous nous promettons de travailler tous deux avec acharnement. La seule idée, au cas où je redoublerais, de perdre Galène et mes copains me jette en plein désarroi.

J'ai conscience que je joue là mon avenir. Toute la journée, je suis penché sur mes livres. Je me suis même lancé un défi : apprendre par cœur tous les résumés d'histoire, de géographie, de sciences, les règles de grammaire allemande, et tout ce que je dois savoir en mathématiques. La joie d'étudier m'est revenue, et je suis dans un tel état de concentration, que des résumés d'une page, que je n'ai jamais lus, il me suffit de les parcourir une seule fois avec lenteur pour qu'ils s'impriment en moi. Découvrir que je possède une bonne mémoire m'exalte, renforce ma détermination, décuple ma puissance de travail. Les difficultés que j'ai à tourner les pages avec ma langue m'amusent, et une telle force m'habite qu'il me vient la conviction que mes efforts seront couronnés de succès.

Un jour, en fin d'après-midi, le chef me rend visite. Il m'embrasse, m'offre des cerises, me parle avec beaucoup de gentillesse. Pour éviter qu'il ne me pose des questions embarrassantes au sujet de mes mains, j'aiguille aussitôt la conversation sur la boxe. Un poids moyen français va disputer un important combat à New York, et dans un journal qu'il déplie sur ma table, le chef m'invite à lire avec lui un article consacré à ce boxeur que nous admirons.

Dès que le chef a poussé la porte, mon projet de l'expédier dans l'autre monde m'est revenu à l'esprit. Et maintenant que nous sommes épaule contre épaule, que mon amitié morte reprend vie, je me crible de reproches, me hais, voudrais me lacérer le visage, ne comprends pas comment une idée aussi folle a pu s'emparer de moi. J'ai honte, me retiens de pleurer. Si j'avais quelque courage, j'avouerais tout au chef. Et il ferait alors la seule chose qui s'impose : me rouer de coups jusqu'à m'étendre raide mort.

J'ai beaucoup grandi au cours de ces derniers mois, et mon impatience est extrême d'avoir enfin une taille d'adulte. Je suis convaincu que lorsque je serai un homme, je verrai plus clair en moi, je saurai mieux me conduire, mieux comprendre la vie et ses énigmes. D'ailleurs, j'ai déjà un peu avancé sur ce chemin, car maintes choses me prouvent que je ne suis plus un enfant.

La découverte de l'amour, puis tout ce qui nous a liés elle et moi, l'absence du chef durant huit semaines, l'humiliation d'être traité de voyou par le colonel, la décision qu'il avait prise de me renvoyer, l'expérience du cachot, la terrible déception, après coup, de ne pouvoir partir en permission, ces quinze jours passés à traîner dans la caserne vide et à vivre dans la terreur de voir surgir les anciens, la bagarre des légionnaires, la révélation de la maladive jalousie du chef, les blessures causées à mes mains, mon récent séjour solitaire à l'infirmerie, tout cela m'a profondément marqué, mûri. À tel point qu'il me semble n'avoir plus rien de commun avec celui que j'étais avant Noël. Bien des choses que je pensais ou auxquelles je croyais se sont effondrées, et un être nouveau a lentement remplacé l'ancien. Mon admiration pour le chef et ma passion pour la boxe sont mortes, ont laissé en moi un grand vide.

Quand je songe à celui que j'ai été, à cette naïveté et cette puérilité qui ont si longtemps été miennes, quand certains faits me reviennent en mémoire, ma stupidité m'apparaît, et je suis submergé par la honte. Ainsi, au début de l'année, j'ai d'emblée voué de l'amitié au chef pour l'unique raison qu'il était seul à porter des chaussures américaines, et que ces chaussures me plaisaient. Je me suis passionné pour la boxe, sans jamais avoir assisté à un combat, sans rien connaître à ce sport, sans même soupçonner qu'il n'est que violence, qu'on ne monte sur un ring que pour s'acharner à descendre celui qui vous fait face. Un soir, je me suis rendu chez les légionnaires avec mes gants de boxe. Dans le but de les étonner et de me faire admirer. Mais ma venue n'a eu d'autre effet que de déclencher une bagarre générale. Fréquemment, je repense à tout cela, suis accablé, me demande avec une anxieuse amertume si je ne suis pas un imbécile, un crétin, et si je ne serai pas condamné à le rester.

Je ne prie plus, ne mets plus les pieds à la chapelle, ai bien conscience que je ne suis pas assez intelligent pour tenter d'aborder ces vastes questions auxquelles un adulte sait répondre. Aussi je m'en tiens à ce que notre professeur d'instruction civique nous a dit le jour où me fut révélée l'existence des camps de concentration. Si Dieu est grand et tout-puissant, il n'a aucun besoin de mes louanges. S'il n'est qu'amour, alors il doit spontanément manifester sa bonté. À l'inverse, s'il n'est pas bon, si même il est un Dieu méchant, ce que tant de choses nous porteraient à supposer, quel intérêt aurions-nous à l'implorer, à vivre dans la soumission et la crainte, à entretenir le moindre rapport avec lui ? Ne vaut-il pas mieux ne compter que sur soi-même, ne se tenir debout que par ses propres forces ?

Mais, avait poursuivi notre professeur, dans l'hypothèse où Dieu n'existerait pas, il ne faudrait pas commettre l'erreur de considérer que tout est permis. L'exigence morale est en chacun et il incombe à chacun de lui obéir. Et pourquoi, avait-il ajouté, ne serions-nous pas capables de mener des vies authentiquement morales sans l'espoir d'obtenir une rétribution dans l'au-delà ? Bien des croyants s'efforcent d'être irréprochables, mais uniquement par égoïsme, pour s'assurer un profit, gagner la vie éternelle. Il n'y a là ni plus ni moins qu'une sorte de marchandage, et ce marchandage est profondément immoral.

Une nuit, réfugié sur la corniche, je contemple les étoiles et reviens une fois de plus à ces problèmes qui me donnent le vertige. Je ne sais que penser, que conclure. L'idée que j'ai pu aimer la boxe et que je me suis parfois battu m'est insupportable. Avec gravité, avec solennité, je prends la résolution d'aimer, ou tout au moins, de ne jamais faire souffrir, ne jamais blesser ni décevoir ceux et celles dont il m'arrivera plus tard de croiser le chemin.

Compositions trimestrielles. Le professeur de français nous donne un sujet sur La Fontaine et les animaux. Il attribue un 18 à ma rédaction. Avec le jeu des coefficients, et les bons devoirs que j'ai rendus par ailleurs, je décroche finalement un 13,65 de moyenne trimestrielle. À juste raison, des professeurs ne manquent pas de s'étonner. Depuis le début du trimestre, j'ai récolté des notes médiocres, et voici que, contre toute attente, je suis second de la classe, à 10/100[e] du premier. Des soupçons naissent, et au bout du compte, on m'accuse d'avoir copié. Indigné d'être l'objet de cette suspicion, je me refuse à expliquer ce qu'il en est. Mon silence est considéré comme un aveu, et on diminue ma moyenne de quatre points. Mais je n'en ai cure. Je suis admis à passer dans la classe supérieure, et c'est là l'essentiel. Ainsi l'année prochaine, Galène et mes copains, nous nous retrouverons tous ensemble dans la même section. Que pourrais-je espérer de plus ?

Demain, grand départ. Premier jour des permissions d'été. Je suis assis sur la corniche, face au couchant. Les rayons du soleil m'éblouissent, nimbent d'une poussière d'or les toits et les clochers, m'inondent de leur chaude et vivante lumière. Ce soir, j'aime pleinement la Provence. Mais la ville n'est plus pour moi ce lieu de tous les mirages dont je rêvais avec complaisance les soirs où j'avais le cafard, où je projetais de déserter, de quitter pour toujours cette caserne, de redevenir coûte que coûte un civil.

Dans ma chambre, derrière moi, ils rient, chantent, plaisantent, chahutent, tandis qu'à l'autre extrémité du bâtiment s'élève un fragile solo de trompette. À douze mètres au-dessous de moi, des anciens se font des passes avec un ballon de rugby. Nous avons rendu nos livres, jeté nos cahiers, restitué notre paquetage, préparé nos valises. Ne nous reste plus que notre tenue 1, celle que nous avons sur le dos lorsque nous partons en vacances.

Il y a quatre jours, notre école, musique en tête, a participé à la parade du 14-Juillet sur les Champs-Élysées. Le train que nous avons pris était un train spécial, de sorte qu'on stationnait durant des heures dans de petites gares, pour libérer la voie. Nous avons mis plus de deux jours pour gagner Paris, et autant pour revenir. À l'aller comme au retour, le temps nous a paru long, car nous étions dévorés par la faim et surtout par la soif. À Paris, nous avons été logés dans une caserne sordide où l'arrivée de nos six compagnies n'avait pas été prévue. Pour dormir, nous nous sommes installés comme nous avons pu, et la nourriture qu'on nous a servie était infecte. Pourtant, tout comme à l'école, les plats étaient aussi nets à la fin des repas que s'ils avaient été lavés. Ce déplacement, il est certain que nous ne l'oublierons pas. Pour ma part, je me suis bien débrouillé. J'ai échappé au défilé en me proposant pour porter la musette contenant les boîtes de cirage et les brosses à chaussures dont les élèves de la compagnie se sont servis avant qu'ils ne soient passés en revue par le président de la République. Quand la première compagnie, celle des plus jeunes, a commencé à descendre les Champs-Élysées, les gens derrière les barrières se sont mis à applaudir, et moi, je leur grommelais des insultes.

Mais tout cela est déjà loin, et je ne songe plus qu'aux vacances. Ce soir, une formidable allégresse me possède. En dépit de quelques moments difficiles, cette année qui s'achève m'a paru beaucoup moins dure que la précédente. La chance, ou bien faut-il dire le destin, m'a constamment été favorable. En un éclair, le meilleur de ces mois me revient : l'amitié du chef — ce matin où elle se coule dans mon lit, puis l'immense et grave découverte — le bouleversant bonheur de lire ses lettres, de me savoir aimé — ces instants inoubliables au pied du pin, et son doux halètement — ce regard qu'elle pose sur moi, après le cachot, un regard qui sait ce qu'est la souffrance et qui m'arrache à ma solitude — Galène rangeant dans mon armoire la nourriture qu'il a spécialement achetée à mon intention — le chef m'annonçant que mon renvoi est annulé — l'aide que m'a apportée mon professeur de français — la bonne fortune qui me mène à l'infirmerie, me permet de sauver mon trimestre et de ne pas redoubler...

Et si j'envisage la prochaine année scolaire, je n'ai que des raisons de me réjouir. Le chef m'a rappelé qu'il m'aimait bien et appris qu'il continuerait à me faire sortir chez lui le dimanche. Je suis donc assuré de la revoir, de m'adosser à nouveau contre le pin, de la recevoir miraculeusement contre moi, de sentir son corps s'embraser, de glisser avec elle hors du temps...

Il y a une dizaine de jours, nous avons passé une dernière fois deux heures ensemble. Nous nous sommes follement aimés. Maintenant, à ma grande surprise, je n'ai plus peur de la serrer dans mes bras, d'empoigner ses lourds cheveux, de lui pétrir les épaules, les seins, les flancs, et chaque soir, avant de m'endormir, je pense à elle avec tant de ferveur, un désir si fougueux, si violent, que je l'entends gémir à mon côté.

Six mois que je n'ai quitté cette caserne. Tout ce que je vais faire et vivre durant ces vacances. Je suis fou de joie à l'idée de retrouver demain mon village, ma chienne et mes vaches.

# *Du tableau*

# *au texte*

*Juliette Bertron*

## Du tableau au texte

*Le Grand Pin*
de Paul Cézanne

*… le motif du grand pin est lié dans notre imaginaire à l'idée d'une nature immuable et intemporelle…*

Un pin se dresse devant nous de toute sa hauteur et trône, magistral, au-dessus de plus petits arbres. Sa taille, sa position centrale, tout est fait pour le distinguer de la masse de verdure ondoyante. Les troncs des arbres qui l'entourent se penchent sur les côtés et s'écartent, comme pour lui laisser un espace de respiration. Si le motif du grand pin est lié dans notre imaginaire à l'idée d'une nature immuable et intemporelle, le paysage est ici totalement bouleversé par un vent qui agite le ciel et la végétation. Le tronc légèrement courbé ainsi que les branches aux formes sinueuses et entremêlées paraissent subir le mouvement et ployer sous la force d'un mistral. Aucune anecdote ou récit narratif ne vient nous écarter de cette expression de la nature. Tant par ses coloris bleu, vert et ocre que par le motif représenté, nous identifions ce paysage comme étant de type méditerranéen.

Cette huile sur toile, réalisée par Paul Cézanne (1839-1906) entre 1892 et 1896 a, en effet, été peinte dans la campagne d'Aix-en-Provence. L'artiste est natif de cette région à laquelle son nom est bien souvent attaché pour en avoir dépeint à maintes reprises et avec précision les paysages. Cézanne a partagé sa vie entre la Provence et la région parisienne. Lieu où se constitue un milieu d'artistes et de collectionneurs, Paris est alors une capitale très attirante pour un jeune peintre. Le groupe des Batignolles, regroupé au café Guerbois, notamment autour de la personnalité d'Édouard Manet, propose un art en marge de l'académisme officiel. On connaît la méfiance de Cézanne à l'égard de ce groupe, il participe néanmoins un temps à l'impressionnisme dans les années 1870 et collabore à plusieurs expositions collectives. Même s'il s'en détache assez rapidement, la rencontre de ce mouvement est décisive pour son œuvre. C'est notamment avec l'impressionniste Camille Pissarro qu'il se familiarise, à Pontoise et Auvers-sur-Oise, avec la peinture sur le motif. Ce mode de création qui consiste à sortir de l'atelier pour peindre en plein air, au contact direct de la nature, aura sa faveur jusqu'à la fin de sa vie. C'est aussi au cours de cette période que l'artiste porte son attention sur la retranscription des sensations colorées sur la toile.

• *... un travail topographique...*

En plus du profond attachement de Cézanne pour la Provence, son retour au « vieux sol natal », comme il se plaît à l'appeler, manifeste un désir de se mettre à distance des écoles et des influences entre artistes. Le peintre, perçu comme un autodidacte solitaire, fait rapidement figure de marginal. Il passe des journées entières à travailler dans les environs d'Aix. On sait que la gestation des œuvres est très longue pour cet artiste qui observe et peint des heures durant, immergé en pleine nature. Il se promène dans un petit périmètre qu'il sillonne et explore dans tous ses recoins, décryptant ce paysage dont il rend compte au travers de ses toiles. Cézanne exécute ainsi un travail que l'on pourrait qualifier de topographique. La mer d'Estaque, les coteaux, les roches, les villages aux petites maisons basses et, surtout, la montagne Sainte-Victoire viennent peupler sa peinture. Les pins sont eux aussi un motif récurrent qui encadre ou rythme souvent une nature plus vaste, laissant entrevoir la mer, la montagne ou encore des habitations. Si l'artiste isole les pins afin de mieux les observer lorsqu'il exécute des études à l'aquarelle ou au dessin, ils ne deviennent que rarement le sujet principal de ses peintures. Mais c'est ici le cas et, comme nous le suggère le titre de l'œuvre, *Le Grand Pin,* Cézanne semble dresser le portrait d'un arbre au-delà de la représentation d'un paysage global.

*… Le pin se déploie selon un axe vertical, marqué par son tronc, et un axe horizontal, dessiné par sa ramure…*

Le pin est volontairement placé au centre de la composition, ce qui lui confère une grande importance. Représenté dans sa totalité, il se déploie à la fois selon un axe vertical, marqué par son tronc, et un axe horizontal, dessiné par sa ramure. Cézanne ne laisse que très peu d'espace entre les extrémités de l'arbre et les limites du tableau, une branche venant même frôler le bord droit de la toile. Il est intéressant de savoir que le peintre a modifié en cours d'élaboration le format de son tableau, qui à l'origine devait être franchement horizontal. L'ajout de deux bandes de toile successives dans la hauteur a permis à l'artiste de représenter le sommet du pin et un morceau de ciel au-dessus. Si la toile reste très légèrement plus large que haute malgré cet ajout, il semble que Cézanne ait abandonné une horizontalité typiquement réservée au paysage pour un format plus proche de celui habituellement prêté aux portraits en pied. Cette verticalité de l'arbre lui donne une certaine autorité. Le pin surplombe de plus une bande de terre dégagée, ce qui provoque un détachement du regard et le met ainsi en valeur. Cette toile peut faire penser au *Chêne de Flagey* peint par Gustave Courbet en 1864, même si les paysages de prédilection du maître réaliste sont ceux du Doubs et les traitements adoptés par les deux artistes bien différents. Cette manière de portraiturer un arbre leur est cependant commune, et l'on sait d'ailleurs l'admiration de Cézanne pour Courbet.

Le peintre nous donne à voir un arbre dont la vie et la personnalité propres sont exaltées. Les formes particulières et tordues de ses branches le singularisent, lui donnent du caractère. L'espace noueux qu'elles composent, et derrière lequel apparaît le bleu du ciel, semble être le cœur vivant du pin. Cézanne porte un regard affectif sur cette nature qui lui est si familière et qui le fascine lors de ses séances de peinture, d'autant qu'elle est pour lui baignée de souvenirs. Enfant puis adolescent, il y effectue de nombreuses randonnées et balades, souvent en compagnie d'Émile Zola. Ce dernier quitte Aix-en-Provence pour Paris en 1858. Attristé par le départ de son ami, Cézanne, alors âgé de dix-neuf ans, lui écrit une lettre dans laquelle il évoque un pin et le souvenir qui y est attaché : « Te souviens-tu du pin qui, sur le bord de l'Arc planté, avançait sa tête chevelue sur le gouffre qui s'étendait à ses pieds ? Ce pin qui protégeait nos corps par son feuillage de l'ardeur du soleil ? Ah ! Puissent les dieux le préserver de l'atteinte funeste de la hache du bûcheron. » Ce courrier de jeunesse, empreint d'une grande tendresse, trouve un écho dans la représentation que Cézanne nous donne du grand pin, bien longtemps après. Les termes employés sont empruntés à l'anatomie humaine, faisant de ce pin un individu à part entière.

*… L'auteur et l'artiste ont parcouru les mêmes paysages et les mêmes chemins…*

Cette dimension affective dans la description d'un paysage est présente dans l'écriture de Charles Juliet. L'auteur et l'artiste ont parcouru les mêmes paysages et les mêmes chemins, dans les environs d'Aix-en-Provence. Charles Juliet a d'ailleurs consacré un ouvrage au peintre, paru en 2006, *Cézanne un grand vivant*, écrit comme une lettre à ce dernier. Il y parle d'un ressenti commun de la nature provençale, que l'on retrouve exprimé dans *L'Année de l'éveil*. Les sorties du dimanche chez son chef de section, dans une maison située au pied d'une colline couverte de pins, apparaissent comme des parenthèses à l'intérieur du récit se déroulant majoritairement à la caserne. Lors de sa première visite, Juliet raconte le paysage saisissant qui se dresse devant lui et l'apparition de la montagne Sainte-Victoire, souvenir qui passe par le rappel des odeurs et des sensations. Il évoque notamment les « reflets roux » sur les

« dômes verts des pins », couleurs proches de celles de la peinture de Cézanne, où des touches orangées viennent se mêler au vert des épines, reflétant ainsi la lumière du soleil tout en rappelant les teintes du sol. Au cours d'un dimanche, une escapade entre le narrateur et la femme du chef conduit à une étreinte amoureuse contre le tronc d'un pin. L'expérience sensorielle retracée par l'écriture est en partie liée à cet arbre, qui laisse des écorces sur les vêtements et de la résine sur les mains.

Tout en étant rigoureuse du point de vue de l'observation, la représentation fait elle aussi appel à la sensualité chez Cézanne. La peinture, comme matière appliquée sur la toile, est rendue vivante et palpable. De par le travail sur le support par touches visibles, la surface est littéralement habitée. La réalité physique de la peinture est célébrée en tant que telle et met en avant les sensations éprouvées face à la nature. La couleur s'exprime et se libère en devenant elle-même créatrice de la forme, au-delà du dessin. Et cependant, le motif ne se dissout jamais au profit de ces jeux chromatiques, comme c'est parfois le cas dans les œuvres impressionnistes. Le pin est ainsi extrêmement déterminé et présent, tout en échappant à la rigidité du dessin.

Une vie interne et passionnée est donnée à la toile, par les touches mouvementées, tantôt parallèles tantôt obliques, qui créent des confrontations. La tension entre stabilité et dimension incontrôlable renforce cette impression. Le pin assure par sa verticalité un axe central et résistant, tandis que le sol trace une ligne oblique qui traverse la toile dans sa largeur et apporte une perturbation et une dynamique à l'espace. Le peintre évite l'écueil de la pétrification du motif en rendant avec puissance la vie propre ressentie face à la nature.

Paul Cézanne est très souvent perçu comme un véritable précurseur. Les historiens d'art lisent son œuvre comme portant les prémices de la peinture des fauves, des cubistes, des futuristes, ou encore les germes de la peinture abstraite. Nombreux sont d'ailleurs les artistes avant-gardistes lui ayant succédé qui se sont réclamés ses héritiers. La recherche et la conquête d'une nouvelle peinture à la fin du XIX^e^ et au début du XX^e^ siècle sont souvent passées par la modernité du sujet, les artistes représentant et intégrant à leur art les signes d'une industrialisation urbaine. Or, la modernité de Cézanne se joue au cœur même de la représentation d'un paysage intemporel dans lequel ne s'inscrit aucune intervention humaine. Elle se réalise dans la manière de s'approprier la nature et d'en retranscrire avec force la sensation, dans les enjeux formels d'espace, de touches, de couleurs et de lumière. C'est dans le traitement pictural de cette Provence aimée et tant observée que Cézanne trouve son propre langage.

# *Le texte en perspective*

*Isabelle d'Orsetti*

# Vie littéraire

## Les expériences du récit au XXe siècle

CELA PEUT SURPRENDRE : pendant longtemps, le roman a été perçu comme moins intéressant et noble que la poésie ou la tragédie, selon une classification des genres, précise et hiérarchisée, inspirée du philosophe grec Aristote. Ce n'est qu'au XIXe siècle qu'il est devenu le grand genre que nous connaissons : aujourd'hui, lire un livre, c'est le plus souvent lire un roman. Ce renversement s'est amorcé avec le romantisme parce que ce mouvement artistique a donné plus d'importance à l'expression des sentiments de l'auteur qu'au respect des codes classiques de l'écriture littéraire ; la hiérarchie des genres est donc progressivement abandonnée, et le roman peut alors prétendre à une dignité égale. C'est ensuite avec le courant réaliste qu'il devient le genre le plus fréquemment employé, parce qu'il se prête bien à la représentation de la société ; il devient le mode d'expression privilégié d'un regard sur le monde.

Au XXe siècle, le roman reste dominant. Il est cependant souvent redéfini et renouvelé ; si le XIXe siècle est l'âge de sa conquête du champ littéraire, le XXe siècle est celui de ses expériences.

# *1.*

# Le récit d'une expérience

## 1. *Des romans pour réfléchir sur la société*

Si c'est avec le réalisme que s'est développé le roman, c'est parce que le lecteur peut y trouver l'impression de lire une histoire réelle. Chez les écrivains réalistes, Honoré de Balzac par exemple, le roman ne prétend pas narrer une histoire vécue — le lecteur comprend qu'il s'agit d'une histoire inventée —, mais se présente néanmoins comme la relation d'une histoire vraisemblable, représentative de la réalité. Le caractère fictionnel du récit n'empêche donc pas que soit dépeinte une réalité. Le lecteur de romans fait facilement la différence entre ce qui semble inventé (les personnages principaux notamment) et ce qui semble réel (la société décrite et le contexte historique tout comme les sentiments et leur évolution).

Le roman peut ainsi faire découvrir au lecteur un milieu social, et de nombreux romanciers se font connaître pour leur évocation d'un certain univers. C'est le cas, par exemple, de la bourgeoisie catholique chez François Mauriac ou du monde paysan chez le Suisse Ramuz et, plus récemment, chez Pierre Bergounioux. *L'Année de l'éveil* présente ainsi deux univers : les pensionnats militaires et la paysannerie à travers le personnage principal qui en est issu.

Tout comme au XIXe siècle, avec les vastes ensembles de *La Comédie humaine* de Balzac et des *Rougon-Macquart* d'Émile Zola, les romans réalistes du XXe siècle s'inscrivent souvent dans de grands cycles : *Les Thibault*

(1920-1939) de Roger Martin du Gard, *Les Hommes de bonne volonté* (1932-1946) de Jules Romains, *Le Monde réel* (1934-1951) de Louis Aragon, *Les Chemins de la liberté* (1945-1949) de Jean-Paul Sartre.

Or, ces romans n'ont pas pour seule visée de reproduire la société, ils tiennent également un discours sur elle. Les opinions, notamment politiques, de l'auteur influencent la réception de l'intrigue : le fait, par exemple, que les personnages soient plus ou moins sympathiques donne au lecteur une image plus ou moins positive de leur profession, de leurs avis, etc. Le cycle du *Monde réel* est très critique envers les valeurs de la bourgeoisie et défend les valeurs du parti communiste, auquel Aragon était affilié ; *Les Chemins de la liberté* met à l'épreuve plusieurs morales incarnées par les divers personnages à la veille de la Seconde Guerre mondiale, comme le fait aussi *La Peste* d'Albert Camus après ce même conflit.

Mais le roman est également un lieu d'expérimentation où l'auteur peut mettre à l'épreuve diverses conceptions du monde. Charles Juliet avait écrit un premier jet de *L'Année de l'éveil* marqué par le ressentiment à l'égard de ses chefs. La version publiée, en revanche, se soucie de peindre l'internat militaire de façon nuancée : il ne s'agit pas de dénoncer en bloc un système, plutôt de réfléchir aux effets qu'il peut avoir sur la personnalité d'un enfant. C'est pourquoi, par exemple, le chef odieux de la quatrième section est humanisé et, en quelque sorte, excusé par la mention de la souffrance que lui cause le départ de sa femme (p. 133).

C'est pourquoi les romans sont en principe meilleurs lorsqu'ils évoquent une réalité éprouvée par l'auteur : écrire sur ce qu'on ne connaît qu'indirectement conduit souvent à véhiculer des clichés et des caricatures. L'expérience personnelle permet de donner au lecteur une vision complexe et renouvelée de cette réalité.

## 2. *Des romans pour témoigner*

De nombreux romans se présentent avant tout comme des témoignages sur une réalité marquante, pour l'auteur et pour l'époque. Avec ses deux guerres mondiales, le XX^e^ siècle a vu, en toute logique, se développer les récits de guerre. Ce genre est né au sortir de la guerre de 1914-1918 : *Le Feu* d'Henri Barbusse, *Les Croix de bois* de Romain Dorgelès, *À l'Ouest rien de nouveau* d'Erich Maria Remarque, *La Peur* de Gabriel Chevallier et *Le Grand Troupeau* de Jean Giono en sont de remarquables exemples. Dans ces textes comme dans ceux inspirés par les guerres ultérieures (guerre d'Espagne, 1940-1945, guerre d'Algérie), le narrateur est le plus souvent un survivant qui témoigne au nom de ses frères morts au combat. La survivance est également au cœur des témoignages sur les camps de concentration nazis : *Si c'est un homme* de Primo Levi, *L'Espèce humaine* de Robert Antelme, *La Nuit* d'Elie Wiesel, *Être sans destin* d'Imre Kertész, *L'Écriture ou la vie* de Jorge Semprun. La plupart de ces ouvrages interrogent sur la notion même de nature humaine : qu'est-ce que l'homme s'il est capable d'exterminer ses semblables ?

Ainsi sont liées l'expérience personnelle de l'auteur et une réflexion plus générale sur une réalité historique et sur l'humanité. À une autre échelle, les épreuves physiques et morales décrites dans *L'Année de l'éveil* font écho à celles de tous les enfants des écoles militaires, mais s'attachent également, dans une perspective plus universelle, à témoigner de la souffrance existentielle.

Le roman peut donc être très ambitieux. Or, tout au long du XX^e siècle, cette prétention à représenter le monde sera questionnée.

## 2.

## Expérimentations du récit

Le roman est un genre sans règles contraignantes, ce qui le rend difficile à définir mais lui donne une grande plasticité : il peut se réinventer en de nouvelles formes. C'est pourquoi il a traversé, au cours du XX^e siècle, plusieurs mutations qui ont souvent été perçues comme des crises, et qui, rétrospectivement, semblent plutôt des renaissances.

Dans la littérature étrangère des années 1920, des expérimentations très novatrices émergent : le protagoniste du *Procès* de Frantz Kafka n'a pas de vrai nom, il est appelé « Joseph K. » ; *Ulysse* de James Joyce, long récit inspiré de l'*Odyssée*, se déroule en une seule journée et transcrit le « flux de conscience » du personnage (le déroulement brut de ses pensées) ; *Le Bruit et la Fureur* de William Faulkner commence par le monologue intérieur d'un personnage attardé. En France, *À la recherche du temps perdu* de Marcel Proust est un vaste ensemble romanesque dont le dernier tome renvoie au premier ; *Les Faux-Monnayeurs* d'André Gide remet en cause les conventions du roman en multipliant les intrigues, les points de vue et même les formes (journal intime, lettre, adresses de l'auteur au lecteur...).

Le fait qu'aucun personnage de *L'Année de l'éveil* n'ait de nom est un héritage de ce type de démarches.

Autour de la Seconde Guerre mondiale apparaissent des romans inspirés de la philosophie existentialiste qui donnent moins d'importance à l'intrigue qu'aux développements de la conscience du personnage : c'est le cas de *La Nausée* de Jean-Paul Sartre (1938) ou de *L'Étranger* d'Albert Camus (1942). Cette attention portée aux perceptions du personnage, moment après moment, toujours au présent, se retrouve dans *L'Année de l'éveil.*

Entre les années 1950 et 1970, prend forme le nouveau roman qui qualifie, selon un de ses représentants, Alain Robbe-Grillet, le personnage, l'intrigue et l'analyse psychologique de « notions périmées ». Les romanciers qui peuvent s'y rattacher, comme Claude Simon, Nathalie Sarraute, Alain Robbe-Grillet, Michel Butor et, dans une moindre mesure, Marguerite Duras et Samuel Beckett, se livrent à des expériences originales sur la forme romanesque. Pour le critique Jean Ricardou, « le récit n'est plus l'écriture d'une aventure, mais l'aventure d'une écriture » : ce qui arrive aux personnages devient moins intéressant que la réflexion sur la définition du roman, sur le statut du narrateur, etc.

Bien que Charles Juliet ait beaucoup lu certains écrivains du nouveau roman, *L'Année de l'éveil* reste un roman assez classique : sa structure est strictement linéaire ; les événements rapportés jouent tous un rôle dans l'histoire ; même si les personnages n'ont pas de nom, ils ont une identité bien définie et stable ; l'auteur n'y développe pas de réflexion théorique sur le roman. Ce n'est donc pas un roman visant à révolutionner le genre parce que la littérature en elle-même intéresse moins Charles Juliet que l'écriture de son histoire.

La fin du siècle amène un mouvement général de retour au sujet (personne et thème de l'histoire). Contre toute attente, plusieurs écrivains du nouveau roman, Alain Robbe-Grillet ou Nathalie Sarraute, publient des textes autobiographiques, même si Sarraute innove dans *Enfance* en écrivant une autobiographie dialoguée. Une nouvelle forme apparaît : l'autofiction. Ainsi nommée par Serge Doubrovsky, elle peut être définie de plusieurs façons, mais sa caractéristique centrale est qu'elle ressemble à une autobiographie parce qu'elle parle explicitement de la vie de l'auteur, sans en être vraiment une parce qu'elle mélange la réalité et la fiction. Cette forme trouve son public, avec des auteurs comme Christine Angot et Annie Ernaux. Ce succès peut être interprété comme le signe d'un intérêt pour la question de l'identité, dans un contexte marqué par une montée de l'individualisme, en raison du ralentissement de la croissance économique et de la perte de prestige des idéaux politiques, et par le développement de l'exposition médiatique de la vie intime qui brouille les repères entre privé et public. Le succès de l'autofiction peut être perçu comme le signe du narcissisme de la société contemporaine, et les auteurs sont souvent taxés de nombrilisme ; mais il peut aussi être interprété comme l'expression d'une inquiétude réelle du sujet : qui suis-je vraiment ? comment puis-je me connaître ? *L'Année de l'éveil*, publié en 1989, fait écho à ces interrogations sur l'identité.

# 3.

## Expérimentations de l'écriture : l'écriture blanche

### 1. *Caractéristiques*

C'est le critique Roland Barthes qui a utilisé « écriture blanche » à propos des écrits d'Albert Camus, Jean Cayrol et Michel Blanchot. Il désignait ainsi une façon d'écrire avec neutralité, détachement et sobriété. Cette expression peut s'appliquer à de nombreux auteurs de la seconde moitié du XX^e siècle, tels, entre autres, Marguerite Duras, Samuel Beckett ou Annie Ernaux. Elle correspond également parfaitement au style de Charles Juliet, dans ses romans comme dans son journal et ses poèmes.

Ainsi les émotions sont-elles transcrites de façon brute, sans atténuation ni emphase. Les sensations sont elles aussi décrites avec une grande précision. C'est ce qui rend le texte à la fois pudique et cru, en particulier lorsque sont évoquées les relations sexuelles du personnage avec la femme du chef. Le narrateur ne commente pas les faits, il reste au plus près de ce qui a été perçu par le personnage.

L'écriture blanche se caractérise également par la simplicité de la langue : le vocabulaire est précis mais sobre, les images rares, la syntaxe simple, proche de celle de la langue orale. Pour Charles Juliet, « l'écriture est toujours recherche de la parole : je veux dire que l'écriture doit avoir pour modèle la parole parlée et doit se conformer à son rythme, à ses silences, à son écoulement. Pour ma part, quand j'écris, j'écoute toujours, je parle mentalement tout ce que j'écris » (Yves Prigent, *L'Exploration par l'écriture, entretien avec Charles Juliet,* Calligrammes, 1993).

## 2. *Interprétations*

Cette écriture blanche s'apparente à un refus du style littéraire, une façon pour l'auteur de se positionner en marge, de montrer qu'il ne veut pas jouer le jeu de la littérature. Pour un fils de paysan autodidacte comme Juliet, comme pour la fille de petits commerçants qu'est Annie Ernaux, ce choix a un enjeu social. Chez d'autres auteurs, cette écriture peut avoir un sens politique ou philosophique. Si elle est un refus du « grand style », elle n'en demande pas moins un long travail ; il ne s'agit en aucun cas d'une écriture commune.

Dans tous les cas, cette neutralité de l'écriture ne diminue pas la force émotionnelle du récit ; on peut même considérer au contraire qu'elle l'accroît. C'est ainsi que *L'Année de l'éveil* a obtenu le Grand Prix des lectrices du magazine *Elle,* prix qui distingue souvent des œuvres pour les émotions qu'elles ont procurées au lecteur. Le texte éveille admiration et pitié pour ce personnage sans user des ressorts de l'écriture pathétique.

L'écriture blanche peut être rapprochée du traumatisme collectif que représente le nazisme. Elle exprime, en effet, la volonté de garder une mesure dans le compte rendu des sentiments des personnages, de ne pas avoir l'indécence de se complaire dans la description d'une peine alors que l'histoire a montré que l'horreur absolue peut exister. Le discours sur les camps de concentration que tient aux élèves le professeur d'éducation civique marque profondément le personnage qui se le rappelle plusieurs fois ensuite pour résister à la tentation de s'apitoyer sur son sort ; et Charles Juliet s'y réfère souvent, lui aussi, pour justifier la sobriété avec laquelle il a écrit le roman.

**Pour aller plus loin :**

Roland BARTHES, *Le Degré zéro de l'écriture,* Le Seuil, 1953.

Dominique COMBE, *Les Genres littéraires,* Hachette supérieur, 1992.

Philippe MESNARD, *Témoignage en résistance,* Stock, « Un ordre d'idées », 2007.

Jean RICARDOU, *Pour une théorie du nouveau roman,* Le Seuil, 1971.

Alain ROBBE-GRILLET, *Pour un nouveau roman,* Minuit, 1963.

Nathalie SARRAUTE, *L'Ère du soupçon,* Gallimard, 1956.

Alain VIALA, *Naissance de l'écrivain,* Minuit, 1985.

Dominique VIART, *Le Roman français au XXe siècle,* Armand Colin, « Lettres sup », 2011.

*Genèse et autofiction,* sous la direction de Catherine VIOLLET et Jean-Louis JEANNELLE, Academia-Bruylant, 2007.

www.autofiction.org

*Écritures blanches,* sous la direction de Dominique RABATE et Dominique VIART, université de Saint-Étienne, 2009.

# L'écrivain à sa table de travail

## L'écriture de l'éveil

CHARLES JULIET ÉCRIT dans une langue moderne, tout en s'appuyant sur des genres existants. *L'Année de l'éveil* s'approprie ainsi deux traditions : celle de l'autobiographie et celle du roman de formation.

### *1.*

### Un récit autobiographique

#### 1. *Le récit d'une jeunesse*

*L'Année de l'éveil* est le récit d'une année vécue par un garçon de treize ans. Or, plusieurs indices laissent penser que cet adolescent n'est autre que l'auteur lui-même. En effet, le récit est écrit à la première personne du singulier, ce qui est souvent la marque d'une écriture autobiographique (rapportant la vie de l'auteur) — souvent, mais pas toujours : ce n'est pas toujours l'auteur qui dit « je » (comme dans *Les Mémoires d'un âne* de la comtesse de Ségur), et, inversement, l'auteur peut se désigner à la troisième personne (par exemple, chez Marguerite Duras). Ensuite, le narrateur n'a pas de nom : cela ne prouve pas qu'il s'agisse de Charles Juliet, mais autorise le lecteur à le penser, puisqu'on ne donne pas d'autre identité à ce personnage. Enfin, et c'est là le critère déterminant, le lecteur sait que les événements rapportés dans le texte ont bien été vécus par Charles Juliet grâce à l'ensemble des informations qui sont données autour du texte et qu'on appelle le paratexte : biographie de l'auteur, entretiens, articles de presse. On y apprend que Charles Juliet est issu du milieu paysan, qu'il a passé huit années dans une école d'enfants de troupe à Aix-en-Provence, qu'il a eu une liaison avec la femme d'un de ses chefs et que celui-ci était boxeur. Il s'agit donc bien d'une histoire vécue par l'auteur, c'est-à-dire que le personnage (celui qui a treize ans), le narrateur (la voix qui raconte) et l'auteur (Charles Juliet, l'écrivain) sont une seule et même personne.

## 2. *Un récit véridique ?*

Certaines anecdotes sont si violentes ou si humiliantes que certains lecteurs, et notamment d'anciens enfants de troupe, ont accusé Charles Juliet d'affabulation, tandis que d'autres lui ont reproché d'avoir atténué la gravité des sévices subis. Cette polémique est révélatrice de la subjectivité des souvenirs : deux anciens élèves d'un même collège ont-ils jamais exactement les mêmes souvenirs ? Les expériences vécues ne sont pas les mêmes, et tel aura vite oublié un événement qui laissera tel autre marqué à vie.

Charles Juliet a toujours affirmé que tous ces épisodes étaient avérés. Quoi qu'il en soit, l'essentiel est ailleurs, dans la relation qui s'instaure entre le lecteur et le narrateur d'une autobiographie. Le lecteur doit faire confiance au narrateur, ne serait-ce que pour le temps de la lecture ; le narrateur, lui, s'engage à être sincère. Selon Philippe Lejeune, le principal théoricien de l'autobiographie, cette relation est nouée par un « pacte autobiographique ». Le terme de « pacte » souligne que le plus important est l'accord des deux acteurs (l'auteur et le lecteur), et non la vérité elle-même. Un pacte, en effet, n'est une loi ni scientifique ni juridique, il résulte d'une décision commune de faire « comme si » tout était vrai. *L'Année de l'éveil,* malgré les apparences, est écrit par un adulte qui se souvient de sa jeunesse, et non par l'adolescent lui-même ; ce n'est pas un journal écrit au fil de l'année, mais bien une autobiographie, un récit rétrospectif donc (qui regarde en arrière) qui, par conséquent, ne rapporte pas des événements mais le souvenir de ces événements.

En outre, même si un auteur pouvait jouir d'une mémoire infaillible, son récit serait toujours une interprétation, donc une réécriture, de ce qui est arrivé ; aucun récit ne peut jamais retranscrire exactement, objectivement, intégralement, des faits. Le simple geste de sélectionner des faits relève déjà de l'interprétation. Ainsi *L'Année de l'éveil* s'écarte par plusieurs aspects de la vie vécue par Charles Juliet en n'évoquant que cette deuxième année passée à l'école, alors que les suivantes, dans l'ensemble, ont été moins pénibles, en particulier grâce à sa passion pour le rugby et à un professeur de français — autant d'éléments positifs passés ici sous silence. Ensuite, l'importance donnée au chef de section est légèrement exagérée parce que, en réalité, il était déjà le chef de Charles en première année et que les cours de boxe qu'il dispense sont collectifs. Le récit de ces années sera plus fidèle à la réalité dans *Lambeaux* ; pour autant, l'enjeu n'est pas de juger de la plus ou moins grande fidélité de l'auteur aux faits : il est de comprendre pourquoi celui-ci a jugé utiles ces modifications de détail.

Or, celles-ci rendent le récit plus cohérent : la pénibilité de cette année scolaire et le sentiment d'être le favori du chef donnent du sens à la trajectoire morale du personnage. Selon Philippe Lejeune, l'autobiographie est le « récit rétrospectif en prose qu'une personne réelle fait de sa propre existence, lorsqu'elle met l'accent sur sa vie individuelle, en particulier sur l'histoire de sa personnalité » et ne se contente pas de consigner des événements : elle leur donne du sens.

Une remarque : pour souligner que *L'Année de l'éveil* rapporte une histoire vécue, on le qualifiera de « récit » plutôt que de roman. Cette distinction n'est cependant pas très nette, d'autant que l'œuvre reprend les codes du roman de formation.

## 2.

## Un roman de formation ?

### 1. *La formation d'une personnalité*

Par roman de formation (ou d'apprentissage, ou d'initiation), on entend une forme romanesque qui relate les aventures d'un personnage jeune et son mûrissement progressif jusqu'à son entrée dans l'âge adulte. Le modèle en est *Les Années d'apprentissage de Wilhelm Meister* de Goethe (1795-1796). Ainsi, si Charles Juliet a retenu l'année de ses treize ans, c'est parce qu'elle marque la fin de son enfance et son entrée dans l'adolescence. Le personnage en dresse le bilan à la fin du roman (p. 200 à 202, puis p. 204) et souligne à quel point il a mûri au cours de cette « année de l'éveil ».

Pour mettre au jour la construction de la personnalité de l'auteur, le récit met l'accent sur les émotions et les sentiments du personnage. En ce sens, il s'agit bien d'une autobiographie et non de Mémoires (récit rétrospectif d'une vie réelle, mais qui s'attache au contexte historique), ni d'un simple témoignage (dont le but serait, par exemple, de décrire la vie des enfants de troupe).

## 2. *Un ou plusieurs éveils ?*

Le personnage vit plusieurs découvertes au fil de l'année. Sur le plan des relations humaines, il découvre les joies de la fraternité en recevant le soutien de l'ami qu'il surnomme Galène et en s'efforçant, en retour, d'aider ceux qui souffrent. Cela ne réussit pas toujours : ainsi renonce-t-il à essayer de consoler celui qui pleure chaque soir dans son lit (p. 44). Grandir, c'est aussi faire l'expérience de l'insurmontable solitude humaine.

Il mûrit également son rapport à l'autorité, en traversant plusieurs étapes : d'abord celle de l'admiration éperdue pour son chef, naïve parce que fondée sur des motifs futiles (les chaussures américaines et le faciès de boxeur, p. 11). Ensuite, lorsque ce mentor s'absente, vient le temps de la révolte contre les adultes ; si cette rébellion est justifiée par les abus de pouvoir pratiqués par certains, en particulier le chef de la quatrième section, elle reste cependant insatisfaisante parce que le personnage ne la maîtrise pas. À plusieurs reprises, des paroles ou gestes insolents lui échappent (par exemple, p. 47) et ont chaque fois pour effet d'aggraver la situation. Le narrateur se rend compte qu'il risque de devenir un « voyou ». Le troisième temps de son évolution marque une réconciliation lucide avec les figures d'autorité : s'il se remet à travailler pour obtenir la moyenne et cesse de se révolter, c'est désormais dans son propre intérêt, et non plus pour faire plaisir à un chef qu'il n'admire plus. Au long de l'année, le personnage s'est identifié puis opposé à une autorité dans laquelle on peut voir une figure paternelle ; c'est là un processus universel, qui reprend schématiquement les moments de l'enfance et de la crise d'adolescence, pour aboutir à une identité adulte autonome.

L'adolescence, pour le personnage, est aussi le temps de la découverte de la sexualité. C'est d'abord « l'immense et grave découverte » (p. 204) de l'acte sexuel, dont il n'avait, dans sa naïveté, aucune idée, au point que c'est la femme du chef qui le force et le « fracture » (p. 36) ; c'est ensuite le développement progressif de l'assurance du personnage qui, paralysé par la timidité au début, se surprend ensuite à assumer son désir et ose enlacer la femme aimée (p. 205).

L'éveil est également moral, notamment grâce au professeur d'éducation civique qui révèle au jeune paysan l'existence des camps de concentration pendant la toute récente Seconde Guerre mondiale et lui apprend que la force spirituelle permet de surmonter les souffrances. Cet enseignement est ensuite mis en pratique par le personnage dans son cachot. Les mentions des souffrances causées par la faim, le froid et les blessures tout au long du roman permettent ainsi de mettre en valeur un apprentissage du stoïcisme, c'est-à-dire de la force de la volonté permettant de ne pas se laisser atteindre par la douleur. Le courage prend la place de la foi religieuse, progressivement abandonnée.

### 3. *Apprentissage et initiation : du conte de fées au roman de l'écrivain*

La structure de l'apprentissage est ancienne. Par certains aspects, *L'Année de l'éveil* s'apparente à un conte folklorique : un enfant qui semble orphelin doit, pour accomplir une quête, affronter de graves dangers aidé par des adjuvants tels que : un magicien, un objet magique, un animal fantastique. Mais de quelle quête s'agit-il ? On peut penser qu'elle vise à trouver la réponse aux questions que se pose le personnage (liste p. 165-167) et à se trouver soi-même. Le roman rejoint ainsi des mythes d'initiation, qui font vivre au personnage une mort symbolique (ici la tonsure et l'enfermement dans les profondeurs obscures du cachot) suivie d'une renaissance sous une nouvelle identité (morale et physique : le personnage s'étonne des changements de son corps).

Cette initiation n'est pas celle de n'importe quel personnage, c'est celle d'un auteur. *L'Année de l'éveil* évoque l'éclosion de la vocation d'écrivain chez un paysan souffrant de manquer de mots pour exprimer ce qu'il ressent et décidant de travailler pour combattre cette frustration et acquérir la maîtrise du langage.

# 3.

# Écriture de l'éveil, éveil de l'écriture

## 1. *Un long mûrissement du récit*

Devenu adulte, Charles Juliet n'atteint la paix intérieure qu'après près de vingt ans de travail sur soi et de pratique de l'écriture. Ce n'est qu'au terme de ce cheminement — après que le temps a passé et que le chef est mort — que le récit a pu se développer et devenir un roman. L'auteur avait pensé auparavant n'écrire qu'une courte nouvelle.

L'emploi du présent de l'indicatif peut s'interpréter comme un moyen pour l'auteur de revivre son passé, redevenir le jeune homme qu'il a été. C'est un choix original : les autobiographies soulignent habituellement l'écart entre les deux âges et laissent s'exprimer l'adulte qui explique et commente les comportements de l'enfant. Ici, au contraire, l'auteur adulte s'efface complètement, comme s'il était entièrement fondu dans le personnage qu'il fut.

## 2. *L'écriture comme libération*

L'écriture n'est donc pas seulement la conséquence d'une libération intérieure : elle en est aussi le moyen parce qu'elle permet à l'auteur d'exorciser des angoisses en les couchant sur le papier. L'écriture a une visée herméneutique (elle est un moyen de connaissance, ici de connaissance de soi) et thérapeutique (elle guérit). Tel est le sens de l'épigraphe, le court texte placé en ouverture du roman et qui souligne que l'écriture délivre deux personnes à la fois : l'enfant dont la bouche est débâillonnée et le cœur débridé ; mais aussi l'auteur adulte, dont la voix était auparavant étouffée.

Points de vue que l'on retrouve à l'intérieur du roman : le moment où le personnage prend conscience d'un fait important qui le transforme est lié à l'écriture. Enfermé dans un cachot, le jeune prisonnier écrit un poème évoquant une « ancienne et profonde souffrance » (p. 163). C'est la seule évocation de sa tragique histoire familiale : la mère de Charles Juliet a sombré dans la dépression peu après l'avoir mis au monde, elle est morte ensuite à l'asile et le père a confié alors l'orphelin à une famille adoptive. Ce double sentiment d'être responsable de la mort de sa mère (l'enfant imaginant qu'elle ne serait pas morte s'il n'était pas né) et d'avoir été « chassé » par son père explique le violent sentiment de culpabilité du personnage et son manque de confiance en soi, lisible, par exemple, dans les passages où la femme du chef prend soin de lui (p. 88). En écrivant ce poème, le personnage demande pardon à sa mère, ce qui est déjà une libération, prend conscience de l'importance de ce traumatisme pour lui, et en est ainsi moins affecté. Si la sortie du cachot est une nouvelle naissance pour le personnage, c'est aussi grâce à l'écriture poétique.

### 3. *Vers l'éveil du lecteur ?*

Un lecteur ne connaissant rien de la biographie de Charles Juliet pourrait demeurer perplexe devant le poème qu'il rédige tout comme devant les passages révélant que l'enfant ne reçoit jamais de courrier. L'histoire de l'auteur est, en effet, présente dans le texte, mais sous la forme d'allusions ou d'omissions, comme si elle était frappée d'un tabou. La part cachée sera reprise dans une nouvelle en 1992, puis en 1995 dans *Lambeaux*. Dans ce récit autobiographique, l'auteur écrit à la deuxième personne, s'adressant d'abord à sa mère, puis à lui-même, comme s'il lui était nécessaire de prendre plus de distance avec son histoire pour pouvoir l'évoquer.

Avec la première personne du singulier, le lecteur s'identifie au personnage et vit son apprentissage avec lui. Et puisque le « je » renvoie aussi à l'auteur, le lecteur n'est pas seulement associé au personnage traversant des épreuves : il devient en même temps l'adulte déjà initié, auteur de son propre destin. *L'Année de l'éveil* n'offre donc pas seulement le récit de la vie de Charles Juliet ; c'est aussi un texte qui fait grandir.

**Pour aller plus loin :**

Nicolas DEMORAND et Gérard GENGEMBRE, *Premières leçons sur le roman d'apprentissage*, PUF, 1995.

Sébastien HUBIER, *Littératures intimes, les expressions du moi, de l'autobiographie à l'autofiction*, Armand Colin, 2003.

Jacques LECARME et Éliane LECARME-TABONNE, *L'Autobiographie*, Armand Colin, 1997.

Philippe LEJEUNE, *Le Pacte autobiographique*, Le Seuil, 1975.

Simone VIERNE, *Rite, roman, initiation* (1973), deuxième édition revue et augmentée, Presses universitaires de Grenoble, 1987.

# Groupement de textes thématique

## L'éveil

QU'EST-CE QU'UN « ÉVEIL » DANS UN ROMAN ? Ce peut bien sûr être, au sens propre, le passage du sommeil à la veille. Mais le terme peut aussi être employé dans un sens figuré pour désigner l'accès à une réalité nouvelle, comme si la vie antérieure du personnage était un sommeil et sa vie nouvelle une existence véritable. L'absence de préfixe est alors importante : un « éveil » n'est pas un « réveil » puisqu'il est vécu pour la première fois. Enfin, dans un sens plus précis, l'éveil peut être spirituel, tel qu'il est conçu par le bouddhisme, c'est-à-dire un sentiment de sortie des limites du moi, de plénitude et de communion avec le monde. Ce dernier sens est présent chez Charles Juliet qui a été très marqué par les spiritualités orientales.

### SOPHOCLE (496-406 av. J.-C.)

*Œdipe roi* (vers 430 ou 420 av. J.-C.)

(trad. de P. Mazon, « La bibliothèque Gallimard »)

*L'histoire mythique d'Œdipe est célèbre : sans le savoir, il tue son père, Laïos, le roi de Thèbes, et épouse sa mère, Jocaste. L'ironie tragique repose sur le fait que le protagoniste et ses parents étaient avertis de ce destin, et que c'est précisément en cherchant à l'éviter qu'ils l'ont accompli, victimes de hasards et de quiproquos. Plusieurs années plus tard, alors qu'Œdipe et Jocaste ont eu plusieurs enfants, la peste s'abat sur la ville. Œdipe, devenu roi, doit apaiser les dieux et pense y parvenir en rétablissant la vérité sur le meurtre de Laïos. Lorsque l'enquête révèle la vérité, Jocaste se pend, Œdipe plonge dans le désespoir et se crève les yeux avec une broche de sa mère et épouse. Le chœur s'étonne de cette mutilation, qu'Œdipe justifie.*

Ah ! ne me dis pas que ce j'ai fait n'était pas le mieux que je pusse faire ! Épargne-moi et leçons et conseils !... Et de quels yeux, descendu aux Enfers, eussé-je pu, si j'y voyais, regarder mon père et ma pauvre mère, alors que j'ai sur tous les deux commis des forfaits plus atroces que ceux pour lesquels on se pend ? Est-ce la vue de mes enfants qui aurait pu m'être agréable ? — des enfants nés comme ceux-ci sont nés ! Mes yeux, à moi, du moins ne les reverront pas, non plus que cette ville, ces murs, ces images sacrées de nos dieux, dont je me suis exclu moi-même, infortuné, moi, le plus glorieux des enfants de Thèbes, le jour où j'ai donné l'ordre formel à tous de repousser le sacrilège, celui que les dieux mêmes ont révélé impur, l'enfant de Laïos ! Et après avoir de la sorte dénoncé ma propre souillure, j'aurais pu les voir sans baisser les yeux ? Non, non ! Si même il m'était possible de barrer au flot des sons la route de mes oreilles, rien ne m'empêcherait alors de verrouiller mon pauvre corps, en le rendant aveugle et sourd tout à la fois. Il est si doux à l'âme de vivre hors de ses maux !... Ah ! Cithéron, pourquoi donc m'as-tu recueilli ? Que ne m'as-tu plutôt saisi et tué sur l'heure ! Je n'eusse pas ainsi dévoilé aux humains de qui j'étais sorti... Ô Polybe, ô Corinthe, et toi, palais antique, toi qu'on disait le palais de mon père, sous tous ces beaux jours dehors, quel chancre malfaisant vous nourrissiez en moi ! J'apparais aujourd'hui ce que je suis en fait : un criminel, issu de criminels...

## Émile ZOLA (1840-1902)

### *La Curée* (1871)

(« Folio classique » n° 1322)

L'Année de l'éveil *évoque la découverte par le personnage de la sexualité, et c'est un moment important dans la plupart des romans de formation, puisque l'acte sexuel est perçu comme un rite de passage à l'âge adulte. Chez Zola, la perspective est un peu différente : le personnage est une femme et le désir féminin n'a pas, au* XIX*e* *siècle, la même légitimité que le désir masculin ; il s'agit moins d'une initiation à la sexualité que de l'éveil d'un désir coupable. Ce n'est donc pas un accès à l'âge adulte, mais l'annonce d'une chute, qui pour Zola doit refléter la décadence morale de la société du Second Empire. Renée est en effet une nouvelle Phèdre dont la sensualité engourdie se ravive devant son beau-fils. Ce schéma peut être rapproché de celui du mythe d'Œdipe ou de* L'Année de l'éveil, *où la femme du chef cherche un accomplissement personnel en séduisant l'enfant qui est comme un fils pour son mari. Au moment où elle prend conscience de la violence de son désir, Renée est dans une serre et observe le jeune Maxime qui est avec Louise, sa fiancée.*

Et sous la lumière vive, Renée songeait, en regardant de loin Louise et Maxime. Ce n'était plus la rêverie flottante, la grise tentation du crépuscule, dans les allées fraîches du Bois. Ses pensées n'étaient plus bercées et endormies par le trot de ses chevaux, le long des gazons mondains, des taillis où les familles bourgeoises dînent le dimanche. Maintenant un désir net, aigu, l'emplissait.

Un amour immense, un besoin de volupté, flottait dans cette nef close, où bouillait la sève ardente des tropiques. La jeune femme était prise dans ces noces puissantes de la terre, qui engendraient autour d'elle ces verdures noires, ces tiges colossales ; et les couches âcres de cette mer de feu, cet épanouissement de forêt, ce tas de végétations, toutes brûlantes des entrailles qui les nourrissaient, lui jetaient des effluves troublants, chargés d'ivresse. À ses pieds, le bassin, la masse d'eau chaude, épaissie par les sucs des racines flottantes, fumait, mettait à ses épaules un manteau de vapeurs lourdes, une buée qui lui chauffait la peau, comme l'attouchement d'une main moite de volupté. Sur sa tête, elle sentait le jet des Palmiers, les hauts feuillages secouant leur arôme. Et plus que l'étouffement chaud de l'air, plus que les clartés vives, plus que les fleurs larges, éclatantes, pareilles à des visages riant ou grimaçant entre les feuilles, c'étaient surtout les odeurs qui la brisaient. Un parfum indéfinissable, fort, excitant, traînait, fait de mille parfums : sueurs humaines, haleines de femmes, senteurs de chevelures ; et des souffles doux et fades jusqu'à l'évanouissement étaient coupés par des souffles pestilentiels, rudes, chargés de poisons. Mais, dans cette musique étrange des odeurs, la phrase mélodique qui revenait toujours, dominant, étouffant les tendresses de la Vanille et les acuités des Orchidées, c'était cette odeur humaine, pénétrante, sensuelle, cette odeur d'amour qui s'échappe le matin de la chambre close de deux jeunes époux.

Renée, lentement, s'était adossée au socle de granit. Dans sa robe de satin vert, la gorge et la tête rougissantes, mouillées des gouttes claires de ses diamants, elle ressemblait à une grande fleur, rose et vert, à un des Nymphéas du bassin, pâmée par la chaleur. À cette heure de vision nette, toutes ses bonnes résolutions s'évanouissaient à jamais, l'ivresse du dîner remontait à sa tête, impérieuse, victorieuse, doublée par les flammes de la serre. Elle ne songeait plus aux fraîcheurs de la nuit qui l'avaient calmée, à ces ombres murmurantes du parc, dont les voix lui avaient conseillé la paix heureuse. Ses sens de femme ardente, ses caprices de femme blasée s'éveillaient. Et, au-dessus d'elle, le grand Sphinx de marbre noir riait d'un rire mystérieux, comme s'il avait lu le désir enfin formulé qui galvanisait ce cœur mort, le désir longtemps fuyant, « l'autre chose » vainement cherchée par Renée dans le bercement de sa calèche, dans la cendre fine de la nuit tombante, et que venait brusquement de lui révéler sous la clarté crue, au milieu de ce jardin de feu, la vue de Louise et de Maxime, riant et jouant, les mains dans les mains.

## James JOYCE (1882-1941)

## *Portrait de l'artiste en jeune homme* (1916)

(trad. de J. Aubert et L. Savitsky,
« Folio classique » n° 2432)

*Dans cette autobiographie, James Joyce transcrit ce qu'il nomme des « épiphanies », ou littéralement, en grec, des « apparitions », qui sont dans le vocabulaire chrétien les manifestations de Dieu sur terre en la personne de Jésus-Christ. Dans un sens laïc, une épiphanie est une compréhension soudaine de quelque chose, sur le modèle de l'« eurêka » d'Archimède. Le roman retrace l'itinéraire spirituel d'un personnage découvrant sa vocation d'artiste. Dans ce passage, Stephen Dedalus vient de franchir une étape décisive en comprenant qu'il ne veut pas devenir prêtre. Il est en train de méditer sur son nom de famille qui fait référence à Dédale, architecte très habile, constructeur du labyrinthe du Minotaure et inventeur d'ailes lui permettant de voler avec son fils Icare (qui chutera pour s'être trop approché du soleil, ce qui a fait fondre la cire fixant ses ailes), quand il fait une rencontre qui lui fait sentir qu'il veut devenir artiste.*

Il était seul. Personne ne prenait garde à lui, il était heureux, tout près du cœur sauvage de la vie. Il était seul et jeune, et opiniâtre, et sauvage, seul dans un désert d'air sauvage, d'eaux saumâtres, parmi la moisson marine de coquillages et de laminaires, parmi la clarté grise du soleil voilé, parmi les silhouettes revêtues de couleurs vives et de clartés d'enfants et de jeunes filles, parmi les voix enfantines et virginales résonnant dans l'air.

Une jeune fille se tenait devant lui, debout dans le mitan du ruisseau, seule et tranquille, regardant vers le large. On eût dit un être à qui la magie avait donné la ressemblance d'un oiseau de mer, étrange et beau. Ses jambes nues, longues et fines, étaient délicates comme celles d'une grue, et immaculées, sauf à l'endroit où un ruban d'algue couleur d'émeraude avait dessiné un signe sur la chair. Ses cuisses plus pleines, nuancées comme l'ivoire, étaient découvertes presque jusqu'aux hanches, où les volants blancs du pantalon figuraient le duvet d'un plumage flou et blanc. Ses jupes bleu ardoise, crânement retroussées jusqu'à la taille, retombaient par-derrière en queue de pigeon ; sa poitrine était pareille à celle d'un oiseau, tendre et menue, menue et tendre comme la gorge de quelque tourterelle aux sombres plumes ; mais ses longs cheveux blonds étaient ceux d'une enfant, et virginal, et touché par le miracle de la beauté mortelle était son visage.

Elle était là, seule et tranquille, regardant vers le large ; puis lorsqu'elle eut senti la présence de Stephen et son regard d'adoration, ses yeux se tournèrent vers lui, subissant ce regard avec calme, sans honte ni impudeur. Longtemps, longtemps elle le subit ainsi, puis, calme, détourna ses yeux de ceux de Stephen et les abaissa vers le ruisseau, remuant l'eau de-ci, de-là, doucement, du bout de son pied. Le premier clapotis léger de l'eau remuée rompit le silence, doux et timide, et murmurant, timide comme les clochettes du sommeil ; de-ci, de-là, de-ci, de-là : et une rougeur timide palpitait sur sa joue.

« Dieu du ciel ! » cria l'âme de Stephen dans une explosion de joie profane.

Il se détourna d'elle brusquement et s'en fut à travers la grève. Ses joues brûlaient ; son corps était un brasier, un tremblement agitait ses membres. Il s'en fut à grands pas, toujours plus loin, par-delà les sables, chantant un hymne sauvage à la mer, criant pour saluer l'avènement de la vie qui avait crié vers lui. L'image de la jeune fille était entrée dans son âme à jamais, et nulle parole n'avait rompu le silence sacré de son extase. Ses yeux à elle l'avaient appelé et son âme avait bondi à son appel. Vivre, s'égarer, tomber, triompher, recréer la vie avec la vie ! Un ange sauvage lui était apparu, ambassadeur des cours splendides de la vie, ouvrant devant lui, en un instant d'extase, les barrières de toutes les voies d'égarement et de gloire. En avant ! En avant ! En avant !

**Jean-Paul SARTRE (1905-1908)**

*La Nausée* (1938)

(« Folio » n° 805)

La Nausée *de Jean-Paul Sartre est un roman philosophique, au sens où l'histoire est celle d'un personnage qui accède à une meilleure compréhension de l'existence. L'intrigue est donc avant tout intellectuelle. Roquentin est progressivement envahi par un sentiment de gêne face au monde : la présence des objets lui semble de plus en plus étrange. Il est ainsi pris de malaise en se regardant longtemps dans un miroir. Il ressent le même sentiment qu'il appelle la nausée lorsqu'il se met à regarder sa main comme si elle était étrangère à son corps, tout en sachant qu'elle en fait partie : « je la laisse pendre contre le dossier de la chaise. Maintenant, je sens son poids au bout de mon bras. Elle tire un peu, à peine, mollement, moelleusement, elle existe. Je n'insiste pas : où que je la mette, elle continuera d'exister et je continuerai de sentir qu'elle existe ». Dans le pas-*

*sage ci-dessous, une « illumination » synthétise toutes ces expériences.*

Je ne peux pas dire que je me sente allégé ni content ; au contraire, ça m'écrase. Seulement mon but est atteint : je sais ce que je voulais savoir ; tout ce qui m'est arrivé depuis le mois de janvier, je l'ai compris. La nausée ne m'a pas quitté et je ne crois pas qu'elle me quittera de sitôt ; mais je ne la subis plus, ce n'est plus une maladie ni une quinte passagère : c'est moi. Donc j'étais tout à l'heure au Jardin public. La racine du marronnier s'enfonçait dans la terre, juste au-dessous de mon banc. Je ne me rappelais plus que c'était une racine. Les mots s'étaient évanouis et, avec eux, la signification des choses, leurs modes d'emploi, les faibles repères que les hommes ont tracés à leur surface. J'étais assis, un peu voûté, la tête basse, seul en face de cette masse noire et noueuse, entièrement brute et qui me faisait peur. Et puis j'ai eu cette illumination.

Ça m'a coupé le souffle. Jamais, avant ces derniers jours, je n'avais pressenti ce que voulait dire « exister ». J'étais comme les autres, comme ceux qui se promènent au bord de la mer dans leurs habits de printemps. Je disais comme eux « la mer *est* verte ; ce point blanc, là-haut, *c'est* une mouette », mais je ne sentais pas que ça existait, que la mouette était une « mouette-existante » ; à l'ordinaire l'existence se cache. Elle est là autour de nous, en nous, elle est *nous*, on ne peut pas dire deux mots sans parler d'elle et, finalement, on ne la touche pas. Quand je croyais y penser, il faut croire que je ne pensais rien, j'avais la tête vide, ou tout juste un mot dans la tête, le mot « être ». Ou alors, je pensais… comment dire ? Je pensais l'*appartenance*, je me disais que la mer appartenait à la classe des objets verts ou que le vert faisait partie des qualités de la mer. Même quand je regardais les choses, j'étais à cent lieues de songer qu'elles existaient : elles m'apparaissaient comme un décor. Je les prenais dans mes mains, elles me servaient d'outils, je prévoyais leurs résistances. Mais tout ça se passait à la surface. Si l'on m'avait demandé ce que c'était que l'existence, j'aurais répondu de bonne foi que ça n'était rien, tout juste une forme vide qui venait s'ajouter aux choses du dehors, sans rien changer à leur nature. Et puis voilà : tout d'un coup, c'était là, c'était clair comme le jour : l'existence s'était soudain dévoilée. Elle avait perdu son allure inoffensive de catégorie abstraite ; c'était la pâte même des choses, cette racine était pétrie dans de l'existence. Ou plutôt la racine, les grilles du jardin, le banc, le gazon rare de la pelouse, tout ça s'était évanoui ; la diversité des choses, leur individualité n'étaient qu'une apparence, un vernis. Ce vernis avait fondu, il restait des masses monstrueuses et molles, en désordre — nues, d'une effrayante et obscène nudité.

### Charles JULIET (né en 1934)
### *Lambeaux* (1995)

(POL, repris dans « Folioplus classiques » n° 48)

*La première partie de* Lambeaux *est adressée à la mère de l'auteur et tente de retracer le parcours qui a conduit une jeune fille à la dépression. Charles Juliet imagine sa mère comme une femme aspirant à une vie plus intense que celle du monde paysan, et regrettant de ne pas poursuivre les études qui lui donneraient, comme elles l'ont fait pour Charles, les moyens de s'exprimer. Ici la femme fait une découverte importante qui va la conduire à approfondir l'observation de sa vie intérieure (« ce monde que tu découvres en toi ») et entreprendre la rédaction d'un journal.*

Tu aides une voisine à ranger son grenier, et vous avez la surprise de découvrir des casques, des sabres, des uniformes datant de la guerre de 1870. Au fond d'une armoire, sous de vieux sacs de pommes de terre, tu déniches une bible en assez bon état. Tu la tapotes pour en faire tomber la poussière, puis tu l'ouvres, et en t'agenouillant près de la petite fenêtre, lis la première ligne en haut de la page de droite :

*Faisant dévier mes chemins*
*il m'a déchiré*
*et il a fait de moi une horreur...*

Tu la lis, la relis. Les mots te pénètrent, prennent possession de toi, font lever tout un magma d'idées confuses, rejoignent des questions que tu ne saurais formuler mais qui sont toujours à rôder dans ta nuit. La tête appuyée contre le mur, ce volumineux ouvrage pressé contre ta poitrine, tu restes ainsi un très long moment, en proie à une joie mêlée de tristesse et d'angoisse. Quel destin va t'échoir ? Quelle sera ta vie ? Et ces obscures aspirations qui te travaillent, où vont-elles te conduire ? Tu voudrais dire à cette femme ce qui t'étreint, mais tu ne sais pas parler, n'oses pas, crains de la voir sourire, et l'après-midi se passe sans que vous échangiez un mot. Des images en toi glissent, se mêlent, s'enchevêtrent... Partir, certes, partir. Mais que rien ne fasse dévier tes chemins. Cette route que tu aimes tant à regarder. Et celles qu'emprunte au long des jours ce colporteur qui t'a laissée dans une telle souffrance.
Dès que tu peux t'esquiver un instant, tu grimpes en toute hâte dans ta chambre, ouvres cette bible et en parcours avidement quelques lignes. Tu ignores d'où viennent ces textes, à quelle époque lointaine ils furent écrits, qui étaient ces hommes qui ont su tirer d'eux-mêmes des paroles aussi justes et aussi vraies, mais cela ne te préoccupe guère. Leurs mots bruissent longuement dans ta tête, ils te délivrent de ce qui t'oppresse, expriment ce que tu ressens, te donnent

de la vie. Et à force de lire et relire certaines pages, elles se gravent en ta mémoire, si bien que lorsque tu ne les as pas sous les yeux, tu peux te les réciter et continuer à t'en nourrir.

**Des récits d'apprentissage à lire :**

ALAIN-FOURNIER, *Le Grand Meaulnes.*

Louisa May ALCOTT, *Les Quatre Filles du docteur March.*

Honoré de BALZAC, *Eugénie Grandet, Le Père Goriot.*

Charlotte BRONTË, *Jane Eyre.*

Italo CALVINO, *Le Baron perché.*

CHRÉTIEN DE TROYES, *Perceval, Lancelot.*

COLETTE, *Le Blé en herbe.*

Alexandre DUMAS, *Le Comte de Monte-Cristo.*

Romain GARY, *Éducation européenne, La Vie devant soi.*

André GIDE, *Les Faux-Monnayeurs.*

Herman HESSE, *Demian.*

Rudyard KIPLING, *Le Livre de la jungle, Kim.*

Ahmadou KOUROUMA, *Allah n'est pas obligé.*

Harper LEE, *Ne tirez pas sur l'oiseau moqueur.*

Jack LONDON, *L'Appel de la forêt.*

Chuck PALAHNIUK, *Fight Club.*

Françoise SAGAN, *Bonjour tristesse.*

Jerome David SALINGER, *L'attrape-cœurs.*

Ivan TOURGUENIEV, *Premier amour.*

Mark TWAIN, *Tom Sawyer, Huckleberry Finn.*

# Groupement de textes stylistique

## « Je » au passé, « je » au présent

QUI DIT « JE » DANS UNE AUTOBIOGRAPHIE, le personnage (souvent un enfant), ou l'adulte écrivant ? Et est-ce la même personne ? L'adulte peut-il connaître et comprendre l'enfant qu'il a été ? Dans les textes autobiographiques, le traitement de ces questions est visible dans l'emploi du pronom « je » qui peut désigner le personnage ou le narrateur. *L'Année de l'éveil* repose sur un choix original, puisque le « je » ne renvoie qu'à l'adolescent, l'écrivain adulte étant entièrement absent de son récit. Les temps verbaux sont également révélateurs : l'histoire du personnage est le plus souvent écrite dans les temps du passé (imparfait, passé simple, plus-que-parfait, futur dans le passé), tandis que lorsque le narrateur (celui qui raconte l'histoire) intervient, c'est plutôt dans les temps du présent (présent, passé composé, futur). Sur ce plan aussi, *L'Année de l'éveil* est original, avec son récit dans les temps du présent. Deux grandes orientations peuvent être dégagées : certaines autobiographies privilégient la continuité entre le passé et le présent et postulent que l'écriture peut les relier ; d'autres, au contraire, soulignent l'écart entre passé et présent et le tiennent pour irréductible.

## **Jean-Jacques ROUSSEAU (1712-1778)**

## *Les Confessions* (posthume)

(« Folio classique » n° 2999)

*Avec* Les Confessions, *Jean-Jacques Rousseau écrit une autobiographie qu'on considère comme fondatrice du genre. Le titre fait référence à la pratique chrétienne de l'aveu sincère de ses péchés en vue de leur pardon. Mais le texte prend aussi l'aspect d'une plaidoirie dans laquelle Rousseau se défend devant le tribunal de ses lecteurs. Il évoque ici l'accusation portée contre lui d'avoir cassé un peigne, et les effets qu'elle a eus sur lui alors et par la suite.*

Il y a maintenant près de cinquante ans de cette aventure, et je n'ai pas peur d'être aujourd'hui puni derechef pour le même fait ; eh bien, je déclare à la face du Ciel que j'en étais innocent, que je n'avais ni cassé, ni touché le peigne, que je n'avais pas approché de la plaque, et que je n'y avais pas même songé. Qu'on ne me demande pas comment le dégât se fit : je l'ignore et ne puis le comprendre ; ce que je sais très certainement, c'est que j'en étais innocent.

Qu'on se figure un caractère timide et docile dans la vie ordinaire, mais ardent, fier, indomptable dans les passions ; un enfant toujours gouverné par la voix de la raison, toujours traité avec douceur, équité, complaisance, qui n'avait pas même l'idée de l'injustice, et qui, pour la première fois, en éprouve une si terrible de la part précisément des gens qu'il chérit et qu'il respecte le plus : quel renversement d'idées ! quel désordre de sentiments ! quel bouleversement dans son cœur, dans sa cervelle, dans tout son petit être intelligent et moral ! Je dis qu'on s'imagine tout cela, s'il est possible ; car pour moi, je ne me sens pas capable de démêler, de suivre la moindre trace de ce qui se passait alors en moi.

Je n'avais pas encore assez de raison pour sentir combien les apparences me condamnaient, et pour me mettre à la place des autres. Je me tenais à la mienne, et tout ce que je sentais, c'était la rigueur d'un châtiment effroyable pour un crime que je n'avais pas commis. La douleur du corps, quoique vive, m'était peu sensible ; je ne sentais que l'indignation, la rage, le désespoir. Mon cousin, dans un cas à peu près semblable, et qu'on avait puni d'une faute involontaire comme d'un acte prémédité, se mettait en fureur à mon exemple, et se montait, pour ainsi dire, à mon unisson. Tous deux dans le même lit, nous nous embrassions avec des transports convulsifs, nous étouffions ; et quand nos jeunes cœurs un peu soulagés pouvaient exhaler leur colère, nous nous levions sur notre séant, et nous nous mettions tous deux à crier cent fois de toute notre force : *Carnifex ! carnifex ! carnifex !*

Je sens en écrivant ceci que mon pouls s'élève encore ; ces moments me seront toujours présents, quand je vivrais cent mille ans. Ce premier sentiment de la violence et de l'injustice est resté si profondément gravé dans mon âme, que toutes les idées qui s'y rapportent me rendent ma première émotion, et ce sentiment, relatif à moi dans son origine, a pris une telle consistance en lui-même, et s'est tellement détaché de tout intérêt personnel, que mon cœur s'enflamme au spectacle ou au récit de toute action injuste, quel qu'en soit l'objet et en quelque lieu qu'elle se commette, comme si l'effet en retombait sur moi. Quand je lis les cruautés d'un tyran féroce, les subtiles noirceurs d'un fourbe de prêtre, je partirais volontiers pour aller poignarder ces misérables, dussé-je cent fois y périr. Je me suis souvent mis en nage à poursuivre à la course ou à coups de pierre un coq, une vache, un chien, un animal que je voyais en tourmenter un autre, uniquement parce qu'il se sentait le plus fort. Ce mouvement peut m'être naturel, et je crois qu'il l'est ; mais le souvenir profond de la première injustice que j'ai soufferte y fut trop longtemps et trop fortement lié pour ne l'avoir pas beaucoup renforcé.

**Marcel PROUST (1871-1922)**

*Le Temps retrouvé* (posthume, 1927)

(« Folio classique » n° 2203)

*À la fin du vaste cycle d'*À la recherche du temps perdu, *le narrateur forme le projet d'écrire un récit qui n'est autre que celui que le lecteur termine de lire. Ce récit doit fixer le passé qu'on croyait perdu, dont le narrateur fait à plusieurs reprises l'expérience qu'il est en réalité « incorporé », gravé dans le corps, et qu'un hasard peut le faire ressurgir, comme lorsque, dans un passage célèbre, le goût d'une madeleine rappelle soudain au narrateur son enfance.*

Si c'était cette notion du temps incorporé, des années passées non séparées de nous, que j'avais maintenant l'intention de mettre si fort en relief, c'est qu'à ce moment même, dans l'hôtel du prince de Guermantes, ce bruit des pas de mes parents reconduisant M. Swann, ce tintement rebondissant, ferrugineux, interminable, criard et frais de la petite sonnette qui m'annonçait qu'enfin M. Swann était parti et que maman allait monter, je les entendis encore, je les entendis eux-mêmes, eux situés pourtant si loin dans le passé. Alors, en pensant à tous les événements qui se plaçaient forcément entre l'instant où je les avais entendus et la matinée Guermantes, je fus effrayé de penser que c'était bien cette sonnette qui tintait encore en moi, sans que je pusse rien changer aux criaillements de son grelot, puisque ne me rappelant plus bien comment ils s'éteignaient, pour le réapprendre, pour bien l'écouter, je dus m'efforcer de ne plus entendre le son des conversations que les masques tenaient autour de moi. Pour tâcher de l'entendre de plus près, c'est en moi-même que j'étais obligé de redescendre. C'est donc que ce tintement y était toujours, et aussi, entre lui et l'instant présent, tout ce passé indéfiniment déroulé que je ne savais que je portais. Quand elle avait tinté j'existais déjà, et depuis pour que j'entendisse encore ce tintement, il fallait qu'il n'y eût pas eu discontinuité, que je n'eusse pas un instant cessé, pris le repos de ne pas exister, de ne pas penser, de ne pas avoir conscience de moi, puisque cet instant ancien tenait encore à moi, que je pouvais encore le retrouver, retourner jusqu'à lui, rien qu'en descendant plus profondément en moi. Et c'est parce qu'ils contiennent ainsi les heures du passé que les corps humains peuvent faire tant de mal à ceux qui les aiment, parce qu'ils contiennent tant de souvenirs de joies et de désirs déjà effacés pour eux, mais si cruels pour celui qui contemple et prolonge dans l'ordre du temps le corps chéri dont il est jaloux, jaloux jusqu'à en souhaiter la destruction. Car après la mort le Temps se retire du corps, et les souvenirs — si indifférents, si pâlis — sont effacés de celle qui n'est plus et le seront bientôt de celui qu'ils torturent encore, mais en qui ils finiront par périr quand le désir d'un corps vivant ne les entretiendra plus. Profonde Albertine que je voyais dormir et qui était morte.

J'éprouvais un sentiment de fatigue et d'effroi à sentir que tout ce temps si long non seulement avait, sans une interruption, été vécu, pensé, sécrété par moi, qu'il était ma vie, qu'il était moi-même, mais encore que j'avais à toute minute à le maintenir attaché à moi, qu'il me supportait, moi, juché à son sommet vertigineux, que je ne pouvais me mouvoir sans le déplacer avec moi comme je le pouvais avec lui. La date à laquelle j'entendais le bruit de la sonnette du jardin de Combray, si distant et pourtant intérieur, était un point de repère dans cette dimension énorme que je ne savais pas avoir. J'avais le vertige de voir au-dessous de moi, en moi pourtant, comme si j'avais des lieues de hauteur, tant d'années.

Je venais de comprendre pourquoi le duc de Guermantes, dont j'avais admiré, en le regardant assis sur une chaise, combien il avait peu vieilli bien qu'il eût tellement plus d'années que moi au-dessous de lui, dès qu'il s'était levé et avait voulu se tenir debout, avait vacillé sur des jambes flageolantes comme celles de ces vieux archevêques sur lesquels il n'y a de solide que leur croix métallique et vers lesquels s'empressent des jeunes séminaristes gaillards, et ne s'était avancé qu'en tremblant comme une feuille, sur le sommet peu praticable de quatre-vingt-trois années, comme si les hommes étaient juchés sur de vivantes échasses, grandissant sans cesse, parfois plus hautes que des clochers, finissant par leur rendre la marche difficile et périlleuse, et d'où tout d'un coup ils tombaient. (Était-ce pour cela que la figure des hommes d'un certain âge était, aux yeux du plus ignorant, si impossible à confondre avec celle d'un jeune homme et n'apparaissait qu'à travers le sérieux d'une espèce de nuage ?) Je m'effrayais que les miennes fussent déjà si hautes sous mes pas, il ne me semblait pas que j'aurais encore la force de maintenir longtemps attaché à moi ce passé qui descendait déjà si loin. Aussi, si elle m'était laissée assez longtemps pour accomplir mon œuvre, ne manquerais-je pas d'abord d'y décrire les hommes, cela dût-il les faire ressembler à des êtres monstrueux, comme occupant une place si considérable, à côté de celle si restreinte qui leur est réservée dans l'espace, une place au contraire prolongée sans mesure puisqu'ils touchent simultanément, comme des géants plongés dans les années à des époques, vécues par eux si distantes, entre lesquelles tant de jours sont venus se placer — dans le Temps.

## Georges PEREC (1936-1982)

## *W ou le souvenir d'enfance* (1975)

(Denoël, repris dans « L'Imaginaire » n° 293)

W ou le souvenir d'enfance *est un étrange roman autobiographique dont le narrateur déclare au début du deuxième chapitre : « Je n'ai pas de souvenirs d'enfance. » Malgré quelques efforts pour évoquer ses parents, déportés pendant la Seconde Guerre mondiale alors qu'il était enfant, Georges Perec ne cherche pas à reconstituer le passé : « Je ne trouverai jamais, dans mon ressassement même, que l'ultime reflet d'une parole absente à l'écriture, le scandale de leur silence et de mon silence : je n'écris pas pour dire que je ne dirai rien, je n'écris pas pour dire que je n'ai rien à dire. J'écris : j'écris parce que nous avons vécu ensemble, parce que j'ai été un parmi eux, ombre au milieu de leurs ombres, corps près de leur corps ; j'écris parce qu'ils ont laissé en moi leur marque indélébile et que la trace en est l'écriture : leur souvenir est mort à l'écriture ; l'écriture est le souvenir de leur mort et l'affirmation de leur vie. » Le récit ne cherche donc pas à remonter le temps et à suturer la rupture que représente la mort des parents ; cette rupture est au contraire inscrite dans le livre qui est interrompu, au milieu, par une page vide contenant l'indication d'une coupe : des points de suspension entre parenthèses. De plus, le livre est composé de deux textes entrelacés : un récit à la première personne dans lequel Perec évoque son enfance et sa démarche d'écrivain ; une fiction qu'il a imaginée adolescent, qui semble d'abord n'avoir pas de rapport avec son histoire, et se révèle parler elle aussi d'extermination et de survivance. Dans cet extrait, l'auteur évoque une dissolution de son identité, traduite par le passage du « je » au « on ».*

Désormais, les souvenirs existent, fugaces ou tenaces, futiles ou pesants, mais rien ne les rassemble. Ils sont comme cette écriture non liée, faite de lettres isolées incapables de se souder entre elles pour former un mot, qui fut la mienne jusqu'à l'âge de dix-sept ou dix-huit ans, ou comme ces dessins dissociés, disloqués, dont les éléments épars ne parvenaient presque jamais à se relier les uns aux autres, et dont, à l'époque de W, entre, disons, ma onzième et ma quinzième année, je couvris des cahiers entiers : personnages que rien ne rattachait au sol qui était censé les supporter, navires dont les voilures ne tenaient pas aux mâts, ni les mâts à la coque, machines de guerre, engins de mort, aéroplanes et véhicules aux mécanismes improbables, avec leurs tuyères déconnectées, leurs filins interrompus, leurs roues tournant dans le vide ; les ailes des avions se détachaient du fuselage, les jambes des athlètes étaient séparés des troncs, les bras séparés des torses, les mains n'assuraient aucune prise.

Ce qui caractérise cette époque c'est avant tout son absence de repères : les souvenirs sont des morceaux de vie arrachés au vide. Nulle amarre. Rien ne les ancre, rien ne les fixe. Presque rien ne les entérine. Nulle chronologie sinon celle que j'ai, au fil du temps, arbitrairement reconstituée : du temps passait. Il y avait des saisons. On faisait du ski ou les foins. Il n'y avait ni commencement ni fin. Il n'y avait plus de passé, et pendant très longtemps il n'y eut pas non plus d'avenir ; simplement ça durait. On était là. Ça se passait dans un lieu qui était loin, mais personne n'aurait très exactement pu dire loin d'où c'était, peut-être simplement loin de Villard-de-Lans. De temps en temps on changeait de lieu, on allait dans une autre famille. Les choses et les lieux n'avaient pas de noms ou en avaient plusieurs ; les gens n'avaient pas de visage. Une fois, c'était une tante, et la fois d'après c'était une autre tante. Ou bien une grand-mère. Un jour on rencontrait sa cousine et l'on avait presque oublié que l'on avait une cousine. Ensuite on ne rencontrait plus personne ; on ne savait pas si c'était normal ou pas normal, si ça allait durer tout le temps comme ça, ou si c'était seulement provisoire.

## Nathalie SARRAUTE (1900-1999)

### *Enfance* (1983)

(Éditions Gallimard, « Folioplus classiques »)

*Dans* Enfance, *Nathalie Sarraute, écrivain du nouveau roman, écrit son autobiographie sous la forme d'un dialogue à deux voix, en essayant de retrouver les émotions, ce qu'elle appelle les « tropismes », qui l'ont traversée lorsqu'elle était enfant, notamment dans sa relation avec sa belle-mère, Véra.*

« Ce n'est pas ta maison »... On a peine à le croire, et pourtant c'est ce qu'un jour Véra m'a dit. Quand je lui ai demandé si nous allions bientôt rentrer à la maison, elle m'a dit : « Ce n'est pas ta maison. »
— Tout à fait ce que la méchante marâtre aurait pu répondre à la pauvre Cendrillon. C'est ce qui t'a fait hésiter...
— En effet, je craignais qu'en revivant cela, je ne me laisse pousser à faire de Véra et de moi des personnages de contes de fées...
— Il faut dire que Véra, par moments, quand on s'efforce de l'évoquer, donne le sentiment de décoller du réel, de s'envoler dans la fiction.
— Mais ne pourrait-on pas, cette fois, pour se maintenir dans la réalité, essayer d'imaginer que ces paroles, elle les a prononcées parce qu'il restait entendu que ma mère allait me reprendre, il ne fallait pas trop m'habituer à me sentir chez moi dans une maison que je devrais bientôt quitter... elle voulait m'éviter un nouveau déchirement...
— Admettons-le... Et admettons aussi qu'elle commençait peut-être à craindre que tu ne restes ici... c'était pour cette jeune femme une lourde charge... tout à fait imprévue... rien n'avait pu lui faire penser qu'elle devrait pour toujours l'assumer... et quand tu lui as fait entendre que c'était ta maison où tu comp-

tais rentrer, elle n'a pas pu se retenir, elle n'a pas su arrêter l'impulsion qui la poussait à t'arracher à cette maison, à t'empêcher de t'y installer comme chez toi... Ah non, pas ça... « Ce n'est pas ta maison. »
— Il faudrait pour retrouver ce qui a pu faire surgir d'elle ces paroles réentendre au moins leur intonation... sentir passer sur soi les fluides qu'elles dégagent... Mais rien n'en est resté. Il est probable qu'elles ont par leur puissance tout écrasé... même sur le moment rien en elles, rien autour d'elles d'invisible, rien à découvrir, à examiner... je les ai reçues closes de toutes parts, toutes nettes et nues.
Elles sont tombées en moi de tout leur poids et elles ont une fois pour toutes empêché qu'« à la maison » ne monte, ne se forme en moi... Jamais plus d'« à la maison », tant que j'ai vécu là, même quand il fut certain que hors de cette maison il ne pouvait y en avoir pour moi aucune autre.

**Chloé DELAUME (née en 1973)**

*Dans ma maison sous terre* (2009)

(Le Seuil, « Fiction & Cie »)

*Chloé Delaume se présente sur son site internet comme un « personnage de fiction qui s'écrira lui-même ». Née Nathalie Dalain, elle voit à dix ans son père tuer sa mère puis se suicider sous ses yeux ; elle vit ensuite chez des membres de sa famille, avec lesquels elle s'entend mal ; en 1999, elle change de nom : « Je me suis faite de mots, personnage de fiction, pour pouvoir échapper à votre réalité. » Dans cette autofiction, elle exprime la haine que lui inspire sa grand-mère qui lui a révélé avec désinvolture un grave secret. Le livre se conclut avec une lettre adressée aux membres de sa famille.*

Je ne peux vous supprimer cela relève du fantasme, du *deus ex machina.* Il en est de même avec la vieille.

Je ne ferai pas de roman capable de la tuer. La vie ou l'écriture, j'ai trop choisi la vie. Il me manquera toujours la force, les gens comme vous disent *le talent.* Mais je ne peux supporter que des liens nous rattachent, que certains d'entre vous osent encore me poursuivre pour me passer la corde qui me relie au manège. Je refuse de trotter en votre compagnie.

Puisque vous ne mourez pas, je vais le faire pour vous.

Ceci est un faire-part. Car Nathalie est morte en 99.

Vous refusez de l'entendre, cessez votre déni et assumez le deuil. Sachez qu'aucun remède ne peut la réveiller, même pas la vérité, ni aucun stratagème.

Vous ne connaissez pas celle qui depuis neuf ans m'habite et me console, elle vous est étrangère et tient à le rester. Elle est moi, désormais, et elle s'appelle Chloé. Tout ce qui la précède doit être de mon crâne évidé.

L'esprit de Nathalie ne trouvait pas le repos, il a hanté mon corps jusqu'à la *bonne nouvelle qui va te faire plaisir.* À partir de ce moment débuta l'agonie. Elle fut lente, douloureuse, une sorte de seconde mort pour cette âme abîmée. Je me dois de vous prévenir, je viens de l'enterrer.

Je m'adresse à vous tous, y compris ceux qui ne sont de ma famille que par alliance. Je m'appelle Chloé Delaume, je suis un personnage d'affliction, et quiconque m'approchera saura le regretter.

**Des lectures autobiographiques et des autofictions :**

Hervé BAZIN, *Vipère au poing.*

Simone de BEAUVOIR, *Mémoires d'une jeune fille rangée.*

Elias CANETTI, *La Langue sauvée.*

COLETTE, *Sido.*

Roald DAHL, *Moi, Boy.*

Alphonse DAUDET, *Le Petit Chose.*

Charles DICKENS, *Oliver Twist, David Copperfield.*

Marguerite DURAS, *L'Amant.*

Annie ERNAUX, *La Place, La Honte.*

Romain GARY, *La Promesse de l'aube.*

Patrick MODIANO, *Livret de famille.*

Marcel PAGNOL, *La Gloire de mon père, Le Château de ma mère.*

Daniel PENNAC, *Chagrin d'école.*

Jules RENARD, *Poil de Carotte.*

Antoine de SAINT-EXUPÉRY, *Terre des hommes.*

Jean-Paul SARTRE, *Les Mots.*

Marjane SATRAPI, *Persépolis.*

**Des romans à la première personne :**

Ryunosoke AKUTAGAWA, *Rashomon.*

Albert CAMUS, *L'Étranger, La Chute.*

Agatha CHRISTIE, *Le Meurtre de Roger Ackroyd.*

Johann Wolfgang von GOETHE, *Les Souffrances du jeune Werther.*

Kazuo ISHIGURO, *Les Vestiges du jour.*

Ken KESEY, *Vol au-dessus d'un nid de coucou.*

Alberto MORAVIA, *Le Mépris.*

Abbé PRÉVOST, *Manon Lescaut.*

# Chronologie

## Charles Juliet et son temps

### *1.*

### Une enfance troublante (1934-1946)

Charles Juliet naît le 30 septembre 1934 dans l'Ain (Rhône-Alpes) et passe son enfance dans le village de Jujurieux, entre Lyon et Genève. Comme beaucoup d'enfants, il participe tôt aux travaux de la ferme familiale et ne va à l'école que de la Toussaint à Pâques. En été, il garde quelques troupeaux de vaches, seul avec sa chienne ; il fait alors l'expérience de l'ennui et prend l'habitude de l'introspection : il essaie de s'occuper en analysant ce qu'il perçoit et pense.

Cette enfance est marquée par de grandes peurs : peur du noir, peur de l'eau, et surtout peur d'être volé ou abandonné. Ces craintes sont normales chez un enfant, mais elles prennent chez Charles Juliet une force particulière, qui peut s'expliquer par le contexte historique : c'est la Seconde Guerre mondiale, et les enfants entendent parler d'arrestations et d'exécutions. Cette angoisse d'être arraché aux siens a une source plus profonde et personnelle : Charles ne soupçonne pas qu'il grandit dans une famille qui n'est pas la sienne. Il l'apprend à huit ans lorsqu'on lui annonce que la femme qui l'a élevé n'est pas sa mère, et que celle-ci, Hortense Juliet, vient de mourir.

À la naissance de Charles, sa mère sombre dans une dépression en partie provoquée par l'enchaînement de grossesses rapprochées, Charles étant son quatrième enfant. Une tentative de suicide entraîne son placement en hôpital psychiatrique, parce qu'à cette époque les dépressifs sont plutôt traités comme des fous ; on les enferme sans vraiment les soigner et, le plus souvent, leur état s'aggrave. La mère de Charles Juliet y vit donc un calvaire, jusqu'en 1942 quand, victime de la pénurie alimentaire causée par l'occupation allemande, elle meurt de faim. Le père de Charles confie l'enfant à la famille Ruffieux. Il oublie de leur indiquer son prénom, et ce n'est qu'à l'école que Charles découvre son prénom ; auparavant on l'a appelé Jean, et il trouve difficile de s'habituer à ce changement d'identité.

Il est très proche de sa mère adoptive, Félicie Ruffieux, femme simple, généreuse et active. Il reçoit beaucoup d'affection de la part des autres enfants de la famille et de leur père, un personnage plus effacé et pâtissant d'une mauvaise santé.

C'est donc une enfance paisible en apparence, mais dont les œuvres de Charles Juliet montrent qu'elle fut en réalité traumatisante pour l'enfant.

1936 Le gouvernement du Front populaire instaure deux semaines de congés payés : début des vacances pour les seuls employés, les paysans ne sont pas concernés. La scolarité devient obligatoire jusqu'à quatorze ans. Début de la guerre d'Espagne.

| | |
|---|---|
| 1940 | La France perd la guerre contre l'Allemagne et est occupée. Le maréchal Pétain devient le chef de l'État. |
| 1942 | Radicalisation de l'extermination des Juifs avec la « solution finale » ; rafle du Vel d'Hiv. Occupation du sud de la France restée libre jusque-là. Début de la fabrication de la pénicilline, premier antibiotique, qui révolutionne le rapport à la maladie. |
| 1944 | Capitulation allemande et libération de la France. Chute du régime de Vichy. |
| 1945 | Création de la Sécurité sociale. |

## 2.

## L'adaptation à la vie militaire (1946-1957)

En 1946, Charles Juliet est admis à l'École militaire d'Aix-en-Provence. Il peut y poursuivre ses études malgré le manque de moyens financiers de sa famille. Pour l'enfant, c'est la première sortie hors de sa campagne natale. Il doit s'adapter à un univers très réglementé, faire l'apprentissage de la vie collective et s'habituer à être dans un environnement masculin.

Les premiers temps sont pénibles pour l'enfant qui souffre physiquement (faim, froid, blessures) et moralement (humiliations de certains chefs et des élèves plus âgés). En dernière année, son chef de section est cruel et instable ; c'est lui qu'on retrouve dans *L'Année de l'éveil*, en chef d'une section de la troisième compagnie. Mais les autres années sont plutôt heureuses, grâce à la solidarité entre les élèves. C'est d'ailleurs ce sens de la fraternité qui amène Charles, d'abord intéressé par la boxe, à bientôt préférer le rugby. Il se passionne pour ce sport et devient capitaine de l'équipe, ce qui lui vaut une certaine notoriété dans l'école.

Charles est également marqué par la rencontre avec certains professeurs, et notamment son professeur de français de première. Il est animé par une grande soif d'apprendre et d'enrichir son vocabulaire afin de pouvoir se justifier. En terminale, il rencontre une jeune fille, Marie-Louise, qui deviendra plus tard sa femme.

Après le baccalauréat, il choisit la voie la moins militaire de celles qui lui sont ouvertes : la médecine. Il est intéressé par la profession de psychiatre, pour soigner des patients comme sa mère. Il commence donc des études à l'École de service de santé militaire de Lyon.

1946-1954 Guerre d'indépendance de l'Indochine française, qui se prolongera avec la guerre du Viêtnam.

1947 Graves pénuries alimentaires : la ration de pain tombe plus bas que pendant la guerre (250 g par personne et par jour ; la consommation moyenne d'un adulte est alors de 450 g). Plan Marshall : les États-Unis financent le redressement économique européen.

1948 Blocus de Berlin et début de la guerre froide entre les États-Unis et l'URSS.

1949 Simone de Beauvoir, *Le Deuxième Sexe* : émergence d'une réflexion sur la condition féminine.

1953 Lancement du « Livre de poche » : démocratisation de la lecture.

1954 Début de l'insurrection en Algérie.

## 3.

## Le saut dans le vide (1957-1973)

Charles Juliet ne parvient pas à se concentrer sur ses études et après avoir redoublé sa deuxième année, il décide d'abandonner la médecine et de se consacrer à ce qui l'obsède : l'écriture. Ce choix est risqué : il n'a jamais rien lu d'autre que ses manuels scolaires et craint d'avoir un vocabulaire restreint. Il renonce pourtant à exercer un autre métier, soutenu par Marie-Louise qu'il a épousée en 1956, et se met à lire de façon boulimique. L'écriture résiste, et une première version du récit de ses années d'internat, *L'Humiliation*, est refusée par toutes les maisons d'édition contactées.

Seul devant la page blanche, il regrette ses amis de l'internat et est écrasé par le doute et le découragement. N'étant plus soutenu par les cadres rigides de la vie militaire, il plonge dans une dépression qui durera vingt ans. Mais il ne cherche pas à la soigner : c'est pour lui une étape à franchir dans son cheminement intérieur.

Il se met ainsi à écrire un journal et des poèmes, lit les auteurs mystiques, rencontre des écrivains et des peintres, autant de moyens de progresser dans la connaissance de soi :

> Depuis l'automne 58, je me consacre exclusivement à l'écriture. Or je n'ai encore rien publié, rien écrit de valable. À quoi ai-je donc passé ces années ?
> J'ai employé mon temps à apprendre à me connaître. À me défaire d'une adolescence opiniâtre, d'une ferveur excessive et inutile. À me soustraire au conditionnement social. À me retirer de la confusion, me

désembrumer de ce qu'on m'avait appris ainsi que des choses fausses que j'avais pensées quand j'étais jeune. À me défasciner des grandes œuvres. À méditer sur ce qu'est l'art, l'artiste, la création. À apprendre la patience et l'humilité. À user de vieilles formes, découvrir qu'elles ne convenaient pas, et qu'il fallait en découvrir d'autres.
Tout cela a été un travail en partie négatif. Mais il était nécessaire, et je pense que maintenant, je me trouve enfin à pied d'œuvre, qu'il y a possibilité pour une démarche vraiment personnelle. (*Traversée de nuit, Journal 2,* 31 janvier 1965)

| | |
|---|---|
| 1956 | Nathalie Sarraute, *L'Ère du Soupçon* : essor du nouveau roman. |
| 1958 | Henri Alleg, *La Question* : dénonciation de la torture exercée par l'armée française en Algérie. |
| 1962 | Lancement du magazine *Salut les Copains* : essor d'une culture adolescente. Indépendance de l'Algérie. |
| 1963 | Assouplissement du service militaire : possibilité d'être affecté à des tâches civiles. |
| 1967 | Légalisation de la contraception (loi Neuwirth). Débuts de la télévision en couleurs. Henri Mendras, *La Fin des paysans* : constat de la disparition du modèle paysan, en raison de l'exode rural et de la modernisation de l'agriculture. |
| 1968 | En mai : manifestations étudiantes et grèves. |
| 1969 | Neil Armstrong marche sur la Lune. |
| 1973 | Premier choc pétrolier : fin de la période de croissance des « Trente Glorieuses ». |

## 4.

## Vers l'accomplissement (depuis 1973)

En 1973 est publié le premier texte de Charles Juliet, *Fragments,* ensemble d'extraits de son *Journal,* de poèmes, de textes narratifs et d'une étude sur un peintre. La réception, discrète, est très élogieuse. En 1978, Paul Otchakovsky-Laurens crée la collection « POL » chez Hachette et y publie le deuxième tome du *Journal.* Les publications s'enchaînent. En 1989, avec *L'Année de l'éveil,* Charles Juliet atteint le grand public : le roman rencontre un vif succès et reçoit le grand prix des lectrices de *Elle.* Il est ensuite adapté au cinéma dans une mise en scène de Gérard Corbiau.

En 1993, Félicie Ruffieux meurt. En 1994, il reprend l'écriture de ce qui deviendra *Lambeaux,* texte évoquant ses deux mères et son propre parcours. C'est aussi un grand succès. Ensuite, l'écriture de Charles Juliet s'allège, comme s'il avait déposé un fardeau. Il se lance ainsi dans l'écriture de pure fiction ; parallèlement, son *Journal* devient plus anecdotique, moins travaillé par l'expérience intime.

Il a publié une vingtaine d'ouvrages et continue à écrire et à rencontrer des artistes et ses lecteurs.

| | |
|---|---|
| 1974 | La majorité civile, de vingt et un ans, est abaissée à dix-huit. |
| 1975 | Fondation du collège unique : tous les collégiens en France reçoivent le même enseignement. Philippe Lejeune, *Le Pacte autobiographique.* |

1979 Jean-François Lyotard, *La Condition postmoderne* : essor de la notion de « postmodernisme » pour penser la fin de siècle.
1981 Abolition de la peine de mort par le gouvernement de François Mitterrand.
1987 Max Lafont, *L'Extermination douce* : l'ouvrage affirme que les 40 000 personnes mortes de faim dans les hôpitaux psychiatriques pendant la guerre ont été affamées intentionnellement ; cette thèse, qui a fait l'objet de contestations, marque cependant beaucoup Charles Juliet.
1989 Chute du Mur de Berlin, le 9 novembre. Début de l'effondrement de l'URSS.
1997 Fin du service militaire obligatoire.
1998 Loi contre le bizutage, qui devient un délit.
1999 L'euro remplace le franc.
2001 Le 11 septembre, attentat terroriste contre les États-Unis. Lancement de la téléréalité en France.

**Continuez à lire Charles Juliet :**

*L'Inattendu,* POL, 1992 : recueil de nouvelles, dont l'une évoque à nouveau l'école militaire.

*Lambeaux,* POL, 1995, repris en « Folioplus classiques » : récit biographique sur Juliet et ses deux mères.

*Rencontres avec Samuel Beckett,* POL, 1999 : rencontre avec le grand écrivain.

*Rencontres avec Bram Van Velde,* [1978], POL, 1998 : rencontres avec un peintre.

*Accueils, Journal IV [1994],* POL, 2000 : l'écrivain est également un grand diariste.

**Sur Charles Juliet :**

Rodolphe BARRY, *Charles Juliet en son parcours,* Les Flohic, 2001.

Anne LAURICELLA, *Charles Juliet, d'où venu ? Biographie suivie de témoignages et correspondances,* préface de Jean-Pierre Siméon, Le Castor astral, 2004.

Yves PRIGENT, *L'Exploration par l'écriture, entretien avec Charles Juliet,* Calligrammes, 1993.

# Éléments pour une fiche de lecture

## Regarder le tableau

- Quelles sont les trois couleurs dominantes et que désignent-elles ?
- Que pourriez-vous dire du moment de la journée et de la saison où a été peint ce tableau en vous fondant sur des éléments de la toile ?
- Choisissez trois adjectifs pour qualifier l'atmosphère du *Grand Pin.*
- Placez un personnage dans la toile : dites où vous l'installez et ce qu'il y fait.

## Des personnages nuancés

- Les autres élèves : montrez que tous n'ont pas la même attitude, en choisissant un passage pour représenter la solidarité, un pour la cruauté et un pour la faiblesse.
- Les autres chefs : quelles sont les explications données à leur méchanceté ?
- Les professeurs et le sergent remplaçant : quelles leçons sur la vie chacun de ces personnages délivre-t-il ? Relevez des passages représentatifs et reformulez ces leçons en vos propres termes.

- La femme du chef : étudiez l'évolution de sa caractérisation au long du roman : quelle image nous en est-elle donnée lors de leur première rencontre, puis lorsqu'elle se glisse dans le lit du garçon, puis quand elle lui panse les mains ? Qu'apprenons-nous ensuite ?
- Le chef : relevez toutes les informations données sur ce personnage clé. En quoi peut-on dire que sa caractérisation est ambivalente, c'est-à-dire à la fois positive et négative ?

## Le chemin de l'éveil

- Un monde hostile : relevez trois exemples de scènes violentes. Montrez que cette violence est à la fois physique et psychologique.
- Comment le personnage réagit-il à cette violence ? Que pense-t-il de la boxe, tout au long du roman ?
- Quel effet a sur le personnage l'absence du chef pendant deux mois ?
- Le travail scolaire : quels résultats le personnage a-t-il à chaque trimestre ? Quelles en sont les raisons ?
- Quelle image le garçon a-t-il de lui-même ? Justifiez votre réponse avec le texte. À quoi pensez-vous que cela puisse être dû ?
- Relevez les lieux dans lesquels se déroule l'action. Lesquels vous semblent les plus importants ? Quel rôle symbolique jouent-ils ?
- Quel rôle joue le séjour au cachot dans l'histoire du personnage ?
- Comment comprenez-vous le poème qu'il écrit au cachot ?
- Rédigez une synthèse sur l'évolution du personnage en en dressant le portrait à quatre moments : au début de l'année, pendant l'absence du chef, au

cachot et à la fin de l'année. Parlez à chaque fois de son aspect physique, de sa relation avec les autres personnages (en particulier le chef et sa femme), de son attitude scolaire et de l'image qu'il a de lui. Vous pouvez organiser votre réponse sous forme de tableau.

- Cherchez dans un dictionnaire de la Bible des informations sur le prophète Jérémie. Quel rapport peut-on établir entre son histoire et le roman ?

## Raconter son histoire

- Selon quel point de vue (ou focalisation) l'histoire est-elle racontée ? Quel effet cela produit-il ?
- À votre avis, pourquoi l'auteur a-t-il rédigé cette autobiographie au présent ?
- Le premier dimanche chez le chef : comparez le récit qui en est fait au lecteur, puis celui que le garçon en fait au dortoir, et enfin la rédaction de français. En quoi cette comparaison est-elle intéressante quand on pense que le garçon est devenu écrivain ?
- Les problèmes d'expression du personnage : relevez deux passages où le personnage souffre de ne pas parvenir à s'exprimer. Que fait-il pour essayer de les surmonter ?
- Relisez le passage où le garçon avale la lettre qu'il a reçue de la femme. Pourquoi le fait-il ? En quoi cet acte vous semble-t-il symbolique ?

## Collège

*Combats du XX$^e$ siècle en poésie* (anthologie) (161)
*Mère et fille (Correspondances de Mme de Sévigné, George Sand, Sido et Colette)* (anthologie) (112)
*Poèmes à apprendre par cœur* (anthologie) (191)
*Poèmes pour émouvoir* (anthologie) (225)
*Les récits de voyage* (anthologie) (144)
*La Bible* (textes choisis) (49)
*Fabliaux* (textes choisis) (37)
*Les quatre frères Aymon* (208)
*Schéhérazade et Aladin* (192)
*La Farce de Maître Pathelin* (146)
*Gilgamesh et Hercule* (217)
ALAIN-FOURNIER, *Le grand Meaulnes* (174)
Jean ANOUILH, *Le Bal des voleurs* (113)
Marcel AYMÉ, Ray BRADBURY, Dino BUZZATI, *3 nouvelles sur le temps* (240)
Honoré de BALZAC, *L'Élixir de longue vie* (153)
Henri BARBUSSE, *Le Feu* (91)
Joseph BÉDIER, *Le Roman de Tristan et Iseut* (178)
Lewis CARROLL, *Les Aventures d'Alice au pays des merveilles* (162)
Blaise CENDRARS, *Faire un prisonnier* (235)
Samuel de CHAMPLAIN, *Voyages au Canada* (198)
CHRÉTIEN DE TROYES, *Le Chevalier au Lion* (2)
CHRÉTIEN DE TROYES, *Lancelot ou le Chevalier de la Charrette* (133)
CHRÉTIEN DE TROYES, *Perceval ou Le Conte du Graal* (195)
COLETTE, *Dialogues de bêtes* (36)
Joseph CONRAD, *L'Hôte secret* (135)
Pierre CORNEILLE, *Le Cid* (13)

MOLIÈRE, *Le Sicilien ou l'Amour peintre* (203)
MOLIÈRE, *Le Malade imaginaire* (227)
Alfred de MUSSET, *Fantasio* (182)
George ORWELL, *La Ferme des animaux* (94)
OVIDE, *Les métamorphoses* (231)
Amos OZ, *Soudain dans la forêt profonde* (196)
Louis PERGAUD, *La Guerre des boutons* (65)
Charles PERRAULT, *Contes de ma Mère l'Oye* (9)
Edgar Allan POE, *6 nouvelles fantastiques* (164)
Jacques PRÉVERT, *Paroles* (29)
Jules RENARD, *Poil de Carotte* (66)
Antoine de SAINT-EXUPÉRY, *Vol de nuit* (114)
Mary SHELLEY, *Frankenstein ou le Prométhée moderne* (145)
John STEINBECK, *Des souris et des hommes* (47)
Robert Louis STEVENSON, *L'Étrange Cas du docteur Jekyll et de M. Hyde* (53)
Jean TARDIEU, *9 courtes pièces* (156)
Michel TOURNIER, *Vendredi ou La Vie sauvage* (44)
Fred UHLMAN, *L'Ami retrouvé* (50)
Jules VALLÈS, *L'Enfant* (12)
Paul VERLAINE, *Fêtes galantes* (38)
Jules VERNE, *Le Tour du monde en 80 jours* (32)
H. G. WELLS, *La Guerre des mondes* (116)
Oscar WILDE, *Le Fantôme de Canterville* (22)
Richard WRIGHT, *Black Boy* (199)
Marguerite YOURCENAR, *Comment Wang-Fô fut sauvé et autres nouvelles* (100)
Émile ZOLA, *3 nouvelles* (141)

## Lycée

### Série Classiques

*Anthologie du théâtre français du 20è siècle* (220)
*Écrire sur la peinture* (anthologie) (68)
*Les grands manifestes littéraires* (anthologie) (175)
*L'intellectuel engagé* (anthologie) (219)
*La poésie baroque* (anthologie) (14)
*Le sonnet* (anthologie) (46)
*L'Encyclopédie* (textes choisis) (142)
Guillaume APOLLINAIRE, *Alcools* (238)
Honoré de BALZAC, *La Peau de chagrin* (11)
Honoré de BALZAC, *La Duchesse de Langeais* (127)
Honoré de BALZAC, *Le roman de Vautrin* (Textes choisis dans *La Comédie humaine*) (183)
Honoré de BALZAC, *Le père Goriot* (204)
Honoré de BALZAC, *La Recherche de l'absolu* (224)
René BARJAVEL, *Ravage* (95)
Charles BAUDELAIRE, *Les Fleurs du mal* (17)
Charles BAUDELAIRE, *Le Spleen de Paris* (242)
BEAUMARCHAIS, *Le Mariage de Figaro* (128)
Aloysius BERTRAND, *Gaspard de la nuit* (207)
André BRETON, *Nadja* (107)
Albert CAMUS, *L'Étranger* (40)
Albert CAMUS, *La Peste* (119)
Albert CAMUS, *La Chute* (125)
Albert CAMUS, *Les Justes* (185)
Louis-Ferdinand CÉLINE, *Voyage au bout de la nuit* (60)
René CHAR, *Feuillets d'Hypnos* (99)
François-René de CHATEAUBRIAND, *Mémoires d'outre-tombe* — « livres IX à XII » (118)
Driss CHRAÏBI, *La Civilisation, ma Mère !...* (165)
Albert COHEN, *Le Livre de ma mère* (45)

## DANS LA MÊME COLLECTION

Guy de MAUPASSANT, *Le Horla* (1)
Guy de MAUPASSANT, *Pierre et Jean* (43)
Guy de MAUPASSANT, *Bel ami* (211)
Herman MELVILLE, *Bartleby le scribe* (201)
MOLIÈRE, *L'École des femmes* (25)
MOLIÈRE, *Le Tartuffe* (35)
MOLIÈRE, *L'Impromptu de Versailles* (58)
MOLIÈRE, *Amphitryon* (101)
MOLIÈRE, *Le Misanthrope* (205)
MOLIÈRE, *Les Femmes savantes* (223)
Michel de MONTAIGNE, *Des cannibales* + *La peur de l'autre* (anthologie) (143)
MONTESQUIEU, *Lettres persanes* (56)
MONTESQUIEU, Essai sur le goût (194)
Alfred de MUSSET, *Lorenzaccio* (8)
Irène NÉMIROVSKY, *Suite française* (149)
OVIDE, *Les Métamorphoses* (55)
Blaise PASCAL, *Pensées* (Liasses II à VIII) (148)
Pierre PÉJU, *La petite Chartreuse* (76)
Daniel PENNAC, *La fée carabine* (102)
Georges PEREC, *Quel petit vélo à guidon chromé au fond de la cour ?* (215)
Luigi PIRANDELLO, *Six personnages en quête d'auteur* (71)
L'abbé PRÉVOST, *Manon Lescaut* (179)
Francis PONGE, *Le parti pris des choses* (170)
Raymond QUENEAU, *Zazie dans le métro* (62)
Raymond QUENEAU, *Exercices de style* (115)
Pascal QUIGNARD, *Tous les matins du monde* (202)
François RABELAIS, *Gargantua* (21)
Jean RACINE, *Andromaque* (10)
Jean RACINE, *Britannicus* (23)
Jean RACINE, *Phèdre* (151)

**Série Philosophie**

## DANS LA MÊME COLLECTION

## DANS LA MÊME COLLECTION

Composition Nord Compo.
Impression Novoprint
à Barcelone, le 26 mars 2013.
Dépôt légal : avril 2013.

ISBN 978-2-07-045027-5/Imprimé en Espagne

248236